O amor não tem nome

LAUREN KATE

O amor não tem nome

Tradução de
Juliana Romeiro

1ª edição

2022

CIP-BRASIL. CATALOGAÇÃO NA PUBLICAÇÃO
SINDICATO NACIONAL DOS EDITORES DE LIVROS, RJ

K31a Kate, Lauren
O amor não tem nome / Lauren Kate; tradução Juliana Romeiro. – 1ª ed. – Rio de Janeiro: Record, 2022.

Tradução de: By any other name
ISBN 978-65-5587-583-6

1. Romance americano. I. Romeiro, Juliana. II. Título.

22-79364 CDD: 813
CDU: 82-31(73)

Meri Gleice Rodrigues de Souza – Bibliotecária – CRB-7/6439

Esta tradução foi publicada mediante acordo com G.P. Putnam's Sons, um selo da Penguin Publishing Group, uma divisão da Penguin Random House LLC.

Texto revisado segundo o novo Acordo Ortográfico da Língua Portuguesa.

Impresso no Brasil

ISBN 978-65-5587-583-6

Seja um leitor preferencial Record.
Cadastre-se no site www.record.com.br
e receba informações sobre nossos lançamentos e nossas promoções.

Atendimento e venda direta ao leitor:
sac@record.com.br

Para Elizabeth Nusbaum Epstein, minha "vovó Dora"

Os que você ama vêm até você como um raio.

Dorianne Laux, “To Kiss Frank...”

1

— Peony Press, Lanie Bloom falando, boa... — atendo e, logo depois de ter levado o telefone à orelha, a voz do outro lado me interrompe.

— Graças-a-Deus-você-ainda-está-na-sua-mesa!

É Meg, assessora de imprensa sênior da Peony Press e minha melhor amiga no trabalho. Ela está no Hotel Shivani, onde, em quatro horas, vamos fazer um grande evento com o tema "casamento" para lançar o livro novo da Noa Callaway — a autora mais importante da editora e a escritora que me ensinou o que é o amor, já que minha mãe não pôde fazer isso. Os livros da Noa Callaway mudaram a minha vida.

Se a experiência serve de alguma coisa, está meio tarde para nossos planos perfeitos irem por água abaixo.

— Nada dos livros autografados até agora. Você pode ver se mandaram para a editora por engano? — pede Meg, falando a cem quilômetros por hora. — Eu preciso de tempo para arrumar os exemplares num bolo de casamento de cinco andares em forma de coração que...

Viu? Planos perfeitos.

— Meg, quando foi a última vez que você parou para respirar? — pergunto. — Está precisando tocar o seu botãozinho aí?

— Como você consegue ser depravada e, *ao mesmo tempo*, igual à minha mãe? Tudo bem, tudo bem, vou apertar o botão.

Apertar um botão de elevador imaginário no buraquinho do pescoço para descer alguns andares na escala do estresse é um truque que a psicóloga da Meg ensinou a ela. Crio uma imagem mental dela em pé no meio do salão de festas do hotel, toda de preto, os óculos enormes e estilosos, os assistentes circulando de um lado para o outro, correndo para transformar o espaço de eventos modernista do SoHo numa festa de casamento pitoresca ambientada na costa amalfitana. Consigo imaginá-la fechando os olhos e tocando o buraquinho no pescoço. Ela solta o ar.

— Acho que funcionou — diz.

Eu abro um sorriso.

— Vou descobrir onde estão os livros. Mais alguma coisa, antes de eu ir para aí?

— Não, a menos que você saiba tocar harpa — reclama Meg.

— O que aconteceu com a harpista?

Pagamos uma fortuna para a solista da filarmônica de Nova York tocar o *Cânone*, de Pachelbel, durante a chegada das convidadas.

— A gripe aconteceu — responde Meg. — A harpista sugeriu mandar a amiga que toca oboé, mas oboé não tem nada a ver com um casamento na Itália... tem?

— Esquece o oboé — digo, o coração começando a bater acelerado. São só alguns probleminhas, nada mais. Como na versão inicial do texto de um livro, há sempre uma solução. Só precisamos pensar em uma e editar. Sou boa nisso. É minha função como editora sênior.

— Fiz uma playlist enquanto editava o livro — sugiro. — Dusty Springfield. Etta James. Billie Eilish.

— Sua maravilhosa. Vou pedir para alguém baixar a playlist quando você chegar aqui. Você vai precisar do celular para a hora do discurso, não vai?

Sinto um frio na barriga. É a primeira vez que vou subir ao palco, na frente de todo mundo, num lançamento da Noa Callaway.

Normalmente, é a minha chefe quem faz os discursos, mas Alix está de licença-maternidade, então sobrou para mim.

— Lanie, eu tenho que ir — diz Meg, uma nova onda de pânico na voz. — Aparentemente, também está faltando o equivalente a duzentos dólares em balões com Bolo dos Anjos dentro. E como amanhã é a droga do dia dos namorados, eles não vão dar conta de fazer mais...

A linha fica muda.

Nas horas que antecedem um grande lançamento de livro da Noa Callaway, às vezes esquecemos que não estamos realizando uma apendicectomia de emergência.

Acho que é porque a primeira regra de um lançamento da Noa Callaway é... Noa Callaway não estará presente.

Noa Callaway é nossa autora mais bem-sucedida, com quarenta milhões de exemplares vendidos no mundo todo. É também um raro fenômeno editorial que não dá entrevistas. Não se acha foto dela no Google nem informações de contato. Você jamais vai ler uma matéria na revista *T* sobre o telescópio antigo que ela tem em sua cobertura na Quinta Avenida. Ela recusa todos os nossos convites para fazer um brinde com champanhe quando seus livros chegam à lista dos mais vendidos, mesmo morando a cinco quilômetros da editora. Na verdade, a única criatura que sei que já conheceu Noa Callaway é minha chefe, a editora da Noa, Alix de Rue.

E, mesmo assim, você *conhece* Noa Callaway. Já viu as vitrines com os livros dela no aeroporto. O clube do livro da sua tia está lendo um título dela neste exato instante. Mesmo que você seja do tipo que prefere as resenhas de livros mais literários publicadas no *Times Literary Supplement* em vez das que saem no mais acessível e popular *New York Times Book Review*, no mínimo já viu *Cinquenta maneiras de separar seus pais* na Netflix. (Terceiro livro da Noa, mas o primeiro a ser adaptado para filme, famoso pelos memes com *aquela* cena da seringa de temperar peru.) Nos últimos dez anos, as histórias de amor da Noa Callaway se tornaram tão universais que, se não fizeram você rir *e* chorar *e* se sentir menos a sós num mundo cruel e insensível, sugiro que verifique se não morreu aí dentro.

Sem uma imagem pública atrelada ao nome Noa Callaway, nós, responsáveis por publicar seus romances, nos sentimos motivados a correr atrás do prejuízo. O que nos faz cometer loucuras. Como gastar dois mil dólares em balões de hélio contendo bolinhos fofinhos flutuantes.

Meg me garantiu que quando os convidados estourarem os balões ao fim do meu discurso, a chuva de bolos e confetes comestíveis vai valer cada centavo que saiu do orçamento da minha equipe.

Isso se os que faltam aparecerem.

— Zany Lanie. — Joe, do setor de correio e malote, surge na minha sala e me cumprimenta com um soquinho no ar.

— Grande Joe — respondo na mesma moeda, como tenho feito todos os dias pelos últimos sete anos. — Chegou na hora certa... por acaso você viu se entregaram quatro caixas grandes de livros autografados enviadas pelo pessoal da Noa Callaway?

— Não. — Ele balança a cabeça negativamente. — Só chegou isso aqui para você.

Enquanto Joe coloca uma pilha de correspondências na minha mesa, eu mando uma mensagem diplomática para a eterna assistente da Noa Callaway e minha — às vezes — arqui-inimiga, Terry.

Terry tem setenta anos, cabelos grisalhos e parece um tanque de guerra, além de estar sempre pronta a dizer não para qualquer pedido que possa interferir no processo criativo da Noa. Meg e eu a chamamos de Terrier porque ela late, mas raramente morde. É sempre difícil saber se coisas simples — como conseguir que Noa autografe uns duzentos e poucos livros para um evento — serão mesmo feitas.

Vai ser ridículo se as convidadas voltarem para casa hoje sem um exemplar do livro novo da Noa. Posso até sentir as duzentas e sessenta e seis fãs da Noa Callaway vindo de todas as estações de trem na linha do Corredor Nordeste, desde de Pawtucket, em Rhode Island, até Wynnewood, na Pensilvânia. Saindo duas horas mais cedo do trabalho, chamando a babá e alguém para passear com os cachorros. Salvando a apresentação de segunda-feira na nuvem e vasculhando a gaveta em busca de uma meia-calça que não esteja rasgada, com crianças pequenas se agarrando às suas pernas. De várias maneiras diferentes, essas mulheres intrépidas estão fazendo de tudo para ter uma noite só delas. Para pegar um trem até o Hotel Shivani e ser uma das primeiras a botar as mãos em *Duzentos e sessenta e seis votos*.

Na minha opinião, este é o melhor livro que a Noa já escreveu.

A história gira em torno de um casamento no exterior, que acontece no fim de semana do dia dos namorados. Do nada, a noiva convida todos a se levantarem e a renovarem os próprios votos — ao cônjuge, a uma amiga, a um animal de estimação, ao universo... e os resultados são desastrosos. É comovente e engraçado, autorreferente e atual, do jeito que os livros da Noa sempre são.

O fato de o livro terminar com uma cena tórrida numa praia de Positano é só mais um dos motivos que confirmam que a Noa Callaway e eu estamos conectadas psiquicamente. Reza a lenda que minha mãe foi concebida numa praia em Positano, e, embora isso possa parecer uma informação que a maioria das crianças não gostaria de ter, fui criada em parte por uma avó que é a própria definição da expressão *positividade sexual*.

Eu sempre quis ir a Positano. O livro *Votos* quase me fez acreditar que já estive lá.

Olho o celular para ver se Terry respondeu. Nada. Não posso frustrar as leitoras da Noa hoje. Principalmente porque *Duzentos e sessenta e seis votos* pode ser o último livro da Noa Callaway que elas vão ler por um bom tempo...

Nossa autora mais bem-sucedida está quatro meses atrasada na entrega do original do próximo livro. Isso nunca aconteceu.

Depois de uma década escrevendo um livro por ano, de repente, a prolífica Noa Callaway parece não ter planos para entregar a próxima história. Minhas tentativas de driblar Terry e contatar a Noa diretamente não deram em nada. É só questão de tempo até que o departamento de produção me cobre o envio do texto do livro (inexistente) editado.

Mas esse é um ataque de pânico para outro dia. Alix volta da licença-maternidade na semana que vem, quando a pressão vai aumentar.

Estou dando uma olhada na correspondência, esperando, impaciente, pela resposta de Terry, ciente de que tenho de ir para o local do evento — quando me deparo com uma caixinha marrom no meio das coisas deixadas por Joe. É do tamanho de um baralho. Mesmo distraída, reconheço o endereço do remetente e me sobressalto.

É o presente de dia dos namorados que mandei fazer para meu noivo, Ryan. Rasgo o embrulho, abro a caixa e sorrio.

A placa de madeira polida é clara e lisa, mais ou menos do tamanho de um cartão de crédito. Ela se abre como uma sanfona, revelando outras três plaquinhas. Trata-se da Lista, que fiz há muito tempo, manuscrita com uma letra elegante. São todos os atributos que eu queria encontrar na pessoa por quem me apaixonasse. É a minha Lista das Noventa e Nove Coisas, e Ryan atende a todos os pré-requisitos.

Já ouvi dizer que a maioria das meninas aprende tudo sobre o amor com a mãe. Mas, no verão em que completei 10 anos, quando meu irmão, David, tinha 12, minha mãe foi diagnosticada com linfoma de Hodgkin. Tudo aconteceu muito rápido, o que dizem ser uma bênção, mas não é. Foi o fim para o meu pai, oncologista, ter de aceitar que nem ele foi capaz de salvá-la.

Minha mãe era farmacoepidemiologista e fazia parte do conselho da Academia Nacional de Medicina. Ela viajava pelo mundo todo, dividindo o palco com a Melinda Gates e o Tony Fauci, dando palestras sobre doenças infecciosas no CDC e na OMS. Era uma profissional brilhante, mas também uma pessoa afetuosa e engraçada. Podia ser durona, mas sabia fazer com que todos se sentissem especiais, notados.

Ela morreu numa terça-feira. A chuva caía lá fora, e a mão dela parecia menor que a minha. Eu a segurei, enquanto minha mãe mexia comigo pela última vez.

— Só não seja dermatologista.

(Quando se nasce numa família de médicos, é comum fazer piadas com supostas hierarquias médicas.)

— Ouvi dizer que dá dinheiro — comentei. — E a carga horária é tranquila.

— Contra isso, não tenho argumentos.

Ela sorriu para mim. Todos diziam que os olhos dela eram do mesmo tom de azul que os meus. Tínhamos também o mesmo cabelo castanho grosso e liso, mas, de muitas maneiras, minha mãe não se parecia mais com a minha mãe.

— Lanie? — Sua voz tornara-se mais baixa e, no entanto, mais intensa. — Me prometa uma coisa — pediu ela. — Prometa que vai ficar com alguém que você ame de verdade, do fundo do coração.

Minha mãe gostava de gente bem-sucedida. E, ao que parecia, suas últimas palavras para mim foram um pedido para que eu tivesse sucesso no amor. Mas como? O pior de perder a mãe na infância é saber que existem várias coisas que você vai precisar aprender, mas quem vai ensinar?

Foi só na faculdade que conheci a autora que me ensinaria tudo sobre o amor: Noa Callaway.

Um dia, depois da aula, voltei para o alojamento e me deparei com lenços de papel voando da cama de Dara, com quem eu dividia o quarto. Ela estava com um grupo de amigas, todas aglomeradas.

Dara me estendeu uma barra mordida de Toblerone e balançou um livro para mim.

— Você já leu isto?

Fiz que não com a cabeça sem nem olhar a capa, porque Dara e eu não tínhamos o mesmo gosto para livros. Eu estava fazendo um curso preparatório para ingressar na faculdade de medicina, como meu irmão, e não largava minha apostila de química orgânica; minha intenção era voltar para Atlanta e virar médica, como todos na minha família. Dara cursava sociologia, mas as estantes dela eram abarrotadas de livros com títulos em letra cursiva.

— Este livro foi a única coisa que conseguiu fazer a Andrea esquecer o Todd — declarou ela.

Olhei para a amiga de Dara, Andrea, que mergulhou de cara no colo de outra menina.

— Estou chorando porque é lindo demais — disse Andrea, aos soluços.

Quando Dara e as amigas saíram para tomar um café, senti as letras douradas do título me encarando do outro lado do quarto. Fui até lá e peguei o exemplar.

Noventa e nove coisas que vou amar em você, de Noa Callaway.

Não sei por quê, mas o título me fez pensar nas últimas palavras da minha mãe. Na súplica dela para que eu ficasse com alguém que amasse de verdade, do fundo do coração. Será que ela estava me enviando uma mensagem do além?

Abri o livro, comecei a ler, e uma coisa engraçada aconteceu: não consegui parar.

Noventa e nove coisas conta a história de Cara Kenna, uma jovem na luta para sobreviver a um divórcio. O livro descreve uma tentativa de suicídio e uma internação numa ala psiquiátrica, mas o tom da narrativa é tão inteligente e engraçado, que eu também me internaria se soubesse que poderia passar um tempo com ela.

No hospital, com tempo de sobra, Cara lê os noventa e nove romances da biblioteca da ala psiquiátrica. No começo, ela está um pouco cética, mas então, sem mais nem menos, gosta de uma frase em particular. Ela escreve a frase num papel. Recita em voz alta. Logo, está anotando sua frase preferida de cada um dos livros. Quando recebe alta, tem noventa e nove coisas para desejar num futuro relacionamento.

Eu devorei o livro. Fiquei muito agitada. Olhei o dever de casa de química que eu precisava fazer e senti que algo dentro de mim havia mudado.

Noventa e nove coisas tinha todas as palavras que eu vinha procurando desde a morte da minha mãe. Explicava tim-tim por tim-tim como amar de verdade, do fundo do coração. Com humor, carinho e coragem. Me fez querer achar esse tipo de amor.

No fim do livro, onde normalmente estaria a biografia da autora, a editora tinha incluído três páginas pautadas e numeradas de um a noventa e nove.

Tudo bem, mãe, pensei, sentando para pôr a mão na massa. Não sabia qual amiga da Dara era a dona daquele livro, mas, dali em diante, ele havia passado a ser cósmica e inegavelmente meu.

A beleza de uma lista tão grande era que me permitia variar do estranho ao corajoso, do superficial ao que há de mais profundo e imperdoável de sério. Entre *Estar disposto a passar a noite toda acordado conversando sobre possíveis vidas passadas* e *Atender ao telefone quando a mãe liga,* incluí: *Não usar tamanco, a menos que seja chefe de cozinha ou holandês.* No fim, no item noventa e nove, escrevi: *Não morrer.* Senti que minha mãe estava comigo nas entrelinhas da lista. Senti que, se eu corresse atrás desse tipo de amor, ela ficaria orgulhosa de mim, onde quer que estivesse.

Não sei se algum dia eu acreditei *de verdade* que encontraria um cara que incorporasse todos os itens da lista. Era mais um exercício de colocar no papel as maravilhosas possibilidades do amor.

Mas, então... eu conheci o Ryan, e tudo se encaixou — todas as noventa e nove coisas. Ele é perfeito para mim. Ou melhor, ele é perfeito, e ponto final.

Fecho as plaquinhas de madeira e boto o presente de volta na caixa. Não vejo a hora de dar isso a ele amanhã, no dia dos namorados.

Meu celular vibra. Uma enxurrada de mensagens aparece na tela. Duas de Ryan, que está vindo de Washington. Ele é assessor parlamentar do senador da Virgínia, Marshall Ayers, e, semana sim, semana não, o escritório deles fecha mais cedo na sexta-feira, então ele pega o trem das 13h13 para Nova York.

Os artigos que ele me encaminhou — uma crítica de um filme que estamos querendo ver e uma matéria sobre uma lei eleitoral na qual ele vem trabalhando — logo descem para o fim da tela, pois o grupo que está organizando o lançamento me encheu de mensagens.

A crise dos balões com bolo ainda está a todo vapor, e há quinze mensagens dramáticas para provar isso. Estão faltando vinte e quatro balões, a seis dólares cada, do pedido que minha assistente, Aude, coletou hoje pela manhã. Já entraram em contato com a confeitaria e o reembolso já foi solicitado.

Enfim, a mensagem pela qual eu estava esperando chega. De Terry.

> Presa no trânsito. Estou levando os livros autografados.
> Pare de surtar.

Mostro o dedo do meio para a mensagem arrogante de Terry, mas, ao mesmo tempo, sinto o alívio se espalhar pelo meu corpo. Mando uma mensagem com a boa notícia para Meg, guardo o presente de Ryan na minha ecobag e procuro o endereço da confeitaria na internet, para decidir se passo nela a caminho do centro e tento resolver a Crise dos Balões.

Da janela, enquanto o sol brilha sobre o rio, e a neve bem fina começa a cair, sinto uma grande paz. Amo meu noivo. Amo meu trabalho. Os lançamentos da Noa Callaway são celebrações de todo esse amor combinado. Hoje, duzentas e sessenta e seis mulheres vão voltar para casa felizes com seus livros novos. Acho que minha mãe ficaria orgulhosa.

Vai dar tudo certo.

2

Meia hora depois, saindo da neve e entrando no quentinho com aroma de manteiga da confeitaria, vejo nossos balões lá no fundo.

Estou na Dominique Ansel agora, escrevo no grupo do lançamento. **Pegando os balões faltantes!**

A resposta da Meg é rápida:

Lanie, você não precisa fazer isso, sério.

Sei que isso tem menos a ver com a tarefa não estar à altura do meu cargo e mais com a suspeita de Meg — e com razão — de que não sou uma pessoa muito confiável quando se trata de objetos delicados. Eu *já* quebrei mais computadores, Kindles e fotocopiadoras (sim, eu destruí duas nos meus sete anos de Peony) do que todo o quarto andar junto. Se você precisa de alguém para derrubar um copo cheio de água assim que se senta a uma mesa num almoço importante com um agente literário, é só falar comigo. Ainda bem que me sinto confiante com relação às minhas habilidades como editora, porque o departamento de imprensa inteiro ainda faz piada com o dia que tentei ajudar no preparo da sangria para uma festa de entrega de prêmios para o mercado editorial. A receita pedia três xícaras de açúcar, e, em vez disso, botei sal. Os potes eram iguaizinhos. Conforme as pessoas andavam de um lado para o outro querendo vomitar, consegui piorar a situação colocando mais sal. Ninguém jamais me deixou esquecer essa gafe.

Mas aqui estou, e tenho duas mãos e um bom pressentimento quanto ao dia de hoje. Quando minha assistente, Aude, entra na conversa, mandando instruções claras e diretas para os balões, sei que a equipe está de mãos atadas no salão. Eles precisam de mim. É o incentivo que faltava.

> Balões no seu nome. Deixe na embalagem plástica até chegar aqui!!! Por favor, Lanie. Custo do inconveniente reembolsado no seu cartão. Pergunte por Jerome.

Jerome está atrás do balcão, uma etiqueta com seu nome bem visível na camisa branca engomada. Está lendo Proust e não parece nem um pouco animado em me ver. Noto que o pote de gorjetas está meio vazio.

— Oi, meu nome é Lanie Bloom. Vim buscar os balões. — Aponto para o buquê flutuante atrás do vidro da cozinha.

— Não. — Jerome volta a ler o livro. — São para outra pessoa.

— Aude Azaiz? É minha assistente.

Ele ergue o olhar para mim.

— A srta. Azaiz trabalha para você?

Ele parece espantado, e, sendo bem sincera, não é para menos. Com o cabelo preto bem curto, um piercing de caveira no nariz e um sotaque francês da Tunísia bem forte, Aude talvez seja a mulher de 23 anos mais intimidadora do mundo. Meg e eu ficamos bobas com as roupas que ela usa, os vestidos com decotes assimétricos que sobem até o queixo. Invejamos as jaquetas de couro de cores surpreendentes, como amarelo calêndula. Quando pedimos comida no trabalho, a menor infração faz Aude mandar o pedido de volta: veio maionese, em vez de aioli; o molho da salada não está bem misturado; usaram o tipo errado de caranguejo no California roll. Ninguém passa a Aude para trás.

A simples menção ao nome de Aude faz com que Jerome vá buscar os balões. Quando volta, vejo como são lindos, dourados e translúcidos apenas o suficiente para permitir um vislumbre da fatia de bolo lá dentro. Mas, antes de me entregar, ele aponta para as minhas mãos estendidas.

— Se encostar a unha neles, vão estourar na mesma hora — alerta.

Roo a unha do polegar depressa.

— Se expirar neles, estouram — avisa. — E o confeiteiro não pode fazer mais nenhum hoje. Então... — Jerome finge que está prendendo a respiração, um brilho malicioso nos olhos.

Estou prestes a perguntar quem o maltratou na infância, quando ele me surpreende.

— A srta. Azaiz... — Seu rosto fica ligeiramente vermelho. A voz perde a beligerância. — Ela... tem namorado?

Sorrio para Jerome e coloco uma nota de dez dólares no pote de gorjeta.

— Solteiríssima.

O amor tem dessas coisas. A simples possibilidade de acontecer é capaz de ruborizar até os mais rabugentos. E, embora tenha certeza de que Aude comeria Jerome no café da manhã, entre uma mordida e outra num croissant, quando se trata dessas coisas, não me importo nem um pouco que provem que estou errada.

Jerome assente, bem mais animado.

— O reembolso... faço no mesmo cartão?

— Na verdade — digo, pensando em Meg, em Aude e em todos os outros que estão dando a vida no evento de hoje. — Posso ser reembolsada em guloseimas para viagem?

— A Lanie chegou! — exclama Aude olhando para trás, assim que saio do elevador e entro no elegante corredor de piso branco do décimo segundo andar do Hotel Shivani.

Embora Aude tenha parado de fumar no ano passado, cumprimenta todo mundo como se tivesse acabado de apagar um cigarro com o pé. Ela se aproxima para pegar os balões.

— Cara, essas coisas são tão frágeis — diz.

Nós duas expiramos aliviadas quando os balões estão em suas mãos de unhas bem-feitas.

— Lanie! — exclama Meg, correndo até mim e empurrando os óculos para cima no nariz. — Não acredito que você pegou mesmo os balões.

— Acredite se quiser. — Entrego a caixa de guloseimas para ela e fico com as mãos livres para espanar os flocos de neve do cabelo. Meg vai amar a história do Jerome, mas vou guardar isso para uma ocasião mais tranquila. — Se joga num scone.

— Hum, scone — diz ela, dando uma mordida e mastigando devagar.

— E os livros autografados, alguma notícia? — pergunto.

Enfim, Meg sorri, e sei que Terry cumpriu a promessa.

— Vem — chama ela. — Tenho que te mostrar uma coisa.

Caminhamos em zigue-zague por entre as mesas com toalhas douradas e passamos por Aude, que está mostrando a um grupo de funcionários do departamento de imprensa a forma certa de encher saquinhos de arroz para colocar nas mesas e a forma errada de inserir as velas brancas nas garrafas de Chianti de vime que estão sendo usadas como centro de mesa.

— Olha só como lascou a vela! Tira a mão, deixa que eu faço.

Há um corredor branco a ser percorrido pelas convidadas com os livros, e uma cabine de fotos com uma seleção de imagens da costa amalfitana de fundo. Garrafas de Prosecco e Campari foram colocadas no gelo. Fios de luzinhas penduradas no teto conduzem o olhar para o altar de ranúnculos vermelhos no centro do salão. Atrás dele, rochas de isopor compõem a reprodução de um litoral italiano. Pela janela, a neve cai no rio Hudson.

— Está tudo tão perfeito — digo a Meg, que prende o último balão à última cadeira. — Como se Cupido tivesse explodido aqui dentro.

— Total — diz Meg.

— É para jogar ou, tipo, arrumar direitinho o confete comestível? — pergunta a assistente de Meg.

Estou prestes a dizer "jogar", porque, como alguém poderia "arrumar confete direitinho"?, mas Meg responde:

— Arruma direitinho para parecer que foi jogado.

Pego o celular para tirar uma foto. Não consigo enquadrar tudo, mas encontro um ângulo bonito. Estou prestes a mandar para a minha chefe, quando lembro que o bebê está com otite. Alix passou as últimas noites num vaivém de hospital, e não quero acordá-la, caso esteja tirando um cochilo.

Meg me leva até o fundo do salão, onde me mostra uma pilha branca com os livros novos de Noa, recém-saídos da gráfica, arrumados em forma de bolo de casamento.

— Tã-nã!

— Você fez isso tudo em meia hora? — Comemoramos com um high-five. — Parece que as horas brincando de Magna-Tiles com o Chefe serviram para alguma coisa. — Chefe é como chamo o filho de três anos de Meg, Harrison, embora sua filha de um ano, Stella, já esteja lutando pelo título.

— Tive um bom professor. — Ela assente.

Pego um livro do alto da pilha com muito cuidado e deslizo os dedos pelas letras em alto-relevo. Tudo em *Duzentos e sessenta e seis votos* teve um dedinho meu, e é emocionante segurar um exemplar antes de ele ganhar o mundo. Abro o livro e vejo a assinatura elaborada da Noa Callaway escrita com caneta-tinteiro. A imagem da Noa autografando os livros em sua cobertura na Quinta Avenida me faz sorrir.

— Foi mal eu não estar aqui para receber os livros — digo. — A Terrier estava enfurecida?

— Na verdade, até que estava de bom humor — comenta Meg. — Inclusive perguntou se estávamos precisando de alguma coisa.

— Não brinca.

— Perguntei se ela podia bater a punheta mensal do Tommy.

— Coitada da Terry — digo, fitando Meg de soslaio. — Não está tão ruim assim com o Tommy, está?

— Fala comigo de novo quando estiver casada há oito anos.

— Acho que vocês estão precisando sair um pouco. Algum plano para o dia dos namorados?

Meg suspira.

— Minha mãe vai levar as crianças para um lance aí de Ano--Novo chinês.

— Perfeito.

— Tommy e eu provavelmente vamos passar o dia em casa, com máscaras de carvão ativado na cara e mexendo no celular, cada um num canto. Sinceramente, não vejo a hora. De vez em quando encaminhamos um tweet engraçado para o outro. É esse o tipo de romance que rola no lar dos Wang.

— Meg, você está precisando transar. E não estou falando de sexo pelo Twitter. Sexo de verdade, no mesmo quarto. Você tem que me prometer.

Ela revira os olhos.

— E você? Me diz que vai dar uma rapidinha com o Ryan no metrô, para eu poder ter alguma imagem na hora de fantasiar.

Abro um sorriso — sei que é irritante, mas não consigo evitar.

— Não fizemos nenhum plano. Talvez passear no parque, ir a alguma loja de antiguidades, comer um brunch num lugar novo...

Meg me interrompe.

— Se não for pornográfico, não quero nem saber. Vou te lembrar disso quando estiver casada e tentando fingir que o dia dos namorados não existe. Por falar em casamento — comenta ela, mais animada, me cutucando. — Já marcaram a data?

Ela sabe que não, e sabe que eu fico louca com Todo Mundo me perguntando isso.

— Não, mas *já escolhi o vestido das madrinhas*! Aposto que você vai ficar linda na cor malva.

Meg me fita, pasma. Tem 34 anos e nunca gostou de casamentos.

— Sua sorte é que eu te amo.

— Brincadeirinha. Você caiu feito um patinho.

— É este lugar! Todo esse confete em formato de coração está mexendo com a minha cabeça. — Meg esfrega as têmporas. — Visto o que você quiser, quando você quiser. — Ela se recosta em mim e, juntas, avaliamos o salão. — Aposto que, por uns mil dólares a mais, dava para deixar essas mesas arrumadas por mais um dia e fazer o seu casamento bem aqui. Ia poupar você de um trabalhão.

Rio, mas é um riso forçado. Meg não percebe. Está pedindo meu celular e tentando localizar Aude, para que ela baixe minha playlist. Entrego o aparelho e ela desaparece, me deixando sozinha no altar.

Tento imaginar Ryan esperando por mim sob os ranúnculos e as luzinhas — ou até em uma praia de verdade, como já conversamos algumas vezes. Não consigo visualizar a cena. E depois de um tempo tentando, as lágrimas começam a arder em meus olhos.

Vou até a janela, onde ninguém consegue me ver enxugando o rosto. Toda vez que penso no nosso casamento — eu empaco.

Por algum motivo, a ideia de me casar, de dar o próximo grande passo na minha vida, me transporta no tempo para a criança que eu era quando perdi minha mãe. Quando penso num casamento sem ela nas fotos, não consigo escolher uma data — nem um lugar, um vestido, um bolo, nem uma primeira música para dançar com meu pai. Porque ela não vai estar lá para viver isso.

Aude se junta a mim na janela. Está com meu celular vibrando.

Deve ser Ryan. Sempre que ele chega à Penn Station, liga para perguntar sobre os planos para o jantar. E, quando tenho de trabalhar até mais tarde, é sempre comida italiana do Vito's para viagem. Tento tirar minha mãe da cabeça para me concentrar na questão de se às dez da noite vai cair melhor uma macarronada ao forno ou uma berinjela à parmegiana, mas, quando olho para o celular, não é o nome dele que aparece na tela.

É Frank, o assistente-executivo da presidente da editora, Sue Reese.

Pode se reunir com Sue às 16h30?

Pisco para a mensagem. São 16h15 agora.

Sinto um aperto no peito. Durante todos esses anos em que trabalho na Peony, a agenda da Sue sempre foi meticulosamente organizada com semanas de antecedência. Ela não faz nada de improviso.

Alguma coisa aconteceu. Algo importante.

3

Frank, assistente da Sue, é o tipo de homem que, sempre que você chega para uma reunião, te oferece um chá com o sorriso mais gentil, mas, se você aceita, ele fecha a cara. Em geral, tomo cuidado para não irritá-lo, mas estou tão nervosa hoje que acabo falando "aceito", sem querer.

— Humpf — murmura ele, levantando da cadeira e pegando a chaleira.

— Sabe do que se trata essa reunião? — pergunto, seguindo-o até a copa.

Faz mais de vinte anos que Frank trabalha como assistente da Sue, desde que ela fundou a Peony no fim dos anos 1990. Já o vi recitando milhares de informações relacionadas a ela ao telefone, tudo de cabeça — o número do passaporte, as flores preferidas da sogra, a data da última ida ao ginecologista.

— Não *acho* que você vá ser demitida — responde ele, olhando para trás —, mas já me enganei sobre isso antes.

— Obrigada.

— Você não bota leite, açúcar, nem nada assim, né? — pergunta ele, seu tom direcionando a minha resposta.

Faço que não com a cabeça.

— Os mais fortes tomam puro. — Ele me entrega a caneca, então acrescenta, mais animado: — Pode entrar. Ela já vai te receber.

Abro a porta da sala e entro, hesitante. O spa da Sue — como Meg e eu chamamos — é a única sala da Peony que não parece fazer parte de uma editora que publica romances. Todos os outros funcionários têm paredes cobertas de estantes lotadas de livros com lombadas bem coloridas, mas a sala da Sue é toda branca. Não há nenhum papel na mesa branca, as poltronas brancas de couro são extremamente macias, e o cabideiro branco modernista sustenta três cardigãs brancos, cada um com um detalhe exorbitante, como cotoveleiras de couro num tom claro de rosa.

As únicas coisas que têm cor são as três samambaias suspensas e as três fotografias emolduradas dos filhos, que parecem mini Sues, mas de aparelho. Não conheço os filhos da Sue, mas já vi como ela rega as plantas, e a surpreendente devoção que tem por elas me diz que deve ser uma excelente mãe.

Uso a técnica da respiração controlada que Meg me ensinou, tentando me acalmar, conforme me acomodo na poltrona-nuvem para visitantes da Sue, quando um homem emerge detrás da mesa dela. Nós dois gritamos ao mesmo tempo.

— Rufus, que susto! — sussurro com rispidez. Posso falar assim com ele porque é meu amigo. É uma rispidez afetuosa. — O que você está fazendo aqui?

— Hum, meu trabalho? — diz ele, alongando o pescoço, que está sempre dolorido pelo excesso de pilates, culpa da eterna paixão não correspondida por Brent, o instrutor do Pilates World.

— Vai embora! Volta depois. Tenho uma reunião.

— A impressora da Sue quebrou — diz ele, mexendo em uns cabos de um jeito que me faz achar que não vai terminar tão cedo. — Só porque tive que ressuscitar seu disco rígido do além, já é a terceira vez agora?, não significa que não presto um valioso serviço de suporte de TI para as outras pessoas da empresa.

— Em minha defesa...

— Ah, essa eu quero ouvir. — Ele balança a cabeça negativamente, com pena de mim.

— Mercúrio estava retrógrado!

— Permanentemente? — Ele ri. — Por que você está sussurrando?

— Falo assim quando fico nervosa — sussurro, fitando a porta aberta. — Frank usou a palavra *demitida*.

Rufus revira os olhos castanhos para mim, o que me deixa mais tranquila. Um pouco. Ele acha isso absurdo. Mas Rufus não sabe nada sobre o prazo mais que perdido da Noa Callaway.

— Por que *você* seria demitida? — Rufus faz uma pausa. — Acha que alguém mais viu você roubando material de escritório no mês passado?

— Era uma caixa de lenço! — Mais sussurros irritados. Não consigo mais falar de outro jeito. — E eu estava com bronquite!

— Lanie. — Sue entra na sala e passa por mim para pendurar o cardigã branco. Este lembra um espartilho nas costas, algo que só a Sue faria parecer uma peça elegante.

— Novinha em folha, Sue — anuncia Rufus, colocando a impressora de volta na prateleira abaixo da mesa.

— Você sempre diz o que eu quero ouvir, Rufus — responde ela, sentando-se na poltrona branca à minha frente.

— Estou indo, então — ele diz o que *eu* quero ouvir, gesticulando um *boa sorte* com a boca ao fechar a porta.

— Como você está? — pergunta Sue, assim que ficamos sozinhas.

— Bem. Tudo bem.

Com as pérolas, o look minimalista e o cabelo platinado na altura do queixo, sempre com cara de que acabou de ser escovado, Sue é tão classuda que, mesmo depois de todos esses anos, ainda fico intimidada só de olhar para ela. Uma vez, nós duas acompanhamos um autor a um evento de shopping num bairro residencial de Westchester. Tínhamos uma hora livre até o início do evento, e Sue comprou uma espátula chique na Williams Sonoma para mim, dizendo que eu precisava daquilo para poder fazer uma omelete francesa. Tenho a sensação de que, só de olhar para mim, ela é capaz de saber que, dois anos depois, não usei outra coisa na hora de espantar moscas.

— Como estão os preparativos para o lançamento?

— Tudo perfeito. — Pego o celular e mostro a foto que tirei mais cedo para a Alix. Essa foto vale pelas mil palavras que estou nervosa demais para dizer.

— Queria poder ir — comenta Sue.

— Vamos promover o lançamento nas redes sociais. Vai ser como se você tivesse estado lá.

Sue sorri de forma enigmática para a tela do meu celular quando fica preta, antes de me encarar. O sorriso se desfaz.

— Ouça, Lanie — começa ela —, o que tenho para dizer não vai ser fácil de ouvir.

Prendo a respiração, segurando os braços da poltrona. Se ela me demitir, sinceramente, não sei o que vou fazer. Ryan sempre me diz que existem vários empregos por aí para os quais eu seria perfeita, mas é só porque ele quer que eu me mude para Washington. Eu não quero outro emprego. Quero este.

Sue abre uma pasta no colo, folheia algumas páginas. É uma tortura.

— Droga. Não está aqui. — Ela se levanta e vai até a porta, parecendo irritada. — Frank? O documento?

Ouço um ruído de papéis lá fora e um murmúrio de desculpas vindo de Frank. Enquanto Sue espera à porta, desvio o olhar, como se não quisesse ver o cirurgião prestes a amputar um de meus membros. Olho para a janela enorme da sala e fito a neve caindo no toldo do café do outro lado da rua.

Claro que esta seria a visão que eu teria durante a minha demissão. O café foi o lugar onde consegui esse emprego, sete anos atrás.

Eu tinha 22 anos, recém-saída da faculdade, e era extremamente otimista. Uma semana antes da cerimônia de formatura, me deparei com um anúncio de emprego na internet:

Assistente editorial, Peony Press.

Naquela altura, eu já tinha conseguido meu diploma em letras, mas, para todos os efeitos, ainda cursava o preparatório para medicina. De uma hora para outra, meus planos de voltar para casa e passar o verão estudando para o teste de admissão da faculdade de medicina? Puf. Desapareceram. Era um sinal. Não nasci para ser médica. Minha missão era botar no mundo mais histórias como *Noventa e nove coisas*.

Peguei um ônibus para Nova York. Dormi no sofá da casa de pais de amigos em vários bairros, trabalhei de garçonete numa lanchonete grega, enquanto esperava a ligação da Peony Press.

Não ligaram. Nem nenhuma das outras editoras para as quais me candidatei.

Em setembro, os sofás disponíveis e a paciência do meu pai se esgotaram na forma de uma passagem de avião para casa. Na véspera do voo de volta para Atlanta, recebi uma visita no Queens. De pé na escada de incêndio externa do prédio da mãe da minha amiga Ravi, eu semicerrei os olhos sob o sol ofuscante e vislumbrei o que parecia ser minha avó.

Antes que você imagine uma velhinha do tipo que faz biscoitos e guarda um lenço na manga, é melhor eu explicar logo: Dora, minha avó, é uma guerreira. Sobreviveu a Auschwitz e, depois que a família se mudou para os Estados Unidos, formou-se em Yale, em medicina, numa turma em que só havia outras duas mulheres. Quando teve "a conversa" comigo, no oitavo ano, foi uma festa que durou um fim de semana inteiro e que acabou com a gente vendo *Ligações perigosas* e comendo pipoca. Desde que me entendo por gente, vovó Dora só bebe café numa caneca com os dizeres BADASS MOTHERFUCKER.

— Onde fica essa tal de Peony Press? — gritou ela para mim na escada de incêndio.

— Depende. Você trouxe uma bomba?

— Querida, isso aqui é Chanel. Não combina. — Minha avó apontou para o táxi parado atrás dela. — Este belo cavalheiro vai nos levar até lá, então, por favor, pode descer. A gente dá tchauzinho para o emprego que não rolou, eu te pago um martíni e, amanhã, levo você de volta para casa.

Passamos horas sentadas no café em frente à sede da Peony. Ela me contou as mesmas histórias de sempre, de quando minha mãe tinha 22 anos. Mas desta vez acrescentou alguns detalhes, coisas que eu não sabia, como quando minha mãe deixou de ir à própria formatura para ver o Prince na turnê Purple Rain — então, de repente, me dei conta de que havia algo que eu nunca tinha perguntado à minha avó.

— Vovó. — Tirei o exemplar antigo de *Noventa e nove coisas* da minha ecobag. Andava sempre com ele, como um amuleto, desde que tinha vindo para Nova York. — Lembra do que a mamãe me disse antes de morrer?

— As coisas que eu não lembro mais dariam um livro, querida — respondeu ela, dando uma piscadinha para indicar que lembrava *sim*, mas preferia que eu contasse a história.

— Ela disse que queria que eu ficasse com alguém que eu amasse de verdade, do fundo do coração. Mas não me falou como. Nem quando. Não sei se o que estou fazendo da minha vida está certo, se estou indo no caminho certo.

— Se eu pudesse solucionar esse mistério para você, solucionaria — disse ela, me dando um tapinha de leve no rosto —, mas, então, que graça teria a vida?

Eu sabia que ela tinha razão, por mais irritante que seja. Vovó Dora tirou uma foto minha segurando o livro, o prédio da Peony aparecendo atrás.

— Um dia — disse ela —, no conforto do seu futuro desconhecido, você vai olhar para essa foto e agradecer pelo dia em que a tiramos.

Foi então que Alix de Rue entrou no café e pediu no balcão um cappuccino descafeinado.

Eu a reconheci porque tinha visto uma foto dela na única entrevista falando da Noa Callaway que eu havia encontrado na internet. Lá estava ela com seu um metro e cinquenta de altura, sapatos de salto gatinho, cabelo loiro num corte chanel curto, brilho nos lábios e um cachecol roxo gigante. Cutuquei minha avó.

— É ela, a mulher que não me contratou.

— A editora? — Vovó arfou. — Vai falar com ela.

— De jeito nenhum.

— Se você não for, eu vou — ameaçou. Vovó já tinha tomado uma dose bem grande de martíni. — Eu odiaria ver você perdendo o emprego para mim.

Terminei de tomar o meu café, que já tinha esfriado, e me pus de pé.

— Tem razão. Isso seria péssimo.

Fui até o balcão, o coração batendo forte no peito.

— Srta. De Rue? — Estendi a mão. — Meu nome é Lanie Bloom. Desculpe incomodar, mas sou uma grande fã da Noa Callaway.

— Eu também — disse ela, sorrindo para mim por um instante, antes de voltar o olhar para o notebook.

Inspirei fundo.

— A vaga de assistente editorial…

— Já foi preenchida.

— Ah. — Embora eu já imaginasse aquilo, mesmo nunca tendo recebido um retorno do RH, senti o coração implodindo como um prédio em demolição.

— E a pessoa que ocupou a vaga fez *isso*? — perguntou vovó, atrás de mim de repente, enfiando meu exemplar de *Noventa e nove coisas* na cara de Alix de Rue. Estava aberto nas últimas páginas, onde eu havia feito a minha lista.

Deu vontade de enfiar a cabeça no chão e sumir ao ver Alix de Rue lendo o que eu tinha escrito sobre sexo com alguém de escorpião. Quando fiz aquela lista, estava me sentindo livre. De repente, pensei na minha mãe e me perguntei se ela ficaria constrangida.

— Eu disse para Noa que as leitoras iriam usar essas folhas — comentou Alix, com mais delicadeza agora, tocando a página com os dedos de cutículas roídas.

— Este livro mudou a minha vida — confessei, assim que Alix me devolveu o exemplar. — Acho que não tenho muito como provar o meu valor ainda, desempregada, num café, implorando por trabalho a quem não me conhece e com uma avó bêbada…

— *Altinha*. — Vovó me corrigiu.

— Mas, um dia... — falei para Alix, com uma risadinha, tentando demonstrar descontração.

— Meu assistente novo odeia "histórias de amor" — disse Alix. — É o sobrinho de alguém na matriz, e me pediram para deixar o rapaz passar por um período de experiência.

— Ah, é? — perguntou vovó, piscando o olho para mim de forma teatral.

Alix semicerrou os olhos e pareceu me avaliar por inteiro: a ecobag absurdamente pesada, o tênis branco surrado, os três quilos que eu perdera no verão — de preocupação, de tanto andar e de comer salada pronta em promoção no mercadinho da esquina —, minha franja levemente oleosa e comprida demais, a jaqueta jeans de universitária e a esperança desvairada e romântica de que o emprego dos meus sonhos talvez não fosse tão inalcançável assim.

— O que eu amo nas histórias de amor é a coragem delas — disse.

— De quais outros autores você gosta? Além da Noa Callaway?

— Elin Hilderbrand. André Aciman. Sophie Kinsella. Zadie Smith. Madeline Miller. Christina Lauren... — Os nomes não paravam de sair. Se Alix não tivesse me pedido para parar, talvez eu tivesse continuado para sempre.

— Entendi. Entendi. — Ela riu. — Ótimo.

— Mas, a minha preferida... — Apertei o livro da Noa Callaway junto ao peito. — ...é ela.

Alix tirou uma resma de papel da pasta de couro. Folheou as páginas e, por fim, me entregou um calhamaço preso por um elástico. Então botou um cartão de visita em cima.

— Leia isto. E me mande um e-mail com suas considerações amanhã.

Agora — depois de sete anos, vinte e nove mil papéis presos na impressora, dois apartamentos, três promoções, uma tartaruga herdada, dezoito relacionamentos dos mais apaixonados aos mais sem-sal, duas tentativas catastróficas de fazer mechas no cabelo e oito romances de sucesso —, está tudo chegando a um desastroso fim?

Sue retorna à poltrona branca, segurando uma pilha ameaçadora de papéis. Ela descruza e cruza as pernas de novo.

— Lanie — começa. — A Alix não vai voltar.

Enquanto tento manter o rosto inexpressivo, num esforço hercúleo, sinto o espanto se espalhar pelas minhas feições. Não foi para isso que eu me preparei.

— Ela decidiu ficar em casa com o Leo.

Eu sabia que a Alix estava nervosa com a volta ao trabalho, ter de arrumar uma creche para o filho — mas ela ama esse emprego. A tristeza invade meu corpo. Alix é minha mentora e amiga. Alix é minha defensora na Peony. Quero falar com ela, ouvir da sua boca a notícia, mas, sentada diante da Sue, percebo a expressão enigmática em seu rosto. Ela não me chamou aqui só para dizer isso. Também é necessário tratar do meu destino. Danos colaterais.

— Precisamos conversar sobre a Noa Callaway — continua Sue.

— O original do próximo livro. — Faço que sim com a cabeça, o estômago embrulhando.

— Onde está ele? — pergunta Sue.

— É... bem... eu não sei.

— Está quatro meses atrasado, Lanie.

— É, está. — E agora Alix não vem mais me salvar.

Sue inclina a cabeça para o lado e me encara com seriedade.

— A esta altura, seria de esperar que a autora e a editora já estivessem na terceira rodada de revisões e edições.

— É verdade, seria de esperar. Mas, com a licença-maternidade da Alix e, bem, o processo de escrita da Noa sempre foi tão diferente...

— Noa nunca atrasou uma entrega. Nunca. O faturamento da editora depende da venda desses livros. Eles *são* o nosso faturamento. Noa Callaway entregar o livro no prazo permite que você possa contratar aquele livrinho... como era o título mesmo, aquele de autor estreante?

— O *início de uma beleza* — respondo. Minha última aquisição, um título disputado em leilão, é uma releitura *queer* de *Casablanca*, escrita por um autor marroquino estreante. — Eu sei, Sue. Sei da importância para a empresa do cumprimento dos prazos da Noa.

— E mesmo assim — comenta ela —, não conseguiu fazer com que ela entregasse o original.

— Ela está trabalhando nele — digo. — Trocamos e-mails hoje e...

Mas o que foi mesmo que conversamos por e-mail hoje? Não sobre o original em questão. Nossos e-mails parecem uma conversa entre velhas amigas. Faz tempo que sou o yin, enquanto a Alix é o yang — e, até ela entrar de licença-maternidade, todo mundo parecia muito feliz com isso. Adoro os e-mails que troco com a Noa. Ela me faz rir. Escreve coisas para mim que sei que suas leitoras dariam tudo para ler. Mas ninguém jamais vai ler. São só para mim.

Hoje cedo, mandei um link para ela com os balões recheados de bolo que encomendamos para o lançamento, e ela me respondeu com um GIF de uma mulher pendurada num buquê gigante de balões, sobrevoando Manhattan.

> Me diz a que horas você vai passar. Vou dar tchau da janela.
> Me pergunto onde você vai pousar...

Sei que a Noa mora no número oitocentos da Quinta Avenida, e confesso que já esquadrinhei o prédio com o olhar uma ou duas vezes, durante minhas corridas. Posso até vê-la em sua janela luxuosa, com um binóculo na cara. Gosto de imaginá-la como uma Anjelica Huston mais jovem.

O título provisório do próximo livro é *Trinta e oito obituários* — vamos ter de mudar, mas a premissa é ótima. É sobre uma jovem jornalista que consegue um emprego no jornal dos seus sonhos, mas então descobre que é para escrever os obituários. O gancho, segundo Alix me contou, é que o primeiro trabalho que ela tem de fazer é escrever o obituário de um jovem escultor genial e destemido. Caso ele morra fazendo uma de suas cada vez mais perigosas acrobacias artísticas, o obituário já vai estar pronto para ser publicado. E essa é a deixa para uma história de amor inesperada.

É um enredo tão característico da Noa Callaway que a princípio deveria se escrever sozinho. Então *qual o problema* com a Noa que ela não consegue terminar?

De repente, me pergunto se a Alix sabia que havia algo de errado com esse livro novo. O original deveria ter chegado antes da licença-maternidade dela. Será que parte do motivo para a Alix não querer voltar é que... ela já tinha previsto uma catástrofe com a Noa Callaway?

— Quando a Alix saiu de licença — continua Sue —, ela me disse que apostava em você, Lanie. Sei que, na ausência dela, você esteve em modo de espera com a Noa. Mas agora...

Olho bem nos olhos dela, pois Sue parece pronta para dar o golpe final. Penso em minha citação preferida da Noa Callaway, de seu terceiro livro, *Cinquenta maneiras de separar seus pais*:

O *maior mistério da vida é se vamos morrer bravamente.*

Se minha carreira está prestes a morrer, gostaria de encarar o fim bravamente. Mas não me sinto corajosa. Estou apavorada, como se estivesse me equilibrando numa corda bamba.

— Preciso — diz Sue — que você assuma.

— Assuma... — respondo, lentamente. — A Noa Callaway?

Não estou sendo demitida? Parece que não.

Sue olha para as fotos dos filhos, para as samambaias. Então olha para mim e suspira.

— Como você sabe, Noa é uma pessoa... difícil.

Sinto que ela está esperando que eu concorde. Nunca conheci a Noa pessoalmente, nem falei com ela por telefone, mas, pelas interações que tivemos por e-mail, considero suas excentricidades equivalentes às de qualquer criatura genial. Às vezes é enigmática e meio seca nas mensagens, mas elas têm uma energia que a diferenciam das outras pessoas.

Quando trabalhamos juntas em seu sexto livro, *Vinte e um jogos com um desconhecido* — sobre dois gamers rivais que se detestam na vida real, mas que acabam pouco a pouco se apaixonando em sonho —, Alix queria cortar uma cena em que os personagens jogam xadrez numa convenção de videogame. Ela achou que não se enquadrava na estética tecnológica do livro.

Aprendi a jogar xadrez com a vovó no verão que minha mãe morreu e percebi que a cena do xadrez contida no original entregue pela Noa era uma metáfora para o relacionamento amoroso como um todo. A dinâmica entre estratégia e paciência. Em minhas observações para Alix, expliquei de que forma, com algumas leves adaptações, a Noa poderia transmitir essa ideia. Foi a primeira vez que a Alix copiou e colou um parágrafo meu nas suas observações sobre o original de um livro. Um dia depois de Alix mandar o arquivo editado, recebi um convite da Noa Callaway para jogar xadrez on-line. Ela nem precisou dizer que sentiu minha influência na edição. Desde então, não paramos mais de jogar.

— Dadas as circunstâncias — continua Sue —, faz sentido promover você. *Provisoriamente.*

Pisco os olhos.

— A partir de amanhã, você vai se tornar a diretora editorial mais jovem da Peony. *Provisoriamente.*

— Sue — sussurro. É uma promoção *e tanto.* — Obrigada!

— Não me agradeça ainda — diz ela. — É só um período de experiência. Três meses. Se não conseguir tirar da Noa um livro digno do primeiro lugar na lista de mais vendidos do *New York Times* até lá, vou encontrar alguém que consiga.

— Vou conseguir — digo, sem pestanejar. Não tenho ideia de como, mas vou dar um jeito.

Se eu não conseguir que a Noa entregue um livro maravilhoso, não é só o faturamento da editora que vai sofrer com isso. Toda a minha carreira também. E a releitura de *Casablanca.* E o romance paranormal sobre balé escrito pela ex-bailarina de setenta anos mais fofa do mundo e com um talento extraordinário para cenas picantes. E o selo #ownvoices, que Aude e eu sonhamos em lançar no ano que vem.

— Não vou decepcionar você, Sue.

— Ótimo. — Ela me passa a pilha de papéis. — Assine aqui.

— O que é isso? — pergunto e, na mesma hora, me dou conta exatamente do que se trata. Um acordo de confidencialidade bem detalhado.

— É só uma precaução — diz ela.

— Ai, meu Deus — exclamo, entendendo o porquê daquilo. — Espera, eu não vou *conhecer pessoalmente* a Noa Callaway, vou? A Noa nunca se encontra com ninguém.

— Vamos manter as coisas assim. — Sue abre um sorriso forçado e meio largo demais. — Foco no livro, Lanie. Faça com que a Noa Callaway entregue o original. E coloque o cinto de segurança. Acho que a viagem vai ser turbulenta.

4

Às sete horas, com o coquetel de lançamento quase chegando à sua última parte, estou no espaço lounge do Hotel Shivani, apenas parcialmente recuperada da reunião com a Sue. Sei o discurso de cor. Tive de escrever no mês passado, para dar tempo de a Alix avaliar, além de Terry e, ao que parece, Noa também — embora ela nunca tenha comentado nada sobre isso comigo. Tudo o que tenho de mudar é o trecho em que digo que *estou representando* a editora da Noa para *eu sou* a editora da Noa. Isso deve ser fácil de fazer.

Estimadas amigas, estamos aqui reunidas...

Recorrendo a metáforas inspiradas nas fases de um casamento, minha ideia é conduzir as leitoras por toda a jornada do nosso trabalho no livro. O modo dramático como a Noa envia os originais — impressos, dentro de uma maleta de metal, entregue por um carro-forte —, que é um pouco como ir a um encontro às cegas. O namoro que é o processo editorial — os obstáculos ao longo do caminho sendo a melhor parte. Vou fazer uma pausa para os risos quando compartilhar a opção de título preferida da Noa para este livro: *Doze pedidos de divórcio*. Juro que achei que este seria o fim dela.

Meu celular vibra.

DIVIRTA-SE!!!, diz a mensagem de Ryan.

Sei que ele programou um alarme no celular para me escrever algo antes de eu subir ao palco, quando estivesse no auge do nervosismo, precisando de uma palavra de incentivo. Então chega uma segunda mensagem: Doido para te encontrar logo. E uma terceira: Não vai dar uma de Bill Murray.

Reviro os olhos, mas estou rindo. É o jeito dele de dizer *nada de improvisos*. Depois de me arrastar para todos aqueles coquetéis em Washington, Ryan já percebeu que eu sou ou excepcionalmente articulada... ou um desastre gaguejante. Ele diz que sou uma terra de extremos, que tenho apenas praias, sem terreno entre os litorais.

Pronta para arrasar, respondo, saindo do lounge e indo em direção ao evento à luz de velas.

O salão está tomado pelas vozes de mulheres que amam a mesma coisa. Essa é a minha turma, a minha galera. Subo no palco e paro sob o altar, com orgulho do evento deslumbrante que Meg e sua equipe organizaram. Com orgulho da Noa e deste livro maravilhoso. E, caramba, com orgulho de mim. Ajeito o microfone. A emoção invade meu peito. Queria que minha mãe pudesse me ver agora.

Fito todas essas mulheres maravilhosas e empolgadas, todas as duzentas e sessenta e seis convidadas, e sou inundada pelo peso da minha nova responsabilidade.

Então a emoção descamba para o pânico — de que Noa Callaway nunca mais vai escrever outro livro, de que o desastre é iminente, sob meu comando — e, de repente, não consigo ver mais nada. As convidadas são um mar vermelho. Meus ouvidos estão zumbindo. O discurso desaparece da minha cabeça.

Das duas, uma: ou eu desmaio, ou vomito.

Pego o celular. Vou abrir o discurso. Mas o desbloqueio por reconhecimento facial não está funcionando, e não vou conseguir segurar microfone, celular e essa porcaria de balão recheado com bolo *e* digitar minha senha ao mesmo tempo. Vou ter que desistir dele.

E dizer o quê?

Abro a boca e sai um ganido. Vejo Meg me encarando da fileira da frente, murmurando nervosa as palavras *boa noite*.

— Boa noite! — exclamo.

Meg dá um tapa na própria testa e então faz um sinal de positivo com o polegar. Pelo menos parece que minha voz voltou.

— Meu nome é Lanie Bloom, e eu sou a editora da Noa.

Ouço murmúrios à minha volta, então lembro que ninguém na editora está sabendo da minha promoção. Meg parece chocada, mas disfarça com um sorriso exagerado assim que nos entreolhamos. Para as convidadas, as palavras soam corriqueiras. Ainda assim, tremo ao dizê-las.

Então, do fundo do salão, ouço o aplauso de uma única pessoa. As palmas se espalham pela plateia e aumentam de volume. Aude assovia. Isso me dá um pouco mais de tempo, e a oportunidade de me concentrar em quem as leitoras são e no quanto temos em comum. Decido falar com o coração.

— Eu também sou fã da Noa. Na verdade, os livros da Noa são a razão pela qual me tornei editora. Trabalhar neles é sempre uma honra. Quando vejo vocês aqui hoje, sei que estou entre amigas. Esse é o efeito que a Noa Callaway tem.

Alguém dá um gritinho na multidão, meus olhos seguem o som e reconheço uma jovem que já vi em lançamentos anteriores. Está com a turma completa, como sempre, e não são poucas entre elas as que têm uma citação da Noa Callaway tatuada em alguma parte do corpo. É um bom sinal.

— Uma salva de palmas para as Callababes, de Providence... — Aponto para elas. — ...que se conheceram no lançamento do primeiro livro da Noa, há dez anos, e são amigas desde então. Vocês acreditam que essas mulheres cruzam o país juntas, indo a todos os lançamentos da Noa Callaway?

O salão me brinda com aplausos, e suspeito que o número de Callababes vai aumentar hoje, outro efeito que a Noa tem. O fã-clube é aberto a todos.

— Gostaria de agradecer aos clubes de livro, às blogueiras e bookstagrammers e ao grupo maravilhoso de mães e filhas no Facebook que está organizando aquela competição para ver quem vai terminar de ler o livro primeiro. Para que ir à escola, é, ou não é?

Um grupinho de adolescentes responde com um:

— É isso aí!

— Também gostaria de agradecer às que vieram desacompanhadas. Vocês podem até ter entrado aqui sozinhas, mas, acreditem, voltarão para casa com um monte de amigas, quer queiram, quer não. — Esquadrinho o salão, enquanto as pessoas riem. Meus olhos pousam na silhueta de um homem perto da saída dos fundos. Por um segundo, me pergunto se não é o Ryan, que veio até aqui me fazer uma surpresa.

Mas esse homem é mais alto que o Ryan. E mais magro também, menos musculoso. O cabelo cheio e escuro é mais comprido e mais ondulado. Ele está de pé com os braços cruzados. Não é nosso público-alvo padrão, e quase sigo adiante, mas não o faço, porque, bem naquele instante, ele dá um passo à frente e vejo seu rosto. Há um quê de divertimento em seus olhos. Ele parece... intrigado. Por mim? Por essa improvisação vacilante? Será que sabe que estou por um fio?

Em vez de simplesmente reter essa informação visual e seguir adiante, entro no modo que Ryan chama de Lanie Camicase; se é para cair, vou levar alguém comigo.

— E gostaria de agradecer ao sujeito solitário lá no fundo, por vir buscar um exemplar autografado para a esposa. Vou chutar que ela trabalha à noite, e que você vai se dar muito bem de manhã, quando ela chegar e encontrar o livro autografado no travesseiro. Ao Homem do Ano, senhoras e senhores!

A plateia faz fiu-fiu, e eu olho de novo para o homem para ver se está rindo. Mas ele saiu de onde estava. E eu o perdi de vista na plateia. Digo a mim mesma que a esposa dele riria da piada se estivesse aqui.

— Falaram para eu não improvisar nesses discursos — digo. — E olhem só para mim, dando uma de Bill Murray para cima de vocês. — Inspiro fundo. — Acho que o que estou querendo dizer é que é um alívio me sentir conectada, em vez de solitária. É essa a nossa esperança toda vez que pegamos um romance. Não é? As histórias da Noa nos conectam a quarenta milhões de outras leitoras no mundo todo e, ainda assim, de alguma forma, são tão íntimas quanto uma conversa com uma amiga. Quando leio os livros da Noa, sinto como se mais ninguém me conhecesse tão bem. Ela é minha amiga. E sei que é amiga de vocês também. Vamos brindar à Noa, e ao maravilhoso *Duzentos e sessenta e seis votos*.

Nesta hora, a última linha do meu discurso me vem à memória. Foi uma das alterações feitas pela Terry, e é perfeita para esta plateia.

— Vamos renovar nossos votos como leitoras. Convido todas vocês a pegarem seu balão e encontrarem seu alfinete. — Pego meu próprio balão e ergo o alfinete no ar. — Repitam comigo: Com este bolo, eu te recebo como livro de cabeceira.

— Com este bolo — repete a plateia —, eu te recebo como livro de cabeceira.

E então, por todo o salão começa a percussão de duzentos e sessenta e seis balões sendo estourados. Todas comemoram diante da chuva de confete comestível.

Após meu discurso, as convidadas se reúnem em torno do maravilhoso bolo de livros que Meg arrumou, para pegar um exemplar autografado. Converso com algumas mulheres de White Plains, e então me junto a Aude, atrás da mesa, para ajudar a distribuir os livros. Havia chegado aquela hora da noite em que as pessoas começam a ficar apreensivas com a volta para casa, e sei que temos de começar a liberá-las com eficiência, de volta para suas vidas e obrigações.

Estou distribuindo brindes — taças de champanhe personalizadas e ecobags com a capa do livro — quando olho para cima e vejo o homem que citei durante o brinde.

— E aí, Homem do Ano. — Entrego um livro a ele. — Obrigada por entrar na brincadeira.

De perto, seus olhos verdes me encurralam.

— Fico feliz em ajudar.

Sua voz é mais grave do que imaginei que seria.

— Tomara que sua esposa demonstre a gratidão dela à altura.

Ele abre a boca, então fecha.

— Namorada? — pergunto.

— Não. Não é...

Como ele não termina a frase, me sinto mal, pois sei que passei dos limites. Às vezes, aparece um ou outro gay nos lançamentos da Noa, mas esse tem toda a pinta de hétero. Então caio em mim.

— Ah, foi mal, você deve ser da imprensa.

Tinha esquecido que um jornalista da revista *New York* havia confirmado presença. Meg estava eufórica com a cobertura, e agora, provavelmente, acabei com a vontade dele de escrever sobre o lançamento.

— Não se esqueça de mencionar o fato de eu ter feito papel de boba, hein?

Ele faz que não com a cabeça.

— Você voaria para longe com uma reportagem dessas.

Lembro do GIF que a Noa mandou, com a mulher voando pendurada nos balões.

— Num balão com um bolo dentro.

— Por falar nisso, esse aqui é de alguém? Não ganhei nenhum balão. — Meg aparece ao nosso lado, estoura o último balão e pega o bolo com a maior habilidade. Me pergunto se ela repara em como o confete parece cair em câmera lenta ao meu redor e ao redor do homem cujo nome ainda não sei.

— Esta é a Meg, nossa assessora de imprensa — digo a ele. — Você deve ter falado com ela sobre a matéria.

Meg olha para mim, confusa. Ela balança a cabeça.

— Quem veio da revista *New York* foi a Doris. Ela já foi embora, mas eles tiraram uma foto ótima sua, no palco.

— Ah — digo, me voltando para o homem misterioso. — Continuo projetando identidades equivocadas em você.

Ele segue me olhando como se tivéssemos um segredo só nosso, e isso tudo tem um quê de estranho e de fascinante ao mesmo tempo. E embora eu saiba que estamos retardando o avanço da fila, estendo a mão para ele.

— Meu nome é Lanie — digo.

— Eu sei — responde ele, arqueando uma das sobrancelhas, o que me faz vasculhar o cérebro em busca da memória de já ter conhecido esse cara. Não. Eu me lembraria. É o tipo de rosto que a gente não esquece. — Você falou seu nome no palco — explica ele, e nós dois rimos. Eu, de nervoso. — Ross — diz ele, afinal, e estende a mão para um cumprimento.

— Muito prazer.

— Não sei se é bem o caso — diz ele. Mas seu sorriso neutraliza a rudeza do comentário. É um sorriso interessante, com dentes bonitos, lábios macios entreabertos.

Ao segurar sua mão, sinto um arrepio no corpo. Engulo em seco, me dando conta de que me sinto atraída por ele.

Solto a mão dele e desvio o olhar.

— Espero que goste do livro — digo e percebo que ele encara minhas palavras como um sinal para ir embora.

— Ah. Claro. — Ele acena para mim e começa a se afastar. — Vou gostar, obrigado.

Só então me dou conta de que ele está indo embora sem levar o exemplar.

5

Tem gente que usa o tempo do transporte público para botar em dia as mensagens dos grupos de amigos ou os podcasts de crimes reais. Já eu, gosto de fantasiar na linha M do metrô. Não é sempre sexual, mas pelo menos uns sessenta por cento do que passa pela minha cabeça no trajeto entre a editora, na Washington Square, e meu apartamento, na região central de Manhattan, facilmente me colocaria atrás das grades em alguns estados do país.

Hoje, começa com Ryan no sofá, vendo basquete e dando uma olhada no app do *Economist*, enquanto me espera. No segundo ato, entro no apartamento e jogo o sobretudo longe — sendo que já tirei o vestido no corredor do prédio, um truque que minha amiga, Lindsay, me ensinou na faculdade. Sento em cima de Ryan sem dizer uma palavra. Na sequência, a cena de sexo do reencontro. O terceiro ato se inicia com uma garrafa gelada de Prosecco, que bebemos sem vestir a roupa.

Ryan e eu nos conhecemos no trânsito. Adoro essa história, e não só porque é minha carta na manga vitalícia para mudar de assunto naqueles bate-papos entediantes em festas. (Ninguém quer saber do inferno que é a sua rotina no transporte público, mas, se o trânsito for a semente do amor, tá liberado!) Gosto dela porque o jeito como eu e Ryan nos conhecemos se parece com a forma como dois personagens de um romance maravilhoso se conheceriam.

Era uma manhã quente de verão em Washington, mais ou menos três anos atrás. Eu estava na cidade para participar de uma conferência. Tinha saído do meu hotel em Georgetown com tempo de sobra para chegar ao Centro de Convenções Walter E. Washington, onde iria participar de uma mesa redonda sobre romance feminista. Mas um ônibus quebrou na rua M, e meu táxi ficou preso logo atrás.

A primeira visão que Ryan teve de mim foi soltando uma sequência de palavrões pela janela do táxi. Ele estava parado do meu lado, numa moto vintage Triumph Bonneville.

— Está com pressa? — perguntou.

Pensando agora, gostei da voz dele de cara: firme, com uma pitada de provocação.

— Eu tinha que estar no Centro de Convenções há cinco minutos.

— Então é melhor subir na garupa.

Eu ri, e foi aí que olhei para ele de fato. Sempre tive uma queda por motoqueiros. Isso inclusive está na minha lista de noventa e nove coisas. Não os motoqueiros agressivos e sujos de graxa. Uma coisa mais Steve McQueen, em *Fugindo do inferno*. Ryan se encaixava perfeitamente na segunda categoria. Estava com um terno elegante e sapatos lustrosos que pareciam recém-engraxados. Tinha as unhas limpas, mãos sensuais. Então ele levantou a viseira do capacete, e vi seus olhos. A partir daquele momento, eu era um caso perdido. Mesmo que eu precisasse de uma carona até Louisville, os olhos castanhos de Ryan teriam me arrancado daquele táxi.

Ticar mais um item da minha lista.

— Pode usar meu capacete — disse ele, como se soubesse que já tinha me ganhado.

— Eu não faço esse tipo de coisa normalmente — respondi, enfiando uma nota de cinco na mão do taxista e abrindo a porta do carro.

— Talvez a gente devesse fazer disso um hábito — rebateu ele. — Meu nome é Ryan.

— O meu é Lanie.

Coloquei o capacete enquanto os carros buzinavam à nossa volta. Se estivesse com a Meg ou o Rufus teríamos mostrado o dedo do meio para todos eles, mas fiquei ali de pé, esperando pacientemente Ryan afivelar o capacete, sentindo seus dedos em meu queixo.

— Não se preocupe com eles — disse ao meu ouvido, acenando para os carros que buzinavam. — Daqui a pouco vão estar no nosso retrovisor.

Já são 22h15 quando enfio a chave na porta do meu apartamento, que fica no quinto andar de um prédio sem elevador. Faz seis anos que moro aqui, mas só nos últimos três o lugar é só meu, porque, depois que a menina com quem eu dividia apartamento se mudou para Boston, enfim passei a ser capaz de pagar o aluguel sozinha (no limite). Chamei uma empresa para derrubar a parede temporária na sala de estar, onde ficava o antigo quarto da minha amiga, e restaurei o apartamento a sua antiga glória de um dormitório só.

Hoje, ao abrir a porta, sou recebida por um bafo quente. Levanto as mãos para me proteger de possíveis chamas. Farejo o ar em busca de evidências de fumaça, mas só o que sinto é o cheiro do pão de alho do Vito's.

Entro em casa e vejo Ryan na cozinha, sem camisa e semissubmerso num emaranhado de mangueiras e peças do que parece um dia ter sido a minha lava-louça. Ao ouvir os passos da minha bota, ele ergue a cabeça e me abre aquele sorriso que faz a moça da lavanderia se abanar com um maço de notinhas.

Ryan jogava tênis em Princeton, então, se você já viu o Nadal trocando a camiseta depois de uma partida, a comparação não seria uma hipérbole. Os músculos dele são tão definidos que têm etimologia.

Nunca senti atração por músculos antes, mas, com Ryan, isso faz parte do pacote. Ele é forte por dentro e por fora. É o mais jovem assessor parlamentar do Congresso, líder do programa de mentoria para menores do bairro onde mora, capitão do time de futebol no qual joga *e* sempre se oferece para tomar conta dos sobrinhos. Ryan nunca — nem uma única vez nos últimos três anos — deixou de me ligar quando disse que o faria, nem fez mistério a respeito de quais eram suas intenções. Quando quer alguma coisa, ele consegue. Nisso, somos parecidos.

Ryan quer ser presidente. De verdade. Quando ele me revelou isso no nosso quinto encontro, enquanto delineava o rumo dos próximos vinte anos de sua vida profissional num bar de ceviche em West Fourth, levei um susto. Mas então imaginei que a Michelle provavelmente também não estava preocupada em como ser primeira-dama no quinto encontro com o Barack, então eu podia muito bem saborear as vieiras e aceitar o que a vida tinha a me oferecer.

— Oi, amor — diz ele.

— Não se mexa. — Pego o celular para registrar a cena. — Por que a gente nunca fez um cartão de Chanucá e um de Natal, ou, melhor ainda, um cartão de *Chanucal*, exibindo os seus músculos? "Feliz Abdominal e um próspero Tanquinho-Novo" escrito em letras cursivas. Ou, quando você abre o cartão, podia ter: "Um Ano-Novo muito sarado para você."

— Que horror. — Ryan ri, os olhos castanhos brilhando para mim e os tríceps de estátua grega sendo flexionados enquanto gira minha chave inglesa barata. Ele fica de pé, anda até mim e me pega no colo. Nos beijamos. — Mas se é um cartão de boas-festas, nós dois temos que estar na foto.

— Mas aí eu vou tampar todos esses músculos.

— As pessoas ainda saberiam que eles existem — diz ele, me beijando de novo.

Dou um tapinha em seu peito.

— Por acaso tem alguma coisa além do seu corpo fazendo este lugar ficar assim tão absurdamente quente?

Ryan me coloca no chão, se recosta com elegância no fogão e enfia os polegares no cós da calça jeans.

— Você quer a notícia boa ou a ruim primeiro?

— Sempre prefiro saber a ruim primeiro — respondo, colocando as ecobags no chão. Todo dia saio de casa com uma e dou um jeito de voltar com umas quatro. — Que tipo de pessoa consegue assimilar uma notícia boa, sabendo que tem uma ruim logo em seguida?

— Verdade — diz ele. — A notícia ruim é que quebrei seu aquecedor enquanto consertava sua lava-louça. A boa é que consertei a lava-louça. — Ele puxa a manga do meu sobretudo. — Tira isso. Fica aqui um pouquinho.

Eu adoraria tirar o casaco, mas estou nua em pelo por baixo, e esse calorão não é bem o capítulo de abertura que eu tinha imaginado para nosso encontro apaixonado de hoje. Me inclino sobre ele para avaliar o desastre que está minha cozinha. Lá se vai a minha fantasia em três atos.

— A lava-louça parece mesmo ótima — brinco. — Já que você está animado para dar um jeito nas coisas, que tal consertar a cabeceira da minha cama amanhã? Estava pensando que a gente podia fazer um estrago nela hoje.

— Bem — diz ele, apontando para as mangueiras —, o barulho parou. Ou melhor, vai parar quando eu botar tudo de volta no lugar. Mas essa é a parte fácil.

— Certo.

A lava-louça já fazia barulho durante o ciclo de secagem antes de eu me mudar para este apartamento, e isso nunca me incomodou. É uma das peculiaridades de se morar em Nova York que acho que as pessoas precisam aprender a valorizar. Se ela faz barulho no meio de um jantar com amigos, é só dar duas pancadas que para, mas, na maioria das vezes, eu ligo a máquina logo antes de ir para a cama e durmo em meio àquela cacofonia.

Ryan tem o sono leve. Ele não vê a menor graça no barulho. Não vê a menor graça na maioria das peculiaridades do meu apartamento e está tentando resolver uma por uma.

— Cadê a Alice? — Olho por cima do ombro de Ryan para a caminha de cachorro onde minha tartaruga fica normalmente. Alice tem 86 anos e é muito obstinada, principalmente quando se trata da temperatura ambiente. Herdei da vizinha da frente, a Sra. Park, quando ela se mudou para a Flórida. Alice e Ryan não se dão bem.

Ryan levanta um dos ombros.

— Acho que foi para lá tem uma hora, mais ou menos. — Ele aponta para o banheiro.

Encontro Alice debaixo da pia, onde tem um cano pingando.

— Ainda bem que ele ainda não consertou esse vazamento — sussurro.

— Tartarugas gostam de calor — diz Ryan, quando a levo de volta para a cozinha. — Elas têm sangue frio.

— A Alice não — digo, colocando uns cubos de gelo na água dela e uns gominhos de laranja gelada. — Ela é sensível. Acha que é cachorro.

— Será que dá para o nosso próximo bicho de estimação ser um cachorro de verdade? Meu irmão acabou de pegar um goldendoodle e...

— Para de falar da Alice como se ela estivesse morta. Ela pode acabar vivendo mais que você!

Ele ri.

— Como foi a festa de dia dos namorados? — Ryan está sempre no modo "ouviu o galo cantar, mas não sabe onde" com o meu trabalho. Mas hoje não o corrijo. Brigar porque o tema da festa era *votos de casamento*, e não *dia dos namorados*, abriria o portal para as Conversas sobre Casamentos.

Mais especificamente, o nosso. Ryan não entende por que começo a suar toda vez que debatemos sobre possíveis locais para a festa. Na cabeça dele, somos duas pessoas muito decididas e capazes e, com a ajuda de uma cerimonialista profissional, poderíamos dar conta disso com facilidade. Ele só quer — como todo mundo quer — que a gente marque a data.

Tiro a garrafa de Prosecco da bolsa. Ryan nota o rótulo chique e arqueia a sobrancelha, intrigado.

— Agora, *você* quer ouvir a notícia boa ou a ruim primeiro? — pergunto.

Ele já está no meu carrinho de bar espelhado, onde guardo as taças de champanhe da vovó.

— Que tipo de maluco iria querer a notícia ruim primeiro, quando há uma garrafa de Prosecco esquentando?

— Tem razão. Pode abrir a garrafa, mas tenho que explicar as coisas na ordem. Vou ser rápida. — Ryan faz a rolha voar pela minha cozinha minúscula, e eu abaixo a cabeça, para desviar. Ele serve um pouco de espuma na minha taça. — A notícia ruim é que a Alix não vai voltar da licença-maternidade.

— Foi demitida? — Ryan balança a cabeça negativamente. — Ela pode alegar discriminação...

— Não, não — eu o interrompo. — Foi opção dela. Alix decidiu ficar em casa com o bebê.

— Faz sentido — comenta Ryan. — Foi o que a minha cunhada fez quando os gêmeos nasceram. Muitas mulheres...

— Ryan — digo, pousando a taça e colocando as mãos nos ombros dele. — O que você falaria se eu dissesse que você está olhando para a mais nova diretora editorial da Peony Press?

Ryan pisca. Ele leva um tempo para perceber que estou esperando uma resposta.

— Eu diria... hum... uau. Isso é inesperado... Inesperado *e* maravilhoso. É sério?

— Não, eu estou zoando com a sua cara — respondo, com ironia. — Óbvio que é sério! — Dou um abraço nele, animada. — Quando a Sue me chamou para conversar, achei que ia ser demitida.

Ryan ri.

— Você se mata de trabalhar. Eles tinham obrigação de promover você. — Ele se afasta do meu abraço, faz um tim-tim na minha taça e dá um gole generoso.

Eu não bebo. Percebo que estou balançando a cabeça negativamente. A lógica dele não parece fazer muito sentido.

É verdade que eu trabalho muito, e esse é o lado que o Ryan enxerga — as tardes de fim de semana em que fico editando, quando não consigo parar de pensar na história. Mas não quero ser premiada pela produtividade. Não fico trabalhando até mais tarde para editar mais originais e mais rápido que meus colegas. Livros não são como doces numa esteira de produção de *I Love Lucy*.

Editar um livro é uma atividade intuitiva, alquímica. Quando mergulho na primeira versão do texto de uma autora, estou mergulhando na história que acho que ela quis contar, num livro futuro que leitoras do mundo inteiro vão ter a chance de escolher e no qual podem encontrar algo mágico.

— Então, você aceitou? — pergunta ele. — A promoção?

— Em que mundo eu *não* aceitaria essa promoção? — retruco. — É o cargo dos meus sonhos, e anos antes do que eu poderia ter imaginado. Vou ser a editora da Noa Callaway!

— Ah, a diva — comenta ele, dando as costas musculosas para mim e voltando-se para a lava-louça.

Pigarreio.

— A diva absolutamente genial, motivo pelo qual trabalho com livros, que exige acordos de confidencialidade e que está quatro meses atrasada no prazo de entrega do próximo original? É, ela mesma.

— Você é obcecada por ela. — É a resposta de Ryan, e não sei se ele diz isso como um insulto. Ele idolatra abertamente o senador para quem trabalha, então, será que, na cabeça dele, isso é só uma declaração dos fatos?

Quando Ryan conhece alguém que admira no Capitólio, compra a biografia da pessoa e vira um discípulo da história e dos hábitos dela. Eu nunca precisei conhecer a pessoa que vive nos bastidores. Para mim, basta saber que compartilho o mesmo planeta que as heroínas maravilhosas da Noa Callaway.

Na editora, existem várias teorias sobre a verdadeira identidade da Noa Callaway. A maioria das pessoas imagina uma mulher na casa dos cinquenta, com filhas adolescentes, ou seja, alguém com experiência de vida, mas de espírito jovem. Aude disse que ouviu de outro assistente que o pseudônimo escondia duas irmãs gêmeas que moravam cada uma em um canto do país e que trocavam capítulos por e-mail. Já almocei com agentes literários que, enquanto saboreavam um *gravlax* escandinavo, juraram ter informações confiáveis de que a Noa, na verdade, é um gay de 46 anos que escreve de um iate na costa de Fire Island, então me imploravam com os olhos para confirmar se era verdade.

Penso na recomendação da Sue — de manter nossa relação de trabalho exclusivamente por e-mail —, e algo dentro de mim resiste à ideia. É minha função fazer a Noa entregar o original. Se ela está mesmo com dificuldade de avançar, e tudo o que posso fazer é mandar um e-mail, será que não estou fadada a falhar?

— Outra coisa — acrescento para Ryan —, minha promoção é provisória.

Isso o faz olhar para mim.

— Como assim?

— Sue falou que se eu não conseguir que a Noa entregue um livro digno do primeiro lugar na lista de mais vendidos do *New York Times* em três meses…

Eu o encaro, esperando que ele termine minha frase com um confiante *você vai conseguir*. Ele não fala nada. Está ocupado com a lava-louça de novo. É então que me dou conta de que ele nem me deu *parabéns*.

— Ei — eu o chamo, me aproximando, tirando com gentileza a chave inglesa de sua mão e tocando de leve sua cabeça. — O que está acontecendo?

Ryan limpa as mãos na calça jeans.

— Estou orgulhoso de você, Lanie.

Ele volta o olhar para minha mão esquerda, para o dedo vazio que vai receber o anel de noivado quando a joalheria terminar de ajustar o tamanho, no fim do mês.

— Mas? — insisto, embora já saiba a resposta. Preciso ouvir dele.

— A gente tinha combinado que depois das festas de fim de ano íamos começar a planejar o casamento — diz ele. — Aí você ficou toda enrolada com esse lançamento. Agora que acabou, tem mais essa.

Suspiro. Muito embora ache que estamos avançando numa velocidade perfeitamente adequada — ficamos noivos só em outubro —, muitas vezes parece que Ryan acha que a esta altura já deveríamos estar casados e esperando um filho. Já tivemos várias discussões — nada muito grave, mas o suficiente para me deixar cansada toda vez que penso nesse assunto.

— Ryan — digo, baixinho.

— Tenho medo que essa promoção coloque *a gente* no fim da sua lista de prioridades — diz ele. — O casamento. E todo o resto.

Todo o resto. As palavras saem depressa, baixinhas, quase sussurradas. Ryan e eu concordamos que depois do casamento eu me mudaria para Washington com ele. Mas a logística da mudança — e o que isso vai significar para mim e para a minha carreira — ainda não está muito clara. Sei que Ryan acha que a promoção não ajuda em nada os nossos planos de morar juntos.

E ainda tem a questão da religião, se vou me converter ao cristianismo. Para Ryan, é importante que quaisquer filhos que tenhamos no futuro sigam a mesma religião dos pais. Não sou muito religiosa, mas também não consigo concordar com a ideia de me converter. Parece errado mudar quem eu sou para que a gente possa se tornar uma espécie de frente unida em uma futura campanha política. Em que ano estamos, 1956? E, além disso, não me imagino contando para a vovó que não sou mais judia e que os netos dela também não vão ser.

São questões importantes, e que aprendemos a varrer para debaixo do tapete desde que ficamos noivos. Nunca parece a hora certa para conversar sobre elas. Hoje estou cansada demais — e eufórica demais — para sequer pensar em possíveis respostas. Então digo a Ryan a coisa que sempre me acalma quando começo a me preocupar com o futuro.

— Você é o meu noventa e nove coisas — afirmo, segurando as mãos dele. O fato de Ryan ser tão indiscutivelmente perfeito para mim é algo que considero fundamental. Mas ele não sorri, como normalmente faria.

Volto-me ao Prosecco em busca de ajuda. Coloco as taças de novo nas nossas mãos. Então faço uma concessão, tentando uma abordagem mais prática e programática.

— O que você acha de, na próxima vez que eu for a Washington, a gente dar uma olhada nos salões de festa que a sua mãe queria nos mostrar?

— É sério? — pergunta ele.

Faço que sim com a cabeça.

— E, enquanto isso, será que hoje a gente não pode só comemorar a minha novidade? Isso sou eu implorando para que você beba um ótimo Prosecco.

Ryan me oferece seu sorriso maravilhoso de político, aquele que diz *estou do seu lado*. E ergue a taça.

— Parabéns, amor. Quero saber tudo o que a Sue disse.

Então eu conto, me jogando no sofá com meu Prosecco, enquanto Ryan conserta a lava-louça. Quando termino de descrever a reunião com a Sue e começo a falar do lançamento, não consigo deixar de lembrar do aperto de mão de Ross no fim do evento, da intensidade de seus olhos, do arrepio que percorreu meu corpo.

Uma taça de Prosecco depois, Ryan não só resolveu o problema da lava-louça, como quase consertou a válvula do aquecedor também. Estamos os dois seminus e a lembrança do aperto de mão de Ross desapareceu por completo. Os palavrões de Ryan diminuíram para um a cada três minutos, então acho que tenho alguma abertura para conversar.

— Vamos planejar alguma coisa para fazer amanhã? — pergunto.

Ryan não ergue o rosto para mim.

— O primeiro plano é aproveitar a melhora na nossa qualidade de vida agora que você tem uma lava-louça que funciona direito. E um aquecedor renovado.

— O barulho me ajudava a dormir. Acho bom rezar para eu conseguir dormir no silêncio.

— O que tenho na cabeça é: você, eu, aquele sofá, uma pizza, *com* pimenta jalapeño porque eu te amo, e o filme novo do Scorsese. É o sábado perfeito ou não é?

— É dia dos namorados! — exclamo, com mais ênfase do que pretendia. Sempre fui meio indiferente a essa data, mas acho que estou um pouco empolgada porque é a primeira vez que cai num fim de semana, o que significa que é a primeira vez que vamos conseguir passar o dia juntos.

— Brincadeirinha. — Ryan sorri. — Devia ter visto a sua cara quando falei *Scorsese*.

Jogo uma almofada nele.

— Eu odeio o Scorsese. É tão difícil assim colocar uma mulher no filme antes da segunda parte...

— Lanie — interrompe ele, pressentindo o sermão. — Eu estou com o dia inteirinho planejado, terminando com um jantar muito especial no seu restaurante favorito, o Peter Luger. Já está reservado há meses. — Ele me olha de relance, e sei que não reagi com o nível desejado de entusiasmo. — Lanie?

Comemoramos nossas últimas quatro ocasiões especiais no Peter Luger, mas, se eu falar isso, vai ser: *Mas é uma tradição!* ou *Achei que você amava o creme de espinafre deles*, e amo mesmo, mais do que qualquer verdura no mundo, mas não estou no clima de ficar defendendo creme de espinafre hoje. As rotinas em que a gente caiu às vezes me deixam meio inquieta e claustrofóbica, feito um brinquedo que anda depois de você dar corda nele e que fica preso num canto da sala.

— Você não fica com medo de que a gente pareça um casal de idosos, quando não somos nem velhos nem casados? — pergunto.

E acho que ele vai dizer: *Não, porque não tem mais ninguém com quem eu queira envelhecer e casar, por isso te pedi em casamento.*

Mas Ryan me surpreende, como às vezes faz. Ele me levanta do chão, me joga por cima do ombro e me leva para o quarto, me fazendo soltar um gritinho.

— Já viu um velho casado fazer isso? — Ele me joga na cama, e mal posso esperar para botar as mãos nele.

No fim de tarde do dia dos namorados, já comemos o brunch do nosso lugar favorito, Parker & Quinn, que eu amo porque você pode montar seu próprio drinque (com quatro tipos de suco!), e que o Ryan ama porque pode ver os Wizards ganhando dos Bulls. Ele me levou a uma loja de esportes no centro para comprar uma raquete de tênis e finalmente conseguir alcançar seu objetivo de casal de jogar tênis em dupla em Washington. Já eu o arrastei para o Guggenheim, porque não me canso do *Canal*, de Helen Frankenthaler.

Ao sair do museu, ainda temos uma hora até o jantar, então sugiro voltar passeando pelo parque.

Andamos até a Gapstow Bridge, na rua 62, um marco no meu percurso de corrida de rua desde antes de começar a trabalhar na Peony, quando ainda estava perdida, sozinha e sem dinheiro, implorando ao universo que me desse uma luz. A ponte de pedra parece ter saído de um livro de fantasia, com a ardósia cinzenta coberta de musgo, atravessando a extremidade norte do Lago. Dela, tem-se uma das vistas mais bonitas de Manhattan, com os prédios reluzindo no crepúsculo. É um lugar onde eu nunca senti como se qualquer coisa fosse pedir demais da vida, contanto que eu me dispusesse a trabalhar para fazer acontecer.

Paro no meio da ponte e seguro a mão de Ryan, para que ele pare também.

— Acho que este é o meu lugar favorito de Nova York.

— É lindo — comenta ele, puxando minha mão de leve e olhando para o céu. — Vamos continuar? Acho que vai chover de novo.

— Só um instante. Eu ia te dar isso mais tarde, mas agora parece a hora certa. — Abro a bolsa e pego o pequeno embrulho.

Ryan começa a abrir o presente, e sinto a ansiedade crescer dentro de mim. Estou praticamente saltitando quando ele abre os painéis de madeira.

— É a sua lista — diz ele. — Do livro.

— É. Do livro.

— Não usar tamanco. Ticado. Você sabe que eu não sou uma lista de compras, não sabe? Que sou uma pessoa de verdade?

— Você não acha maravilhoso eu ter feito um plano ridiculamente enorme e meticuloso para o amor... e ter achado um cara que preenche todos os meus pré-requisitos?

— Nada disso, fui eu que achei você — diz ele, e me beija.

Ensino como guardar o presente na carteira, e gosto de como ficou ali.

— Agora, mesmo que a gente esteja longe, você vai saber por que eu te amo. — Assim que saímos da ponte, eu paro. — Espera, hoje é sábado.

— O dia inteiro.

— Eles deviam estar ali.

— Quem?

— Edward e Elizabeth. — Olho para o gramado diante da ponte, como fiz tantas vezes em minhas corridas de fim de tarde aos sábados. Mas o casal que eu esperava ver não está ali.

Eles não se chamam Edward e Elizabeth. Ou talvez se chamem — eu não os conheço, na verdade. Mas toda semana os vejo aqui. Desde que me mudei para Nova York, eles são importantes para mim.

— O casal do piquenique — digo a Ryan, torcendo para que ele se lembre. No começo do nosso namoro, contei do casal que todo sábado à tarde vem ao mesmo lugar no Central Park, perto da água, na área ao norte do Lago, para fazer um piquenique sofisticado.

— São eles ali? — Ryan aponta para um casal mais velho caminhando pela trilha.

Fico na ponta dos pés, seguindo, otimista, o seu olhar.

— Não. — Balanço a cabeça. Não são nem parecidos.

Faz anos desde a última vez que estive no Central Park num fim de tarde de sábado. Talvez desde que comecei a namorar o Ryan. Sou tomada por um frio na barriga ao imaginar que uma ou ambas as partes do casal por quem sou apaixonada pode não estar mais viva.

Ryan me abraça. Acho que sabe que fiquei desapontada. Estamos prestes a nos beijar, quando um trovão ressoa no céu e começa a chover. Quero ficar, ignorar a tempestade e a reserva do restaurante, ficar aqui beijando até Edward e Elizabeth aparecerem. As condições climáticas nunca foram um problema para eles. Já os vi fazendo piquenique com um aquecedor portátil no meio de uma tempestade de neve.

Mas Ryan tira o casaco e cobre minha cabeça. Então me puxa pelo braço.

— Melhor correr, ou não vamos conseguir um táxi — grita, mais alto que o ruído da chuva.

Ele tem razão, eu sei, mas ir embora assim, antes de ver Edward e Elizabeth, parece muito errado.

6

Em meu primeiro dia de trabalho na Peony, flagrei a Alix fumando maconha atrás da mesa.

— Foi mal! — exclamei, recuando e jurando a mim mesma que bateria à porta mais alto da próxima vez, me perguntando se deveria deixar as capas que tinha ido entregar a ela... ou simplesmente abandonar a missão por completo.

— Pode entrar, pode entrar — chamou ela, tossindo e borrifando um aromatizador de figo. — Normalmente não faço isso, mas tenho uma ligação com a Callaway agora de manhã.

Noa tinha acabado de entregar a primeira versão do terceiro livro, *Cinquenta maneiras de separar seus pais*. Eu havia devorado o texto — e li atentamente o documento de dezoito páginas com sugestões que a Alix havia escrito, em espaçamento simples, feito uma arqueóloga examinando os Manuscritos do Mar Morto.

O livro é sobre um casal de vinte e poucos anos que planeja uma viagem romântica para Nova York... e acaba tendo de levar a mãe dele e o pai dela junto. As coisas ficam ainda piores quando eles descobrem que não só seus pais haviam namorado na juventude, como ambos estão solteiros novamente. Para o desespero dos filhos, a velha chama não arrefeceu. Então o casal mais jovem bola um plano para separar os pais, usando uma série de estratagemas disfarçados de aventuras de férias. Uma competição culinária, ingressos para a Broadway, andar de caiaque no rio Hudson, e por aí vai. Mas tudo que eles fazem durante a viagem só aproxima ainda mais os pais.

A cena da asa-delta, na segunda metade do livro, tem uma frase que eu nunca mais esqueci. Logo antes de pular do penhasco, a mãe do protagonista fala: "O maior mistério da vida é se vamos morrer bravamente."

Chorei quando li essa cena pela primeira vez. De todos os aforismos da Noa Callaway que me emocionaram ao longo dos anos, esse é o que eu mais gostaria de ter compartilhado com a minha mãe.

Adoraria saber se ela se sentiu corajosa no fim.

No documento com as observações da Alix, ela fez uma "campanha de terra arrasada" na segunda parte do romance. Eu concordei com as sugestões, mas, se tivesse de justificar todos aqueles cortes a uma autora best-seller, também estaria tentando ficar chapada atrás da mesa.

— O livro vai ficar perfeito — falei para Alix.

— Melhor que fique mesmo, pelo que estamos gastando com ele — respondeu ela, apertando o baseado com os dedos. — O original tem umas vinte mil palavras a mais do que precisava ter, mas, se conheço a Noa direito, sugerir cortar uma única palavra vai ser o mesmo que leiloar as joias da coroa.

Não consegui entender exatamente as ameaças e acusações gritadas naquela manhã por trás da parede, mas, depois de duas horas ao telefone com Noa, Alix saiu para um almoço bem demorado. Ela me pediu que escrevesse um e-mail para a assistente da Noa, combinando o envio do original impresso com as correções marcadas.

Escrevi para Terry e me apresentei. Copiei a Alix e a Noa, conforme ela me pediu, embora Alix tenha me dito que a Noa nunca se envolve na parte logística. Não pude evitar a tietagem e comentei que o sobrenome da personagem do livro, Drenthe, era igual ao meu segundo nome. E como, ao ler o original, pela primeira vez não vi meu segundo nome como um castigo. Não esperava que a própria Noa me respondesse dois minutos depois.

Cara Drenthe,

Bem-vinda ao inferno que é trabalhar com a digníssima aqui!

Acho que consigo me levantar do chão por tempo suficiente para receber seu pacote, lá para a uma da tarde.

Nunca me dediquei tanto a uma coisa na vida quanto à minha resposta de poucas linhas para a Noa Callaway:

Noa,

A cena de luta no barco a remo é uma das minhas preferidas. Não só desse livro, mas de todos os outros que já li. Porém, concordo com a Alix que não funciona bem para essa história. Talvez pudesse servir como cena de abertura do seu próximo livro?

Se algum dia precisar de um ombro amigo para chorar pelas pérolas que precisam ser cortadas, me escreva. Faremos um minuto de silêncio para elas aqui na editora.

Para meu imenso espanto, ao longo da semana seguinte, todo dia eu recebia um e-mail da Noa com o título de *Cortar pérolas nº 1, 2, 3* e assim por diante. Cada um deles incluía uma única frase, um parágrafo ou uma parte da trama para entrar na faca.

Liguei para a vovó e li alguns dos trechos em voz alta, e depois relatei a Noa todos os pontos em que minha avó riu. Fui até a escada de incêndio e gravei um áudio de mim mesma gritando frases do monólogo interior para o trânsito da Segunda Avenida. Escrevi de canetinha na sola do meu All Star uma descrição absurdamente linda do cabelo de uma personagem, e depois passei o fim de semana caminhando pelo Brooklyn e fotografando para a Noa como tinha sido o dia daquela frase.

Você está tornando isso mais divertido do que deveria ser, respondeu ela por e-mail, à meia-noite.

Mesmo depois de o livro ter sido impresso, mesmo após muitos anos e muitos livros, às vezes ainda recebo um e-mail sobre alguma coisa que a Noa odeia ter tido de cortar: as florzinhas cor-de-rosa no vasinho de manjericão, dois dedos de cabelo, um homem esperando um táxi, o jantar da mãe dela depois que quebrou o braço.

No dia em que *Cinquenta maneiras de separar seus pais* foi publicado, recebi na editora um buquê de tulipas brancas num vaso de vidro com um bilhete que dizia "Essas também tiveram que ser cortadas".

Desde então trabalhamos em sete livros, e o processo tem sido o mesmo: Alix fica com as queixas e os desentendimentos; eu arrumo um jeito de tornar o processo de edição da Noa um pouquinho menos doloroso. Sou uma espécie de tio engraçado, enquanto a Alix faz o papel da mãe solo.

Só que agora... A Alix não vai voltar, e em que pé a Noa e eu ficamos?

Ontem, Terry me ligou para marcar uma reunião presencial com a Noa. Fiquei tão surpresa que concordei com o horário proposto sem nem verificar minha agenda. Então tive de cancelar de última hora uma viagem a Washington, para o aniversário do senador de Ryan. Ele não gostou da notícia, mas vou dar um jeito de compensar na semana que vem.

Sei que a Sue não ia gostar disso, mas em que mundo eu poderia dizer não para uma reunião com a Noa Callaway? Acho que, se a Sue não souber, não vai ficar chateada. Além do mais, a reunião não foi ideia *minha*. Sou só a pessoa animada com ela.

Abro o e-mail de Terry no celular pela quatrocentésima vez. O combinado é encontrar a Noa às quatro horas em frente à Casa do Xadrez, no Central Park. Ela vai procurar por mim.

Essa informação me deixa agitada, porque, embora seja fácil encontrar uma foto minha no Google, não imagino a Noa Callaway pesquisando a meu respeito na internet. Ainda assim, não quis questionar a Terry sobre *como* a Noa iria me identificar. Estou com o terninho vintage Fendi da vovó — e, para ficar mais informal, com um All Star, meia-calça de tricô e o cachecol que Aude me deu de aniversário. Por via das dúvidas, trouxe um exemplar de

Duzentos e sessenta e seis votos, que estou carregando com a capa bem exposta.

Sempre quis jogar na Casa do Xadrez, com seus arcos encobertos pela sombra e as mesas de pedra diante da casa de tijolos vermelhos. Já chamei Ryan para vir comigo algumas vezes, em tardes de domingo ensolaradas, mas ele não tem a menor paciência para o jogo.

O céu de fevereiro está claro e límpido. Ao dobrar a esquina na rua 66, ouço as vozes antes de ver as jogadoras. Para um grupo de mulheres em sua maioria aposentadas, elas xingam feito estivadores e batem nos cronômetros como se fossem bongôs. Vovó se enturmaria facilmente.

— Vai comer meu bispo antes que a gente morra, Marjorie? — pergunta uma jogadora a uma das mesas.

— Nem vem, Betty, não vou cair na sua armadilha siberiana — responde a adversária.

Deve haver pouco mais de dez jogadoras, variando entre sessenta e oitenta anos, se revezando para jogar em quatro mesas. Avalio o grupo com os olhos e a intuição e elimino metade dele. Eu *conheço* a Noa Callaway, e ela não é a velhinha russa com batom no dente. Tento estabelecer contato visual com uma senhora loira de óculos bifocal de armação cravejada de diamantes na ponta do nariz aquilino, mas ela está concentrada em andar com a rainha e não ergue o rosto. O que, cá entre nós, é muito a Noa Callaway.

Me aproximo. Se conseguir olhar em seus olhos, vou saber. Vou precisar de uns cinco segundos para me habituar à realidade de que é ela. E então vou ficar bem. Vou poder me concentrar em tentar não pisar na bola, em agir com profissionalismo, em vez de dar uma de tiete. Mas, antes que ela note minha presença, me distraio com seu adversário, que está me encarando.

Quando me dou conta de que o conheço, gelo por dentro. É Ross, o cara que estava no lançamento. O Homem do Ano. Que recebeu uma chuva de confetes comestíveis ao meu lado. A descarga elétrica de um raio atravessa meu corpo.

Desvia o olhar. Você tem uma missão a cumprir.

Ele sorri para mim, de um jeito maroto. Noto que estão no fim da partida, e que a maioria dos peões da ala da rainha de Ross estão caindo.

— Oi — diz ele.

— Oi. — Sinto as bochechas em chamas. Não estou vestida para uma tempestade de raios hoje.

— Xeque-mate, seu filho da puta! — exclama a mulher, de repente. Se ela não for a Noa Callaway, eu desisto. Mas, quando se vira para mim, a inexpressividade em seu olhar me atinge em cheio.

Ergo o livro e digo seu nome, mas ela não me ouve. Está chamando as outras do grupo.

— Finalmente ganhei do Ross! — Então comemora erguendo os punhos no ar, enquanto as mulheres rodeiam a mesa. Querem ver a prova. Quando confirmam, a senhora dos óculos bifocais desaparece num mar de abraços.

— Quer jogar? — pergunta Ross, me convidando a sentar.

— Desculpa. Combinei de encontrar uma pessoa.

Seu sorriso me atrai e então me afasta, pela velocidade com que se desfaz. Desvio o olhar, me mantendo disponível para a Noa Callaway.

— Lanie — diz Ross.

— Com licença — digo, me desculpando enquanto me afasto. — Foi bom te ver de novo.

— Lanie. — Sua voz me obriga a prestar atenção.

Até que... sinto um vazio no peito. Porque finalmente a ficha cai. É como se a força da gravidade estivesse duas vezes maior. É assim que me sinto, enquanto Ross e eu nos encaramos por um longo e silencioso instante.

— É você? — Sinto as pernas fraquejarem. Sento no banco.

— Sou eu.

— Ai, meu Deus.

Noa Callaway tem gogó. Noa Callaway tem *pelo no peito*. Noa Callaway tem voz grossa e um aperto de mão firme. Aparentemente, Noa Callaway tem outras coisas firmes também.

Os anos de e-mail, de xadrez on-line? Aquele tempo todo, era *ele*?

Lembro de mim lendo *Noventa e nove coisas* escondido no alojamento da faculdade. O jeito como aquele livro mudou o rumo da minha vida, em direção a esta versão de mim mesma, bem aqui, neste instante. Penso na minha lista das noventa e nove coisas dentro da carteira de Ryan, o homem para quem aquele livro me conduziu.

— Perdão — digo. — Acho que fiquei sem ar. — O cachecol parece apertar meu pescoço. Dou uma golada da garrafa de água da minha bolsa. Fecho os olhos e tento falar. — Como... como foi que eu não percebi isso?

— Eu poderia ter jurado que você sabia — diz ele.

— Como eu saberia? — Ouço a raiva em minha voz.

Ele abre a boca. Arregala os olhos. Parece um funcionário do zoológico se dando conta de que o urso-pardo está prestes a atacar.

— Aquela noite, no lançamento — diz ele. — Achei que você tinha perdido o fio da meada depois que me viu.

— *Perdido o fio da meada*? — Pode haver alguém mais sem noção? — Eu estava pensando nas *leitoras*, no meu dever de dar a elas o próximo livro da Noa Callaway. Estava absolutamente arrebatada de afeição por aquelas mulheres. Não que você saiba alguma coisa sobre o que é ser verdadeiro. — Levo a mão à boca, então deixo que caia até o peito, em cima do coração. — Suas fãs vão ficar loucas se descobrirem quem você é.

Seus olhos disparam à nossa volta, então se fixam nos meus.

— E por que elas iriam descobrir? Não é melhor para todo mundo se isso ficar entre nós?

— Elas *confiaram* em você.

É um pouco menos constrangedor do que dizer: *Eu confiei em você.*

Ficamos em silêncio. Ele não parece nem um pouco incomodado com a ideia de estar traindo milhões de leitoras, e de eu ser, a partir de agora, sua cúmplice. Como é possível que o livro que mudou a minha vida — que me convenceu que Ryan é minha cara-metade! — tenha sido escrito por um *babaca*?

— Sempre quis saber onde você aprendeu a jogar xadrez — comenta ele, apontando para o tabuleiro entre nós.

— Minha avó me ensinou — respondo, distraída.

— Foi sua avó que escolheu sua roupa também? — pergunta ele, avaliando meu terninho Fendi.

Fico de pé, o coração batendo acelerado, tentando conter a minha ira. Ainda bem que o tabuleiro é parte da mesa, senão eu o teria arremessado na cabeça dele com tanta força que arrancaria uns três livros daquele cérebro.

Ajeito o paletó.

— Foi. Era dela. E é lindo. E a Noa Callaway que me convenceram que existia teria apreciado a elegância atemporal dele.

Ele fica de pé também, o que faz eu me mexer depressa, guardando o livro, o cachecol e a garrafa de água de volta na bolsa.

— Isso não está indo bem — diz ele.

Como ele ousa? Minha ídola foi profanada. O único motivo pelo qual eu comecei a trabalhar no mercado editorial foi tirado de mim. Tudo que sempre amei sobre o amor está em jogo. E *ele* acha que isto não está indo bem? Dou meia-volta e começo a me afastar depressa.

— Lanie. — Ele me segue para fora da Casa do Xadrez.

Não sei aonde estou indo. Queria correr para bem longe daqui. Queria comprar três quilos de sorvete e me esconder debaixo do edredom pelo resto da vida. Queria entrar numa realidade paralela em que a heroína da minha vida fosse a mulher inspiradora que sempre imaginei — não esse cara.

Penso na Sue, antevendo turbulências. Isso está mais para uma falha em ambos os motores da aeronave.

— Você precisa de mim — diz Ross, quando passamos pelo Centro de Visitantes do parque, as crianças correndo à nossa volta com seus souvenires. Paro na mesma hora.

— O quê? — Ouço minha própria voz perguntar. Ela soa demoníaca. E me sinto ainda pior por dentro.

— Você precisa de mim. O livro — diz ele.

Ross tem razão. Se não quiser perder o emprego, preciso dele, e preciso dar um jeito de arrancar um livro dele. A Peony precisa dele. Todos os outros seres humanos decentes com quem trabalho precisam dele. O que significa que eles precisam que eu não desista agora.

Ele olha por cima da minha cabeça e me diz uma de suas pérolas:

— Não confunda arte e artista. Se está tão preocupada com as minhas leitoras, então se concentre nos meus livros, não em mim. Não sou a origem do significado dos meus livros. A sociedade é a única autora.

— Ah, dá um tempo. — Começo a andar de novo, gritando para trás: — As pessoas também amam roupa barata, mas quem é que dá a menor bola para as fábricas que exploram os operários, não é mesmo?

— Essa é a questão! — insiste ele. — "O nascimento do leitor tem de pagar-se com a morte do autor."

Fecho as mãos em punhos. Amo o ensaio que Ross está citando desde que o li na aula de Introdução à Crítica Literária, na faculdade. Mas, neste instante, com a raiva que estou sentindo, "A morte do autor" começa a ganhar uma nova conotação, mais tentadora e literal.

— Roland Barthes não trabalhou envolto numa obscuridade relativa só para dar permissão para um milionário mimado agir como um idiota.

Ele ri, jogando a cabeça para trás, enquanto saímos do parque e esperamos o sinal da Quinta Avenida abrir.

— Viu? Agora a gente está se divertindo.

Fico me perguntando se ele é um sociopata. Será que ele estaria se divertindo tanto se sua carreira inteira estivesse em jogo como a minha agora? *Como pode* ele não ver as coisas como elas são? O sinal fica verde.

— Tenho que ir — digo. E atravesso a rua praticamente correndo.

Se eu pudesse voltar no tempo e nunca ter tocado num livro de Noa Callaway... Mas, se tivesse sido assim, onde eu estaria agora?

O filho da mãe corre atrás de mim.

— Talvez você devesse se perguntar por que o meu gênero te deixa tão perturbada — grita ele. — Não é muito heteronormativo presumir que tenho que ser mulher?

— Tchau, Ross — grito de volta.

— Lanie, por favor — pede ele, me surpreendendo.

Eu paro. Me viro. Seu tom e sua expressão são mais sérios do que eram segundos antes. Para mim, isso é mais insuportável do que quando ele estava sendo um babaca pseudointelectual. Como pode isso estar sendo tão difícil? Quando havia dois computadores e o labirinto tranquilizador da internet entre nós, Noa Callaway e eu tínhamos uma química espetacular.

— Quer subir? — pergunta ele. Estamos diante do toldo de um prédio, e ele aponta para a portaria. — É aqui que eu fico.

— Eu sei. Faz sete anos que mando pacotes para cá. — Encaro o prédio, sobre o qual especulei tantas vezes, imaginando uma Noa Callaway muito diferente na cobertura.

De jeito nenhum que vou entrar aí. Já me desiludi o suficiente por uma tarde. Preciso me afastar desse homem para pensar no que vou fazer com ele.

— Não, obrigada — digo.

— Não acha que a gente devia falar sobre o livro?

Suas palavras me fazem perceber como estamos longe de qualquer aparência de profissionalismo. Era para tudo ter corrido de forma tão diferente. E a culpa não é só dele. Talvez apenas noventa e cinco por cento. Inspiro fundo, então solto o ar. Penso em todas as pessoas que dependem de mim para entregar o livro novo de Noa Callaway.

— Pode falar — digo. — Não preciso estar na sua cobertura para isso.

— Tudo bem — diz ele.

— E então? Fala logo.

— Uau. Sabia que você é muito diferente pessoalmente?

— Não acredito que você acabou de falar isso — digo, balançando a cabeça. — Você vai terminar de escrever o livro ou não?

Ele não responde de imediato.

Eu preencho o silêncio.

— Vamos ter que pensar num título melhor que *Trinta e oito obituários*.

— Ah, pois é — responde ele, coçando o queixo. — Eu desisti daquela ideia. Não cheguei a falar com você?

Não, ele não falou. Isso e mais uns outros detalhes fundamentais que ele deixou de fora dos nossos e-mails. De uma hora para a outra, minha promoção vai de provisória a espectral.

— O que tem de errado com a ideia dos obituários? — pergunto. O departamento comercial adorou. Sue também.

Ele dá de ombros.

— É meio nova-iorquino demais. Quero fazer uma coisa nova.

— Todos os seus livros são nova-iorquinos! — Minha vontade é de gritar, mas consigo manter a voz num sussurro irritado. Afinal de contas, estamos no meio da rua em Manhattan, e a identidade dele é segredo para todo mundo, exceto para a azarada aqui. — É sua marca registrada. É o que as leitoras *gostam* em você. Foi por isso que a *Vogue* te chamou de "Rainha do amor em Gotham". Lembra?

Passei anos admirando o fato de que os livros de Noa não eram só histórias de amor de um casal, mas também cartas de amor à cidade que eu amo. Mesmo *Votos*, com as cenas de casamento na Itália, começa com um pedido de casamento maravilhoso na balsa para Staten Island.

— Já esgotei todas as possibilidades com essa cidade — argumenta ele. — Não tenho mais lugares marcantes onde fazer os personagens se beijarem.

Reviro os olhos, porque é claro que ele reduziria o amor pungente de tantos livros de Noa Callaway a um clichê.

— Então, em vez disso, você está planejando escrever... o quê?

— Tenho outras ideias na cabeça.

— Ai, meu Deus.

Ele está mentindo. Tudo nele me diz que não digitou uma palavra sequer.

— Você parece preocupada — comenta ele. — Vai dar tudo certo.

— Para você.

— Para nós. Somos um time agora, Lanie.

Tenho de sair daqui antes que eu seja presa por agressão. Mas não quero deixar transparecer o quanto ele está me dando nos nervos.

— Olha... — Quase o chamo de *Ross*, mas não soa mais adequado. — Nem sei como te chamar, agora que a gente... — Não termino a frase. Não parece certo dizer *se conheceu* para uma pessoa que eu achava que conhecia. Eu me expus para Noa Callaway naqueles e-mails. Permiti que minha vida fosse iluminada pela vida dela.

A vida dele.

— Meu nome verdadeiro é Noah Ross — explica ele. — A maioria das pessoas me chama de Ross, mas nenhuma delas sabe o que escrevo. Por que a gente não segue com Noah?

— Tá bom, Noah. — Cruzo os braços e sustento seu olhar. — Você tem duas horas.

— Duas horas para quê? — Ele ri, parecendo meio na dúvida.

— Para me mandar o que tem. As... ideias na sua cabeça.

Noah me encara como se eu estivesse sugerindo que fizéssemos tatuagens combinando no pescoço.

— Você sabe que não é assim que eu trabalho.

— Agora é. — Torço para que ele não repare nas minhas pernas tremendo. — O original já deveria ter sido entregue há quatro meses. Não vou ser demitida só porque você cansou de fazer sucesso. Então organiza as suas ideias e me manda. Você falou que nós somos um time agora. Bem, o meu time joga para ganhar.

7

Estou tão deprimida que nem a Taylor Swift consegue me ajudar. Tiro os fones do ouvido e fecho a playlist, uma nuvem de vapor saindo pela boca enquanto corro na margem do rio.

Depois do desastre que foi a reunião com Noah Ross, eu sabia que precisava me manter em movimento. Penso melhor quando não estou parada, e de jeito nenhum iria passar o restante do dia sentada, verificando a caixa de entrada do meu e-mail e esperando para ver o que ele iria mandar.

Voltei para casa só para guardar o terninho Fendi da vovó, dar comida para a Alice e pegar os tênis de corrida.

Agora, estou apelando ao asfalto de Manhattan, ao céu do anoitecer com suas nuvens esparsas, às luzes que me alcançam do outro lado do rio, ao vapor subindo do chão através dos respiradouros do metrô, ao cheiro de picles no ar em frente à mercearia, ao barulho, ao movimento e à comunhão de oito milhões de sonhos — por favor, me ajudem a ver uma saída.

Como é a pergunta que fica martelando na minha cabeça no frio dos três primeiros quilômetros. Como um cara como Noah Ross pode escrever sobre mulheres, sobre o amor, tão bem?

No lançamento, ele disse que não era casado, nem tinha namorada, então não posso atribuir isso a uma mulher na sua vida. Mas, até aí, quem garante que ele não estava mentindo sobre ser solteiro também?

Não que isso faça a menor diferença para mim. Só estou realmente confusa. Como foi que ele conseguiu me convencer, sem dúvida uma de suas leitoras mais atentas, de que havia uma intuição profunda, verdadeira e feminina por trás daquelas histórias? Como foi que a visão que *ele* tem do amor acabou fundamentando a minha?

Sinto uma vergonha enorme, pensando na minha lista. Minhas noventa e nove coisas. Cuidadosamente elaborada uma década atrás, no meu quarto no alojamento.

Quando imagino Noah Ross, com todo o seu cinismo, concebendo a premissa de *Noventa e nove coisas que vou amar em você*, preciso parar de correr porque acho que vou vomitar. As gaivotas saem voando quando me debruço na grade da East River Esplanade para recobrar o fôlego. O vento açoita meu rosto, enquanto o rio passa sob mim, imperturbável.

E então, me pergunto...

Se eu não tivesse levado o livro tão a sério, se não tivesse escrito minha própria lista em suas páginas e carregado a lista comigo todos esses anos... teria me apaixonado tanto e tão depressa pelo Ryan quando nos conhecemos? Teria tanta certeza de que ele é a minha cara-metade?

Para com isso, digo a mim mesma e começo a correr me afastando do rio. Só porque Noa Callaway é uma mentira, não significa que o meu relacionamento também seja. Não significa que o amor não seja real, verdadeiro.

Isso não tem nada a ver com o Ryan. Tem a ver com a minha carreira.

E o homem que pode acabar com ela.

Se eu permitir. O que não vai acontecer.

Normalmente, a essa altura, eu já estaria pedindo a ajuda das pessoas mais próximas a mim. Ryan, em primeiro lugar. E, meio segundo depois, a vovó, e então Rufus e Meg. Mas, com os dedos coçando para mandar uma mensagem de emergência para cada um deles, eu me lembro do acordo de confidencialidade.

Assinei aquilo na sala da Sue feito uma idiota. Não posso contar a ninguém sobre Noa Callaway.

De repente, sinto meu tormento ser canalizado para uma única fonte: Sue.

A presidente da Peony ficou lá, sentada, me vendo assinar o acordo, e me mandou colocar o cinto de segurança. Me sinto traída por ela, por sua postura, sua calma e seus cardigãs. Para ser sincera, não acho que ela já tenha se encontrado com o Noah, então pode não conhecer a faceta egocêntrica dele. Mas certamente sabe que é homem. Como a consciência dela não pesa com isso?

Lanie, sua bobinha. Tão ingênua.

Dinheiro.

Eis o motivo.

Mas e a Alix? Se sou uma boa chefe e mentora para Aude, é porque a Alix me ensinou como fazer isso. Por que a verdadeira identidade de Noah nunca pareceu incomodá-la? Tentei ligar para a Alix, mas sua caixa postal estava cheia, e ela não respondeu aos meus e-mails. Então só me resta conjecturar.

Será que é diferente para a Alix porque foi ela quem o descobriu? Porque contratou o primeiro livro dele na Peony? E se tiver sido ela a responsável pelo pseudônimo dele? Foi *por isso* que pediu demissão — para finalmente fazer as pazes com A Mentira?

Preciso conversar com a Sue. Tem de haver outro jeito mais honesto de publicar esses livros. Algum meio-termo entre desmascarar o babaca que o Noah é e perpetuar uma mentira para milhões de pessoas no mundo todo.

Mas a ideia de ir à sala da Sue e fazer um pedido desses sem um original para defender o meu eu provisoriamente promovido... seria o mesmo que pedir que ela me demitisse.

Preciso de munição. Preciso que Noah me dê uma ideia impecável para um livro e um prazo que ele consiga cumprir sem falta. Só então vou poder pensar nos próximos passos.

Corro mais depressa. Mexo minhas pernas e braços com otimismo renovado. Meus músculos estão ardendo quando entro no Central Park.

Não tive consciência de que era para cá que eu estava vindo até parar para recobrar o fôlego e me ver no meio da Gapstow Bridge. Apoio as mãos no parapeito de pedra e deixo que ele me centre. Admiro a cidade enorme e maravilhosa ao anoitecer.

Nuvens cor-de-rosa se expandem pelo horizonte feito algodão-doce. Ainda há um pouco de neve na área ao norte do Lago. A distância, janelas refletem o pôr do sol dourado, formando uma cerca reluzente ao redor do parque.

Já esgotei todas as possibilidades com essa cidade. Reviro os olhos, lembrando das palavras de Noah. Não é possível. Não acredito. Tem alguma coisa a mais acontecendo com Noah, só não sei o quê. Mas o que quer que seja, não vou deixar isso acabar com a minha vida. Vou arrancar mais um livro dele. Depois penso no que fazer em relação ao pseudônimo.

Fico observando a paisagem, pensando em como fazer isso, quando duas figuras surgem em meu campo de visão. Já está escurecendo, mas ainda consigo distingui-las. Algo na maneira como se movem me parece familiar.

Claro. É fim de tarde de sábado, está na hora do piquenique de Edward e Elizabeth. E aqui estão eles — não se foram, como eu temia. Sinto o coração mais leve.

Ela é pequena, seu cabelo é curto e grisalho, e está com um sobretudo elegante. Ele é um pouco mais alto e usa óculos professorais e sapatos ortopédicos de solado grosso. Quando sorri, é um senhor de idade muito bonito.

Estão mais velhos. Mas são eles.

Elizabeth vem carregando a mesma cesta de piquenique de sempre, mas agora anda com uma bengala que não usava da última vez que a vi. Edward, como sempre, traz uma mesinha portátil e duas cadeiras. Eu o observo enquanto ele a ajuda a pisar na grama, que está molhada por causa da chuva da manhã, mas, como de costume, eles vieram preparados. Enquanto Edward abre a mesa e as cadeiras, Elizabeth estende uma toalha branca e a alisa com cuidado. Ele acende as velas. Ela pega uma caixa de frango frito, um pote de picles e uma garrafa de vinho. A cena parece encenada de tão encantadora, mas a melhor parte é quando os dois se sentam e se dão as mãos em cima da mesa. Eles ficam só conversando por um tempo, e, embora morra de vontade, nunca me aproximei o bastante para ouvir o que dizem.

Estou tão feliz de vê-los. Parece um sinal do universo de que nem tudo foi para o inferno.

Pego o celular e tiro uma foto de perfil do casal, do piquenique à luz de velas. Estou prestes a mandar para Ryan, porque, um dia, nós seremos eles.

Mas então o imagino no jantar de aniversário do senador, em Washington, onde eu deveria estar. E penso em como ele pode não gostar de receber a foto.

Guardo o celular. Mando um beijo para Edward e Elizabeth, e então retomo a corrida de volta para casa, pela noite de Nova York.

— Vou te contar uma coisa — digo à vovó na manhã seguinte, durante um brunch num restaurante etíope em Hell's Kitchen. — Mas primeiro você tem que jurar que não vai contar para ninguém.

Vovó abaixa o cardápio e sorri.

— É por *isso* que preciso vir a Nova York mais vezes. Sabe qual foi a última vez que o seu pai ou o seu irmão começaram uma conversa com metade desse suspense? Acho que o marido da Hillary ainda era presidente.

Vovó está no meio de uma viagem com um grupo de amigas que ela chama de Liga das Viúvas e está de passagem pela cidade por apenas algumas horas. Hoje à tarde, elas vão seguir para as cataratas do Niágara.

Passei a noite inteira atormentada pensando se deveria revelar o que estou prestes a dizer. Mas, se não tivesse cancelado a ida a

Washington com Ryan para encontrar Noa Callaway, nem sequer teria podido ver a vovó. Então, de certa forma, parece que era para minha avó estar aqui quando mais preciso dela.

— Você brinca, mas... — começo.

— Eu brinco, mas estou falando sério. Do jeito que só uma octogenária pode fazer. Pode me confiar seu segredo, Elaine.

— Obrigada. — Meus olhos se enchem de lágrimas.

Vovó puxa a cadeira para ficar mais perto de mim. Então segura minhas mãos. Ela tem a pele gelada e macia, e uns dezoito mil anéis bonitos nos dedos.

— Meu bem. Foi o Ryan?

— O quê? Não. Está tudo bem com o Ryan — respondo. — É... Noa Callaway. Conheci Noa Callaway.

Engulo em seco e fito os olhos arregalados da vovó. Ela é fã de Noa há quase tanto tempo quanto eu, desde que dei a ela um exemplar da edição com letras grandes de *Noventa e nove coisas*, dez anos atrás.

— Mas ela, na verdade, é ele — confesso e baixo a cabeça. — Um homem. E não da melhor espécie.

— Que revelação bombástica! — Vovó joga o guardanapo na mesa, como se tivesse acabado de perder o apetite.

Eu, por outro lado, começo a comer de nervoso. Pego um pedaço imenso de *injera* e uso para pescar um montinho de frango apimentado *doro wat*.

— Então, por onde a gente começa? — pergunta ela.

— Que tal pelo fato de Noa Callaway ser a razão pela qual eu trabalho com livros, mas, na verdade, ela é uma farsa? — devolvo a pergunta, de boca cheia. — Agora sou cúmplice, e a Peony está lucrando com a ilusão de que nossos livros mais vendidos são escritos por uma mulher.

— Espera, volta um pouco. — Vovó abana a mão. — Vamos começar do começo até chegar à depravação moral...

— Mas, moralmente, estou traindo a confiança de milhões de leitoras! Será que posso continuar me considerando feminista?

Minha avó dá um tapinha de leve no meu braço.

— Acho que a Gloria Steinem não vai confiscar sua carteirinha ainda — comenta, então faz uma pausa para pensar. — Outro jeito de encarar o que aconteceu é o clássico "você conheceu sua ídola", Lanie. Por que você não se acalma um pouco e me conta como foi?

— Argh — murmuro, quando lembro os detalhes. — O nome dele é Noah Ross. É um narcisista de uns trinta e poucos anos, de sorriso convencido e total desrespeito pelo fato de estar quatro meses atrasado na entrega do original do próximo livro. Nem parece perceber que, mesmo não fazendo a menor diferença para *ele* se vai ou não escrever outro livro, isso é importante para um monte de gente. Inclusive para mim.

— E por que você tem tanta certeza de que ele *não* está trabalhando no livro?

— Porque ontem falei para ele me mandar o que já tinha. — Me afasto da mesa. — Zero resposta.

— Certo. — Vovó tamborila as unhas compridas na mesa. — Noa Callaway tem colhão e está com bloqueio criativo, justo na época da sua promoção provisória. Isso não é bom.

— Fico lembrando do momento em que me dei conta de quem ele era. A gente estava na Casa do Xadrez, no Central Park. E uma coisa *passou* entre a gente. Foi como se nós dois soubéssemos que tudo ia mudar... e que não ia ser para melhor.

— Então você não era a única pessoa nervosa com a revelação?

— Ele não estava nervoso — digo. — Ele foi frio e calculista. Me fez ir a um lugar que significava alguma coisa para nós... Você lembra, não lembra, dos nossos jogos de xadrez pela internet?

— Inesquecíveis — concorda ela.

— Eu caí na armadilha feito um patinho.

— Feito um peão teria sido uma metáfora melhor, editora!

— Tanto faz! Ele ainda zombou do meu terninho!

Vovó arregala os olhos.

— O Fendi?

Faço que sim, desafiando-a a defendê-lo agora.

— Bem característico, não acha? — digo, com um suspiro. — Só fui com o terninho porque acho que esperava que ele fosse mais como… você. E menos como… ele. Para ser sincera, nem sei direito quem ou o que eu estava esperando encontrar. Ai, vovó, por que não podia ser você?

— Fico muito lisonjeada, mas não posso dizer que estou totalmente surpresa.

— Sério? — pergunto, espantada. — Você leu todos os livros da Noa. Está mesmo me dizendo que suspeitava que Noa Callaway tivesse um… sabe como é…

— Você pode falar *pênis* para sua avó, Lanie.

— Ai, Jesus. Tudo bem. *Pênis.*

— *Membro* — fala a vovó.

— *Pau.* — Deito a cabeça na mesa. Ela faz um carinho com as unhas no meu ombro, como fazia quando eu era criança, o que ajuda.

— Só estou dizendo — continua ela — que existe um motivo para ele se esconder atrás de um pseudônimo.

— Quem dera eu soubesse o motivo — comento, levantando a cabeça. — Talvez fizesse ele parecer mais humano. Menos como a Grande Mancha Vermelha de Júpiter se instalando para sempre na minha vida. Mas, mesmo assim, com a minha sorte, no mínimo vou descobrir outras coisas que só vão me fazer odiá-lo ainda mais. Acredita que ele teve a coragem de me perguntar por que me incomoda tanto o fato de ele ser homem?

— E você respondeu?

Suspiro.

— Me fez pensar numa coisa que o Ryan disse uma vez, quando o levei numa festa do trabalho. Sobre a razão de existir da ficção ser a mentira. — Faço uma cara feia, lembrando do comentário. — Não ganhou muitos pontos com a Sue. Mas você sabe como ele é, só tem biografia de grandes homens na estante. Ele e todos os amigos dele citam os mesmos livros. Leram todos como se fossem manuais técnicos, guias de como se tornar uma grande personalidade. Acho que esses livros permitem que eles fantasiem que, um dia, sua história de vida vai ser interessante o bastante para que outros homens queiram ler.

Vovó ri, assentindo.

— *Ele* também não ia ter uma crise de identidade se descobrisse que *Perfis de coragem* é uma farsa? — pergunto.

— Você já contou para ele? — vovó diz.

— Bem, o mais provável é que o Kennedy tenha usado o serviço de um *ghostwriter*, mas...

— Estou falando de Noa Callaway — vovó me corrige. — Você já contou para o Ryan?

— Vovó — exclamo, consciente de que estou exagerando na demonstração de espanto. — O acordo de confidencialidade! Não posso contar para ninguém...

Ela me olha com aquela cara de *vou-esperar-você-perceber-a--contradição.*

— Contei para *você* porque preciso de um conselho, porque confio em você — explico. Ela continua me olhando com a mesma cara. — E porque... — Faço uma pausa. — Já sei o que o Ryan diria.

Ela inclina a cabeça para o lado, dá um golinho no café.

— E o que o Ryan diria?

— Primeiro chamaria o Noah de idiota. Depois, aproveitaria a chance para dizer que talvez esse não seja mais o meu emprego dos sonhos. Em dois tempos, estaríamos discutindo a improbabilidade de eu trabalhar remotamente de Washington. E discutindo filhos hipotéticos e as fantasias hipotéticas de dia das bruxas que eu perderia porque estaria presa no trajeto de Nova York a Washington, voltando para casa do trabalho. E então ele completaria: "Talvez você esteja precisando recomeçar em Washington."

Achei que tinha feito uma imitação muito boa de Ryan, mas vovó não está rindo. Ela me encara, preocupada.

Dou de ombros.

— Por isso achei melhor começar com você.

Vovó só viu Ryan uma vez, num grande encontro da família, em Atlanta, com todos os meus parentes distantes competindo pela atenção dele, assim garantindo que ninguém falasse com ele por tempo suficiente. É importante, para mim, que minha avó e meu noivo estreitem os laços antes do casamento, mas isso ainda não aconteceu. Ela o conhece, mas não *de verdade*, e acho que preciso esclarecer alguns detalhes da nossa dinâmica para que ela não fique com a impressão errada.

— Vovó, o que eu quis dizer é que...

— Sabe, seu avô era péssimo com poesia — ela me interrompe. — Uma vez escreveu uma série de haicais chamados *Preliminares*.

Olho ao redor.

— Acho que me perdi agora.

— Não me leve a mal, ele era bom em muitas coisas. Era capaz de ler raios X como se fosse um livro infantil — diz ela. — Fazia o *pierogi* mais leve do mundo, e, quando o negócio era massagem sensual, as mãos dele eram...

— Chega, vovó! — exclamo, rindo. — Já entendi, mas aonde você está querendo chegar?

— Não existe isso de alguém corresponder a todas as expectativas de outra pessoa. E é por isso que clubes do livro e avós existem. Aposto que o Irwin teria ficado feliz com um público mais receptivo para as tentativas dele de recitar poesia. Já eu gostava mais da poesia dos dedos dele do que... da poesia em si. Teria ficado muito satisfeita se ele lesse um romance ou outro de vez em quando. Tinha um clube de leitura para casais no centro comunitário judeu, mas acabou que não deu tempo de participarmos. — Ela segura minha mão. — Queria tanto que você o tivesse conhecido.

— Eu também — digo e aperto a mão dela. Irwin morreu antes de eu nascer.

— O que eu quero dizer é que em nenhum casamento *tudo* se encaixa perfeitamente, querida, mas espero que, quando escolheu Ryan, você tenha encontrado alguém a quem possa recorrer quando tem um problema, quando realmente precisa de um porto seguro.

— Claro — respondo, um pouco depressa demais. — E eu vou contar para ele. Em algum momento. Quando tiver uma ideia melhor do que vou fazer.

— E quando vai ser isso? — pergunta ela. — Não vai ficar mais fácil contar para o Ryan, principalmente se você tiver mais interações com o Noah.

— Estou ferrada — concluo, me resignando de um jeito dramático. — Já te falei que o Noah disse que *esgotou* a cidade de Nova York inteira, que não tem nada de novo sobre o qual escrever? Por que ele foi resolver ter um bloqueio criativo logo *agora*?

— Muito egoísta da parte dele. — Vovó assente enquanto o garçom tira nossos pratos. — Era para ser o seu momento de brilhar.

— Não sei o que fazer. — Pego a conta no meio da mesa, porque é uma forma de manter o controle, e porque, se perder o emprego, vou ficar sem poder pagar uma refeição para a vovó por muito tempo. — O que a mamãe teria feito?

— Sua mãe era do tipo que gostava de tentar encontrar a raiz do problema. Ela buscaria um jeito de resolver a questão pensando na origem dela. — Vovó pega o espelhinho dourado de cabeça de cobra e retoca o batom roxo. Ela avalia o próprio reflexo e parece satisfeita. — Que tal *Cinquenta maneiras de separar seus pais*? — pergunta ela, depois de um tempo.

— Como assim?

Penso na minha cena favorita, quando os personagens vão voar de asa-delta. Logo antes de correr em direção ao penhasco.

O maior mistério da vida é se vamos morrer bravamente.

Li a cena em voz alta para o Ryan uma vez. Estava prestes a dizer como aquilo me fazia lembrar da minha mãe, quando ele me provocou: "Então suicídio é uma coisa interessante agora? Essa é a mensagem?"

Mas aquilo estava longe de ser a mensagem, e todo mundo em *Cinquenta maneiras* chegou lá embaixo inteirinho. A mensagem, segundo o que interpretei, é que algumas pessoas olham o abismo sem perder de vista quem são ou o que amam. Sem medo do que tem do outro lado.

Talvez as últimas palavras da minha mãe para mim *tenham* sido um ato de bravura. Ela não se preocupou que eu talvez fosse jovem demais para lidar com aquilo. Acreditou em mim o suficiente para dar aquele passo.

Será que ela também teve a certeza de que quando chegasse a minha vez de dar um passo importante eu a sentiria junto a mim? Estou vivendo este momento agora?

— Você está querendo dizer que Noah Ross é o meu abismo? — pergunto à vovó.

— Talvez — responde ela. — Também estou dizendo que esse homem precisa provar uma dose do próprio remédio. Ninguém "esgota" esta cidade, e se ele acha que é o lobo solitário que conseguiu essa proeza, então tem uma surpresa pela frente. Acho que você vai ter de ser a guia turística dele nessa aventura. Mas pode ser que você precise de cinquenta maneiras de fazer isso.

— Como assim? Você quer dizer que é para a gente voar de asa-delta sobre o Hudson? Não, obrigada.

— Estou falando que é para você levar o Noah aonde você me leva — explica ela. — Este lugarzinho simpático, por exemplo.

— É o melhor restaurante etíope da cidade.

— E talvez Noa Callaway nunca tenha provado essas iguarias nem pensado em escrever sobre elas. Ele escreve sobre os pontos turísticos famosos. Mostre a ele a *sua* Nova York.

— Não sei, não...

— Lembra quando você me levou para ver o Užgavėnės no consulado da Lituânia há uns dois anos? Aquilo foi divertido!

— Lembro que você foi para casa com o telefone do cônsul.

— Pois é. Eu diria que foi até inspirador.

— Levei você lá porque te amo. Porque não tinha medo de que você zombasse de mim ou achasse chato. Não vou mostrar àquele homem a *minha* Nova York.

— Mas você sabe que a ideia é boa — argumenta vovó, dando um último gole no café.

— Talvez ele precise mesmo sair um pouco de trás da mesa — concordo. — No parque, a impressão que deu foi que ele não via a luz do sol fazia meses.

— Viu?

— Eu podia pedir a Terry para levar o Noah a alguns lugares diferentes — comento. — Quem dera eu pudesse aprovar umas horas extras para a Aude cuidar disso. Ela o colocaria na linha em uma semana...

— Lanie, a editora de Noa Callaway é *você*. — Vovó coloca a Birkin no ombro e levanta da mesa. — Se Noah não escrever o livro, Terry e Aude não vão perder o emprego. Mas e você?

Abro um buraco na toalha de papel da mesa, de tanta preocupação, não gostando nem um pouco do rumo da conversa. E incapaz de interrompê-la, também.

— Está bem — digo, me levantando. — Vou pensar em propor uma visita a algum lugar de Nova York que Noah Ross provavelmente deixou escapar.

Vovó enrosca o braço no meu ao sairmos do restaurante.

— Prevejo sucesso.

Voltamos para a cidade para um passeio agradável até o Lincoln Center, onde ela vai encontrar a Liga das Viúvas.

— Que bom que você tem tanta confiança nisso — comento, enquanto esperamos um ônibus intermunicipal passar. — Esqueceu que em *Cinquenta maneiras* o plano foi todinho por água abaixo? Eles queriam separar os pais. E o clímax é a separação deles mesmos... no casamento dos pais.

— É, mas isso é a sina da ficção — rebate vovó, dando uma piscadinha para mim. — Você é a minha neta de carne e osso, de quem tenho tanto orgulho e em quem acredito. Você vai se erguer ante o desafio igual aqueles caras do Tinder cheios de Viagra no bolso.

— Vovó! — murmuro. — Vai ser tão difícil apagar essa imagem mental.

— Desculpa, lindinha, eu não resisti.

8

Na terça-feira, eu trabalho de casa, com o pretexto de editar a terceira versão do livro paranormal de balé. Mas, na verdade, me jogo na faxina, limpando desde as tábuas desgastadas do piso até o gesso art déco do teto. Posso ser caótica, mas meu apartamento não precisa ser também.

Passei pano e tirei o pó. Esfreguei os rejuntes com uma escova de dentes. Afofei todas as almofadas e gastei dois frascos de limpa--vidros. O vaso sanitário está um brinco, e a geladeira está limpinha por dentro, livre do rastro do meu experimento com rúcula refogada na semana passada. Até comprei um robô aspirador, que, neste instante, está perseguindo a pobre da Alice na sala de estar e no mínimo vai fazer com que ela tenha pesadelos de tartaruga.

Tudo isso porque tive a maravilhosa ideia de convidar Noah Ross para uma reunião editorial.

Podemos colocar a culpa em Terry, que vetou de cara cinco das minhas sugestões perfeitas de cafés, bistrôs e casas de chá na cidade, nas quais poderíamos nos reunir discretamente. Cheio demais, disse Terry, ou barulhento demais, ou muito perto do circuito de almoço de outras editoras (era na Décima Primeira Avenida, pelo amor de Deus!). Ela rejeitou um lugar porque só serviam leite semidesnatado.

Terry insistiu muito na cobertura de Noa, na Quinta Avenida — *menos trabalho para ele*, foi exatamente o que ela disse —, mas, depois do fim de semana passado, na Casa do Xadrez, aprendi a lição de não me reunir com Noah no território dele.

Assim, tomei coragem e coloquei meu apartamento minúsculo no páreo. E suspeito que Terry não tenha conseguido pensar em uma objeção que não soasse terrivelmente rude e acabou aceitando. Senti um gostinho de vitória ao desligar o telefone.

Dez segundos depois, bateu o pânico da limpeza.

O objetivo é tornar meu apartamento uma zona absolutamente neutra, onde as manchas de água no parapeito e o abajur torto do hall não vão ser uma distração na hora de pensarmos no próximo livro de Noa Callaway.

O problema é que agora estou me dando conta do tanto que meu apartamento diz sobre mim. Coisas que não quero que Noah Ross saiba. O carrinho vintage de bebida, por exemplo, exibindo a coqueteleira de vidro da vovó, o conjunto de martíni e a coleção de vermutes personalizados que sobraram da festa de Ano-Novo, quando Rufus e eu perdemos a linha nos negronis. Passo uns dez minutos olhando para ele, me perguntando se seu lugar de destaque na minha sala de estar diz *sua editora sabe se divertir* ou *sua editora bebe até cair nas noites de segunda*. Levo o carrinho barulhento até o quarto, e só então me dou conta de que, se Noah Ross por acaso abrir a porta achando que é o banheiro, vai ser muito pior ver um barzinho de cabeceira.

E tem a questão da minha estante de livros. Meu orgulho e minha alegria de curadoria, cujo espaço é tão limitado que sinto que me mantém honesta. Mas agora me pego pensando: é uma estante séria o bastante? Leve o bastante? É diversificada? Clássica? Os livros de Noa Callaway estão bem expostos? Expostos *demais*?

Noah vai olhar para a estante e formar opiniões sobre ela, sobre mim. Nós dois somos do mundo dos livros. É o que fazemos. Será que eu deveria arrumar espaço para o exemplar de *Guerra e paz* que uso como peso de porta no closet?

— Sei que parece que estou ficando louca — digo a Alice, que encara o robô aspirador da segurança de sua cama de cachorro. — Mas, às vezes, ser chefe é assim.

Noah marcou de chegar às três, quando o sol ameno da tarde entra pelas janelas da sala. Às dez para as três, já tirei o moletom e vesti uma bata branca e o que Meg chama de "calça jeans de adulto", porque precisa ser passada. Embora tenha vontade de botar o terninho Fendi de novo, só para implicar com ele.

A prensa francesa está montada com café recém-moído, a geladeira limpa tem leite integral *e* de amêndoas e, droga, até comprei uma coisa chamada leite de aveia — tá bom pra você, Terry? Tenho água Pellegrino e uma caixa de doces de confeitaria da única padaria do centro que Aude considera aceitável. Tenho tudo isso e um estômago embrulhado.

Não sei se meu plano das cinquenta maneiras vai funcionar, mas isso nem está no cardápio de preocupações de hoje. A ordem do dia é convencer Noah a tentar.

Às 14h58, me posiciono na janela do quarto e fico vigiando a entrada do prédio. Posso ou não estar escondida atrás de um fícus quando um sedan preto encosta na calçada lá embaixo.

— Típico — murmuro, pensando quanto *trabalho* Noah deve ter tido para vir de motorista num carro de luxo com banco aquecido.

Mas então o motorista abre a porta traseira, e uma loira de casaco longo de pele de coelho desce do carro. Ela traz consigo quatro shih-tzus de suéter e um pau de selfie imenso. Fico esperando que Noah desça atrás dela, que esse seja o tipo dele. Mas o motorista fecha a porta, acena para a mulher, e, no instante seguinte, noto uma comoção na esquina da rua.

É Noah Ross, chegando a pé não sei de onde, olhando o celular — e se enroscando nas coleiras dos shih-tzus. Ele pula para se livrar de uma coleira, mas se enrola nas outras duas. A mulher com os cachorros está ficando muito irritada. Os bichos latem, enquanto ela sacode o pau de selfie para Noah e puxa as coleiras com tanta força que ele quase cai no chão.

Aqui estou eu, morrendo de nervoso de receber um homem que está sendo atacado por quatro bolinhas de pelo de suéter com estampa argyle. Sorrio para mim mesma e fico assistindo ao espetáculo.

Até que o interfone toca.

Corro até ele, atendo e aperto o botão para abrir a porta lá de baixo. Então vem a parte mais difícil: esperar que ele suba os cinco lances de escada.

Uso o tempo para dar uma última verificada no apartamento. No último instante, fixo o olhar na foto emoldurada do dia em que Ryan e eu ficamos noivos, no jogo dos Nationals. Estamos os dois rindo, de bochecha colada, e ele está levantando minha mão para mostrar o anel de noivado empacado no meio do meu dedo, já que era pequeno demais para ir até o fim. Odeio como saí na foto: os olhos esbugalhados, o rímel escorrido até o queixo de chorar. Mas Ryan mandou ampliar a foto, imprimiu em papel fosco e emoldurou, então ela está na parede perto da janela. É um momento tão íntimo que me dou conta de que não vou suportar que Noah Ross o veja. Tiro o quadro da parede no exato instante em que a campainha toca.

— Já vai! — grito, procurando freneticamente um lugar para esconder a foto. A última prateleira da mesa de centro é um mausoléu discreto de revistas velhas. Enfio o quadro entre *Cosmopolitans* e *New Yorkers* antigas, e então me preparo para receber Noah.

Você é capaz. Vovó acredita em você.

— Oi! — Eu o cumprimento ao abrir a porta, me obrigando a manter o tom simpático na voz.

E aqui está ele. O cabelo molhado do banho, camisa de linho, calça azul-escura e sapato de couro elegante. Traz o sobretudo de lã no braço — ninguém consegue subir cinco lances com tanta roupa.

Acabei de vê-lo pela janela, mas é um choque encará-lo de perto. Ainda não consigo acreditar que *ele* é Noa Callaway. Para ser sincera, ainda estou com muita raiva disso. Ele está ruborizado, meio desconectado, e lembro que acabou de subir setenta e oito degraus e ser atacado por quatro shih-tzus, então relevo.

— Quer beber alguma coisa? — ofereço.

Ele passa pela porta como se estivesse entrando num vulcão em atividade.

— Esse é... o seu apartamento?

— Lar doce lar — digo.

Nós dois avaliamos meu quarto e sala, no prédio sem elevador do pré-guerra. Mobiliado com muito carinho com itens de segunda mão ou herdados da vovó, e lar desta que vos fala pelos últimos seis anos.

— Eu não sabia que o endereço que a Terry tinha me passado era o da sua casa — insiste Noah, determinado a continuar no assunto.

— Para onde você supôs que eu tinha te convidado?

— *Eu não faço* suposições.

— Que atitude benévola — respondo, e o deixo engolir o que quer que esteja tentando insinuar sobre meu apartamento. Me recuso a me justificar pelo estado da minha habitação, ainda que não consiga evitar o arrependimento por não ter arrumado um espaço para *Guerra e paz* na estante.

Percebo que Noah está pouco à vontade. Ele permanece imóvel à porta e não parece saber o que fazer.

— Tem um gancho atrás da porta para o seu casaco — digo, então nos atrapalhamos a respeito de quem deve pendurá-lo. — Café? — pergunto. Estou ansiosa para sair do hall e passar para a cozinha, onde é um pouco mais espaçoso. — Acabou o leite semidesnatado, mas tenho integral, de amêndoas e... de aveia, acho. — Olho para ele. — Isso foi uma piada? Terry falou de um problema com leite semidesnatado... Ah, esquece...

Ele fica me olhando, sem qualquer reação.

— Ou posso só fazer um *espresso* e...

— Não, obrigado — diz ele. Noah passa pela cozinha e entra na sala. Ele afunda no sofá e, por um instante, parece quase normal ali. Então estraga tudo com seu sarcasmo: — Isso não vai demorar muito, vai?

— Você parece estar de muito bom humor — comento, da cozinha, fazendo a porcaria de um *espresso* para mim, porque paguei onze dólares por ele na Blue Bottle. Então ouço o eco das minhas palavras e me retraio. — Quer dizer, não, não vou tomar muito do seu tempo.

Trazendo meu café, encontro-o na sala de estar. Enquanto pego minhas anotações, há um movimento sob a mesinha de centro. Noah pula a meio metro do sofá.

— O que foi isso? — exclama.

— Deve ter sido minha tartaruga, Alice — explico. — Você tem problema com bichos de estimação?

— Não. Tudo bem. É só que me deparei com uns cachorros agressivos quase em frente à porta do seu prédio. Fiquei um pouco traumatizado.

Seguro o riso.

— Deve ter sido assustador.

Noah está bisbilhotando embaixo da mesinha de centro, e Alice bota a cabeça para fora. Ela o avalia com atenção, com seu piscar de olhos lento e característico. O rosto de Noah se ilumina com um sorriso genuíno.

— Oi, Alice — diz ele a voz repleta de uma gentileza aparentemente reservada para os répteis.

— Ela costuma levar décadas para se acostumar com alguém novo — comento, mas então Alice me surpreende, dando um passo em direção a Noah, e depois mais outro.

Infelizmente, o movimento compromete o equilíbrio de todas as porcarias que enfiei debaixo da mesa. E o quadro com a foto do dia em que Ryan e eu ficamos noivos escorrega para fora. Ele bate ruidosamente no piso de madeira.

Noah pega o quadro, e morro lentamente por dentro ao vê-lo examinando a foto com atenção. Ele olha de relance para mim, então para o quadro. Por fim, inclina a cabeça para olhar embaixo da mesa.

— É aqui que você guarda todos os seus ex-namorados?

— Ele não é meu ex-namorado.

— Ah, sim. — E aponta para a minha mão na foto. — O anel. Ex-*noivo*?

— Esquece ele! — respondo, e tiro a foto das mãos dele.

— Perdão — diz Noah. — Ossos do ofício.

Estou irritada que ele tenha visto a minha cara de choro e me sentindo culpada por ter enfiado Ryan debaixo da mesa de centro por causa desse babaca. Coloco a foto de volta em seu lugar na parede.

Noah fica observando tudo isso com muito interesse, as sobrancelhas arqueadas de um jeito irritante, e, quando me sento na poltrona diante do sofá, Alice está em seu colo.

— Ficamos amigos — anuncia ele, fazendo carinho no único lugar da cabeça que ela deixa tocar.

Esfrego as têmporas, tentando me concentrar.

— Sabe por que chamei você aqui hoje?

— Porque não fiz meu dever de casa no sábado? — responde.

Semicerro os olhos para ele.

— Porque sei que você não tem um livro.

— Já falei para você que...

— Eu sei, eu sei. — Eu desdenho o comentário dele com um aceno de mão. — Ideias na cabeça. Olha, eu preciso de uma ideia concreta para apresentar para a Sue.

Ele abre a boca para argumentar. Mas não quero nem saber.

— Para isso — continuo —, pensei no que você falou outro dia. Sobre não ter mais lugares marcantes em Nova York para seus personagens se beijarem... Por isso, preparei uma lista de lugares sobre os quais você nunca escreveu e que talvez nunca tenha considerado usar. — Mostro meu caderno. — Você vai dar uma olhada na lista. Vai riscar os lugares que já conhece. E então vamos visitar os que sobrarem, um por um, até você arrumar alguma coisa boa o bastante para escrever.

— Lanie...

— Fale com a lista. — Eu a coloco diante dele.

Cinquenta lugares em Nova York nunca citados. Numerei em ordem de preferência pessoal, mas são todos encantadores. No topo da lista, numa tentativa de dar um tom de brincadeira, escrevi o título: *Cinquenta maneiras de acabar com o bloqueio criativo do Noah.*

— Você tem uma caneta? — pergunta ele, sério, ignorando minha gracinha.

Entrego a minha. Noah risca alguma coisa. Me estico para ver, enquanto ele reescreve o título: *Cinquenta maneiras de acabar com a ansiedade da Lanie.*

— Só umas pequenas mudanças — comenta.

Quero dizer a ele que a minha ansiedade e o bloqueio criativo dele não são mutuamente excludentes, que estão, na verdade, interligados em todos os sentidos. Mas fico em silêncio, porque ele está finalmente lendo a lista.

Depois do brunch com a vovó, passei a maior parte do domingo fazendo isso. Vasculhei a internet. Folheei quatro diários antigos. Escrevi para amigos, pedindo ajuda para refrescar a memória sobre pequenas preciosidades da cidade com as quais nos deparamos ao longo dos anos.

Para Rufus: Como foi que a gente subiu atrás do letreiro da Pepsi, na Gantry Plaza, depois daquele churrasco em Astoria?

Ele respondeu: Só lembro que envolveu o roubo de uma escada de bombeiro e muito Tanqueray.

Para Meg: Aquela sua amiga que é mãe ainda mora naquele cantinho romântico do Upper West Side? Me arruma um jeito de ter acesso àquele jardim por uma hora?

Ela respondeu: Cê tá falando de Pomander Walk? Nós tivemos uma discussão sobre alergia a glúten. Mas a bruaca tá precisando da minha ajuda pra organizar o evento de caridade da escola, na primavera, então deixa eu ver o que posso fazer.

A esta altura, meus amigos já estão habituados a esse tipo de pergunta. Pararam de questionar o motivo e simplesmente esperam um dia ver o resultado nas páginas de um livro.

Neste caso, torço de verdade para que vejam.

— O que acha? — pergunto a Noah, quando não aguento mais esperar.

— Acho que devo ter causado uma baita impressão no sábado — responde ele. — Você quer mesmo sair comigo? Cinquenta vezes?

Trinco os dentes.

— Está mais para quero mesmo manter meu emprego. Por cinquenta anos.

— Isso aqui é sério? — Ele me fita nos olhos e então balança a cabeça, incrédulo. — Se for isso mesmo, é melhor eu pensar em alguma coisa, ou vai ter muito sofrimento no nosso futuro.

Arregalo os olhos.

— Qual é o problema da lista?

— Fórum Cultural Austríaco? Você quer passar um sábado comigo no Fórum Cultural Austríaco?

— É uma maravilha arquitetônica! Vinte e quatro andares e só oito metros de largura!

— Parabéns para o arquiteto — diz ele. — Mas só parar em frente a essa maravilha com você não significa que uma ideia para um livro vai cair do céu.

— Por que você está fingindo que o conceito de inspiração é tão estranho? — rebato. — Você já escreveu dez livros. Deve saber que autores saem por aí, visitam lugares, e têm ideias...

— Não é assim que funciona — diz ele. — Posso poupar a gente de muito sofrimento dizendo de cara que isso não vai dar certo.

— Sabe o que mais não está dando certo? — pergunto. — O que quer que seja que você está fazendo. Você está quatro meses atrasado e não tem nada para mostrar. — Suspiro. — Por favor. Não deixa a Peony na mão desse jeito. As pessoas estão contando com você. Você pode não ligar, mas eu ligo...

Paro de falar, porque qualquer coisa que eu acrescentasse seria inútil. Por que ele se importaria com as coisas para as quais eu ligo? Ele não me deve nada, muito embora tenha passado os últimos sete anos fingindo ser minha amiga por e-mail. Não passou disso, uma farsa.

Noah fica em silêncio por um instante, os olhos percorrendo minha lista. Alice descansa a cabeça no antebraço dele, no que é a maior demonstração de afeto da parte dela. Vejo Noah olhando para ela e movendo os lábios quase num sorriso. De repente, Noah pega a caneta. Prendo a respiração, enquanto ele risca alguns itens da lista. E mais outros.

O respiradouro do metrô de Marilyn Monroe — cortado. Posso sobreviver a isso. Mas teria sido divertido inverter os gêneros da cena de *O pecado mora ao lado*.

O poste da liberdade, na prefeitura — também cortado. Pensei que os protagonistas poderiam se encontrar num júri popular, mas tudo bem.

Porém, quando ele corta Pomander Walk, não consigo me segurar. Meg fez as pazes com a Mamãe Zero Glúten para me arrumar a chave daquele lugar.

— Pomander Walk é um lugar mágico — argumento. — É uma vila com acesso apenas para pedestres no Upper West Side. Parece saída de um romance de Dickens...

— Eu sei — diz ele, sem rodeios. — Conheço. Não estou escrevendo *Grandes esperanças*.

— Também não está gerando nenhuma — murmuro.

— Será que dá para você sair de cima de mim enquanto eu faço isso? — pede ele.

Eu me afasto e vou até a janela, para lhe dar um pouco de espaço. Embora não estivesse em cima dele, só estava tentando ajudar. Para ser sincera, é mais agradável aqui na janela, longe do campo gravitacional de negatividade de Noah. Observo a tarde reluzente, acompanhando um dos ônibus vermelhos da CitySights que passa pelo meu quarteirão. Essa linha de ônibus turístico, do qual você pode entrar e sair quando quiser, passa em frente ao meu prédio umas cinco vezes por dia. Em todas elas, uma gravação ecoa do alto-falante. Como todo mundo na rua 49 Leste, sei as palavras de cor. Poderia recitá-las dormindo.

— Katharine Hepburn morou mais de sessenta anos neste edifício aqui em Turtle Bay... — digo junto com a gravação.

— Você acabou de repetir o monólogo do ônibus de turismo? — desdenha Noah, do sofá.

— Não — respondo. — Tudo bem, repeti. Não percebi que tinha sido em voz alta. Quando você mora no mesmo lugar por seis anos, acaba incorporando a trilha sonora dele. — Olho para Noah, me perguntando se ele tem alguma ideia do que eu estou falando. Deve ser um silêncio de tumba naquela cobertura no trigésimo quarto andar, de frente para o Central Park.

— Imita o M50 — pede ele.

Sem titubear, ofereço uma excelente imitação dos freios enferrujados do ônibus, do ruído do motor hidráulico e da rampa móvel sendo abaixada. Então lembro que Noah Ross está olhando para mim, fico com vergonha e me calo.

Obviamente eu o deixei envergonhado também, porque ele nem comenta nada sobre a minha imitação de ônibus. Fica só olhando para mim, e então muda de assunto.

— Então a Katharine Hepburn morou aqui?

— Morou do outro lado da rua, e é por isso que custa uns dez mil a mais por mês para morar lá. Fui visitar o prédio de pedra marrom uma vez, quando anunciaram o apartamento. Uma amiga conseguiu um lugar para mim no evento de visitação. Era muito bonito. Dava para imaginá-la ali, tomando chá com torrada e botando Spencer Tracy na linha.

— Você gosta da Katharine Hepburn?

— É a Katharine Hepburn. — O que há mais para dizer?

— Qual seu filme preferido dela?

— *A costela de Adão* — digo, torcendo para que ele note a referência ao tema batalha dos sexos. — *Levada da breca* também é muito bom. E o seu?

Ele está me olhando de um jeito engraçado, se recusando a continuar a conversa.

— Espera. — Meu coração se infla. — Você está tendo uma ideia para um livro?

Ele revira os olhos e balança a cabeça.

— Não, Lanie, você não resolveu tudo simplesmente recitando a gravação de um ônibus de turismo.

— Você fala isso como se fosse uma coisa ruim…

— Pode ser uma surpresa para você — continua ele —, mas quero escrever outro livro. Estou aqui, não estou? Estou até considerando sua proposta absurda. — Ele balança a lista para mim.

— Ah, está considerando, é? Porque achei que estava só riscando tudo.

— Reduzi para cinco... experiências que estou aberto a tentar com você.

— Cinco de cinquenta? — pergunto. — Minhas plantas têm mais chances de sobreviver, e minhas plantas têm uma péssima condição de vida.

— Cinco itens foram aprovados — diz Noah —, mas só *se* você concordar com as minhas condições.

Sinto minha testa franzir.

— Condições?

— Por que você não se senta para eu explicar?

— Obrigada pela gentileza — agradeço, sentando na minha poltrona rosa de tweed. Ele é tão irritante. — Desembucha.

— Concordo em visitar os seguintes lugares — diz Noah, consultando o caderno. — Jardins medievais, no Met Cloisters; Minetta Brook, no West Village; Seven Thousand Oaks, em Chelsea; Breezy Point, no Queens; e Poe Cottage, no Bronx.

Ótima seleção. Demonstro minha aprovação com um leve aceno de cabeça.

— E as suas condições?

— Vamos alternar — explica ele. — Visitamos um lugar da sua lista. E então um lugar da minha escolha.

Não, não, não. A lista era muito criteriosa. Intencional. Produtiva. Tenho certeza de que, se concordar com essa condição, Noah Ross vai transformar a empreitada numa piada. E vou acabar perdendo meu tempo em algum restaurante deprimente fora de Manhattan.

— Vou levar tudo isso a sério — insiste ele. — Prometo.

Engulo em seco. Não tenho muita alternativa.

— Então estou de acordo.

— Ótimo. Segunda condição — continua ele —, não vamos mais nos reunir aqui.

Olho ao redor.

— Aqui, no meu apartamento? Qual é o seu problema com o meu apartamento?

— Muita informação. Podemos nos encontrar direto nos lugares da lista?

— Combinado — digo. — Mais alguma coisa, Vossa Majestade?

— Mais uma — prossegue ele. — Quando concordarmos com uma ideia... presumindo que *vamos* concordar em alguma coisa, você me deixa escrever sozinho. Nada de bancar a babá. Nada de cinquenta maneiras de fazer Noah entregar o capítulo dois ou coisa do tipo.

Penso em minha promoção provisória, em quantas coisas vão ter de funcionar para que se torne permanente. Como vai ser difícil confiar nesse homem para que tudo dê certo. Parte de mim adoraria uma boa pausa nas interações com ele. A outra parte está com medo que ele estrague tudo.

Respiro fundo e encaro seus olhos.

— Nós *vamos* concordar com uma ideia porque não temos opção. E, quando concordarmos, *se* você me prometer que vai me entregar um original até quinze de maio, não vai ouvir um pio meu.

— Nenhum mesmo? Nem o barulho do M50 freando? — brinca ele. É a provocação mais brega que já ouvi, como o penteado de uma dançarina em Las Vegas nos anos oitenta.

Ofereço um sorriso de boca fechada.

— Vamos dizer que vai ser como se nós nunca tivéssemos nos conhecido.

Noah me oferece a mão estendida.

— Então, estamos combinados.

9

No sábado seguinte, Ryan e eu conseguimos dois bancos livres no bar do Grand Army, em Boerum Hill, logo depois de um show lotado de Jenny Lewis. Estamos brindando com duas taças de champanhe rosé, enquanto o garçom serve uma porção de ostras. À luz de velas, o balcão circular do bar é aconchegante, e as ostras estão frescas e geladas. O restaurante está lotado, o que acho romântico. Nada me faz sentir mais parte da minha cidade do que estar em um bar cheio de gente interessante com conversas animadas.

Para Ryan, por outro lado, um lugar cheio é o mesmo que um lugar "da moda", ou seja, hypado e caríssimo. Se ele entra num lugar e vê um mural pintado sobre tijolos expostos, com uma hashtag convidando os clientes a postarem no Instagram, vai embora na mesma hora. Mas ele cresceu no barco do pai, em Eastern Shore, o que significa que tem um fraco por ostras frescas.

Ele gosta de comer as ostras com molho de pimenta Tabasco e um pouco de limão. Já eu prefiro molho mignonette e raiz-forte. Na maioria das noites, só isso seria o suficiente para me deixar muito feliz, mas estou uma pilha de nervos desde que conheci Noa Callaway, e não vejo esse estresse diminuindo tão cedo.

Sei que falei para a vovó que contaria para o Ryan, mas a verdade é que, mesmo que eu *não* estivesse presa ao acordo de confidencialidade, a identidade de Noa Callaway — sua masculinidade — seria um assunto difícil de abordar com ele. Ou ele não veria o gênero de Noah como uma traição para as leitoras, ou isso se tornaria um argumento a favor de que este não é o meu emprego dos sonhos, de que a resposta está em me mudar para Washington. E/ou passaria a sentir ciúme quando eu contasse sobre o plano das cinquenta maneiras.

O que seria um absurdo, óbvio. Noah e eu mal nos suportamos.

Outra coisa está me incomodando: o comentário da vovó no brunch sobre nem tudo se encaixar perfeitamente num casamento, mas como é importante achar alguém a quem você possa recorrer, não importa o motivo. Sei que ela disse isso com todo carinho e delicadeza, mas me incomoda imaginar que ela ache que pode ter algo de errado no meu relacionamento.

Será que as coisas eram mais fáceis na época da minha avó? Não, só de pensar nisso sei que não estou sendo justa com ela. Vovó foi casada com meu avô por cinquenta anos. Como tudo em sua vida, trabalhou duro por isso. Seria muita sorte se Ryan e eu tivéssemos um casamento tão sólido e duradouro.

— Tem certeza de que está tudo bem? — pergunta ele, pegando mais uma ostra. — Você está meio estranha o fim de semana inteiro.

— Estou só estressada — digo.

E mentindo. Mentindo também. O que não combina comigo.

— É o trabalho de novo? — Ryan suspira, baixando a ostra que estava prestes a comer. — Escuta, Lanie, eu andei pensando e acho que isso não está fazendo bem para você.

Engasgo com o champanhe e tusso.

— Como assim? O que não está me fazendo bem?

— Esse trabalho… quando não é uma coisa, é outra. Semana passada, você estava tão estressada com a reunião com a diva que cancelou a viagem para Washington. E agora você acabou de se reunir com ela e transferiu todo aquele estresse para um pânico por causa de um prazo arbitrário.

— O prazo é o oposto de arbitrário. É importante para o faturamento da Peony. É importante para as leitoras da Noa. É importante para mim...

— Tudo bem, tudo bem — diz ele. — Já entendi.

Estou ficando irritada — e percebo que Ryan está se fechando. Está tão concentrado nas ostras, que é como se estivesse tentando fazer uma pérola. Ele *quer* que eu fracasse com Noa Callaway? *Quer* que eu seja demitida?

— Não conheço ninguém que tenha um emprego exigente que *não* se estresse com o trabalho — comento. — *Você* se estressa com o trabalho o tempo todo.

— É diferente — rebate ele, levando a ostra à boca.

— Diferente *como*? — levanto a voz, atraindo os olhares do casal ao nosso lado.

— Lanie — diz Ryan, em seu tom de "acalme-se". Em geral, funciona, mas não hoje.

— Por favor, me explica.

Ryan suspira.

— Porque nós dois sabemos qual rumo a minha carreira vai tomar. Isso é diferente com a sua. E depois que a gente se casar, você vai se mudar para Washington. — Ele me olha com cara de O *quê?*. — Às vezes me pergunto se você se deu conta do que significa essa mudança. Quando você planeja contar isso para a Sue?

Ele sabe que venho adiando a conversa. A Sue é fantástica, mas não se envolve na vida pessoal dos funcionários. Ela sabe que estou noiva, mas duvido que saiba que Ryan mora em Washington. Minha promoção provisória não me deixou nem um pouco mais animada em contar isso para ela.

— Na melhor das hipóteses — continua ele —, você vai ter que se deslocar de uma cidade para outra durante metade da semana. E vai fazer o quê, dormir no sofá da Meg? E depois que a gente tiver filhos? Você reclama desse emprego o tempo todo. É esse o exemplo que você quer dar para a nossa família...

— Eu não reclamo o tempo todo!

— Você pode não perceber — insiste ele —, mas reclama, sim. Talvez não seja mais o emprego dos seus sonhos. Em Washington, você poderia...

— Não fala isso...

— Começar de novo...

— Se você falar daquele emprego na Biblioteca do Congresso de novo, eu vou embora. — Tenho um calafrio pensando nos arquivos elegantes, nas prateleiras ordenadas e nas gavetas se estendendo a um infinito organizado.

— Uma vez você me disse que adoraria aprender braile! — exclama ele. — E Deborah Ayers é uma mulher de muitos contatos. Se você tivesse ido à festa no fim de semana passado, teria conhecido a Deborah. Foi só eu falar que você vai se mudar para Washington em breve, que ela se ofereceu com a maior boa vontade para se encontrar com você e conversar sobre seus interesses.

Antes que eu tenha tempo de soltar um grunhido, Ryan leva as mãos dele às minhas. Estão quentinhas e são tão familiares. Eu as aperto, querendo me entregar a ele. Mas algo me impede. A sensação é de que, se me entregar a Ryan, posso me perder. Para sempre. Nunca me senti assim antes, e isso me assusta.

— Sabe do que você precisa? — pergunta ele.

— Do quê?

— De uma massagem das boas. Vou marcar uma para nós dois na sexta que vem, quando você for a Washington. Isso vai nos relaxar e vamos acordar novinhos em folha para o campeonato de quem faz o melhor chili no country club dos meus pais, no sábado de manhã.

Ryan costumava brincar comigo sobre os muitos eventos sociais dos pais dele, mas, em algum momento no ano passado, ele mudou. Em vez de rir comigo sobre o fascínio do country club por taxidermia, me deu de presente exatamente o mesmo suéter que identifiquei em duas namoradas de amigos dele no último evento.

— Nunca fui boa em receber massagem — digo.

— Nunca conheci ninguém que fosse ruim em receber massagem. Você nunca disse não para as minhas mãos. — Ele balança as mãos espalmadas, numa tentativa de deixar o clima mais leve.

— É diferente. — Olho para ele fixamente. — Minha cabeça fica pensando um milhão de coisas. E sempre parece que o massagista percebe que não estou zen o suficiente.

— É a melhor massagem da capital. Todo mundo ama. Prometo que você vai amar também. — Ele passa os dedos pelo meu cabelo. Está todo embaraçado de caminhar no vento depois do show.

— Ok, tudo bem — digo.

— Você não parece muito animada.

— É só... é só uma massagem. Não é um feitiço que vai resolver todos os nossos problemas.

— *Nossos* problemas? — Ele me lança um olhar incomodado. — Achei que a gente estava tentando resolver o *seu* estresse.

— Ryan — digo, me virando de frente para ele.

— Tudo bem, eu reparei que você ficou distante essa semana. Eu deveria ter falado alguma coisa — diz ele, falando depressa. — Mas tem sido uma loucura no trabalho. Acho que andei distraído. Acontece. A gente só precisa se reconectar. — Ele chama o barman e pede mais uma rodada de bebidas.

Costumava ser tão fácil para nós nos conectarmos. Agora, mesmo nos dois dias por semana que passamos juntos, a sensação é de que estamos distantes.

Sei que ele está tentando ajudar, e que não pode fazer isso sem saber mais detalhes do que está acontecendo. Acho que precisamos reacender o romance. E então eu poderia me abrir a respeito de Noah.

Viro de frente para ele, nossos joelhos entrelaçados debaixo do bar. Encosto minha testa na dele, ciente de quão românticos e descomplicados devemos parecer para as mulheres de trinta e poucos anos na mesa atrás da nossa. Sempre reparo nesse tipo de coisa quando estou com Ryan, provavelmente porque as mulheres não param de olhar para ele.

— Já sei — sugiro. — Que tal fazer aquela viagem de moto pelos Apalaches de que sempre falamos?

É uma viagem que não precisa de muito planejamento, passagens de avião e reservas em hotéis disputados. Podemos ir a qualquer momento, assim que Noah arrumar uma ideia e se enfiar na caverna para escrever. Um fim de semana prolongado de moto com o Ryan, parando em pousadinhas pelo caminho, seria perfeito para me distrair e não ficar me perguntando quantas palavras Noah já digitou.

— E se a gente alugasse um trailer? — sugere Ryan. — Dormir sob as estrelas. Vai valer como treino para as viagens em família.

— Mas viajar de moto seria incrível — insisto. — E é tão a nossa cara.

Ele franze a testa.

— Como assim, "a nossa cara"?

— Foi como a gente se conheceu. Na sua moto. No verão passado a gente saía de moto todos os fins de semana quando estávamos em Washington. — Minha vontade é dar um tapa na cabeça dele para ver se ele acorda.

— Você sabe que só porque a gente se conheceu numa moto e andou de moto no verão passado não significa que estamos fadados a viajar só de moto pelo resto da vida, né?

— Não falei que estamos fadados a nada...

— E as malas? E se chover? E se eu quiser beber algumas taças de vinho no jantar? Sinceramente, Lanie, parece muita dor de cabeça para uma viagem.

— A gente leva mochila, em vez de mala de rodinha. Podemos comprar aquelas capas de chuva que viram uma bolsinha. — Contraponho cada uma de suas reclamações. — E se você quiser beber, então eu piloto. — Me aninho em seu pescoço. — Acha que é corajoso o bastante para andar na garupa?

— Desde quando você sabe pilotar moto? — pergunta ele. — Você deixou a carteira de motorista vencer depois que se mudou para Nova York.

— Posso aprender — digo. — Posso resolver a questão da carteira a tempo de viajar. Assim você não precisa pilotar o tempo todo. Posso treinar na sua moto. Você podia me ensinar...

— Na verdade — diz Ryan, pigarreando. — Acho que isso não vai rolar.

— Por que não?

Ele fica em silêncio por um bom tempo, durante o qual fico escutando o burburinho do restaurante como se estivesse em um coliseu romano.

— Eu ia te contar — diz Ryan, por fim. Então coloca a mão na minha coxa de um jeito que me deixa nervosa. — Eu vendi a moto, Lanie.

— Você *o quê*? — exclamo. — Mas você amava aquela moto... *Eu* amava aquela moto. *Nós* amávamos aquela moto. Por que você vendeu?

— Meu amor — diz ele, acariciando minha perna. — Um amigo de um amigo me ofereceu o dobro do valor da moto. Eu estava pensando em você e em como, quando for morar comigo, vamos precisar do espaço na garagem para outro carro. Talvez um Volvo. Além do mais, depois que tivermos filhos, nossas prioridades vão mudar. Logo vou me candidatar a um cargo político, e ter uma moto é um risco. Não quero ser o "cara da moto" nas propagandas da oposição.

Propagandas da oposição? Prioridades? Pego minha taça de champanhe e bebo tudo de uma vez só.

— Aquela moto representava o início da nossa história.

— Tudo é uma história com você — rebate ele.

E a sensação de liberdade toda vez que a gente subia na moto juntos? E o vento no rosto? Ou a vista privilegiada e os cheiros da cidade, o modo como tudo mudava com as estações? E aquelas semanas curtas e maravilhosas de primavera quando as cerejeiras floresciam?

E o jeito como a moto enlouquecia a mãe dele?

Ai, meu Deus.

Cruzo os braços.

— Foi a sua mãe que fez você vender?

— Não começa com a minha mãe de novo. — Ryan reclama.

— Só estou chocada. Queria que você tivesse falado comigo antes de vender.

— Ei — diz ele, com mais delicadeza. — Se é tão importante para você dar um último passeio de moto antes do casamento, a gente pode alugar uma e fazer a viagem dos Apalaches.

Ele está usando aquele tom de voz de *eu-me-rendo*, acenando a bandeira branca. E é a minha deixa para rir e dizer *obrigada, amor*, e então a gente deixaria a conversa de lado e passaria a falar de algo agradável. Poderíamos começar a planejar a viagem, debater sobre como torná-la realidade. Quais estradas pegaríamos e onde iríamos parar pelo caminho. É o momento em que eu fingiria que o Ryan não acabou de falar coisas muito preocupantes a respeito do que espera da nossa vida juntos.

Nós nos tornamos mestres em mudar de assunto, desanuviar o clima. Em fingir que certas realidades não nos aguardam num futuro próximo.

Mas hoje eu não faço o mesmo de sempre. Não me inclino para receber um beijo nem dou de ombros. Eu o encaro nos olhos e digo:

— Estou cansada dessa ideia de que tudo tem que mudar... de que *nós* temos que mudar... depois do casamento. É um casamento, não o apocalipse. A ideia não é comemorar o que já temos?

— Tudo bem... o quanto você já bebeu? — pergunta ele, esbarrando o ombro no meu. Sei que está tentando brincar comigo, mas o tom é desdenhoso.

Fico de pé e pego minha bolsa.

— Preciso de ar puro — anuncio.

Ryan olha ao redor, sempre preocupado com as aparências. Mesmo que não conheça ninguém no restaurante ou no bairro. Como se todo mundo já estivesse decidindo se vai votar nele ou não. É enlouquecedor.

— Certo — diz ele, quando percebe que estou falando sério. Ele bota o cartão de crédito na mesa e chama o barman. — Vamos tomar um ar.

Saio sozinha, antes de o barman terminar de passar o cartão. Quase chamo um táxi e volto para casa sozinha. O que me impede de fazer isso me deixa com medo.

Se eu fosse embora agora e fizesse Ryan me encontrar em casa, poderia me acalmar um pouco até o momento em que o visse de novo. E nós dois poderíamos fazer as pazes sem ter a briga que precisamos muito ter.

Já passou da hora para nós.

Então espero na calçada e fico pensando. Pensando em por que o amo — são tantos os motivos. Noventa e nove deles. Mas, desde que descobri a verdade a respeito de Noa Callaway, há uma vozinha na minha cabeça me perguntando se são os motivos certos. Penso na vida que cada um de nós quer — tão diferente uma da outra.

Antes de chegar a uma conclusão sobre como resolver isso, Ryan aparece. Está tão bonito como sempre, de casaco azul-marinho e calça jeans. Seus olhos estão brilhando, como se dissesse: *Você não está mais brava, né?*

— Está se sentindo melhor? — pergunta, e abre os braços para mim.

Deixo que ele me abrace, sinto seus braços se fechando de um jeito gostoso em torno do meu corpo. Não dizemos nada por um bom tempo. Quando me afasto para fitá-lo nos olhos, sinto lágrimas surgindo nos meus.

— Por que você me ama, Ryan?

Ele me solta e esfrega o rosto.

— Lanie, o que você está fazendo?

— Estou sendo sincera. É uma pergunta sincera.

Ele balança a cabeça e se afasta, fitando a rua e o trânsito, os táxis parando e deles desembarcando jovens falantes e animados, à procura de diversão na noite de sábado.

— Não consigo entender o que aconteceu com a gente — diz Ryan, sem olhar para mim. — A gente era tão feliz. Eu estava eufórico quando pedi você em casamento. Te beijar naquele telão, colocar o anel de noivado no seu dedo, tive tanto orgulho por todo mundo poder ver como a gente era o casal perfeito. Agora... ultimamente, você age como se alguém estivesse apontando uma arma para a sua cabeça quando falamos sobre a data do casamento...

— Acho que não quero ser o casal perfeito — digo.

Ele ri, como se isso fosse uma loucura.

— O quê?

Seguro as mãos dele.

— Só quero ser eu mesma. Quero que você seja você mesmo. Completos, em todas as nossas excentricidades. Quero que a gente escreva poesia um para o outro, mesmo que seja ruim.

— Não sei se entendi...

Fecho os olhos.

— Não fiquei feliz quando você me pediu em casamento.

— O quê? — Momento-cena-interrompida-por-ruído-de-disco-sendo-arranhado. O tom de voz de Ryan atrai o olhar das pessoas na rua.

— Tenho sido feliz em nosso relacionamento. Em geral, muito feliz. Mas não estava feliz quando você me pediu em casamento.

Ele franze o rosto para mim.

— Você chorou! Você tem aquela foto pendurada na parede da sua casa!

— Não chorei de alegria — digo.

Ryan pensa.

— Está bem, tudo bem, eu lembro que você começou a surtar por causa da sua mãe...

— Em parte foi isso.

— E o que mais? — pergunta ele.

— Eu torço para os Dodgers.

— Como é que é?

— Eu torço para os Dodgers. Você sabe disso.

— Sei que você tem uma camiseta velha dos Dodgers. Sei que você adora o Vin Scully. Mas eu deveria ter feito o quê? Levado você de avião para ver um jogo dos Dodgers e te pedido em casamento lá? Não faz o menor sentido torcer por um time de uma cidade em que você nunca morou! Você nem gosta de Los Angeles!

— Torço para os Dodgers por causa do Sandy Koufax — digo. — Já te falei isso. Minha mãe tinha quatro anos quando ele ficou no banco no primeiro jogo da World Series porque era Yom Kipur. A vovó te contou a história de quando eles atravessaram o país de trem com o meu avô para ver o Koufax fazer um jogo perfeito contra os Yankees. Ele é um herói para a minha família, como é um herói para a maioria das famílias judaicas nos Estados Unidos. Isso é o tipo de coisa que você tem que lembrar sobre a pessoa com quem quer se casar. Mas a questão nem é essa.

— E qual *é* a questão? — pergunta Ryan.

— O fato de que eu torço para os Dodgers não tem praticamente nada a ver com o nosso relacionamento. Mas os Washington Nationals tem ainda *menos* a ver com o nosso relacionamento. É o seu time, e tudo bem. Me diverti no jogo com você. Mas não tem nada de especial a respeito deles ou daquele time para *nós*. Você podia ter me pedido em casamento no mercadinho onde a gente compra café, que teria significado mais. Eu não estava feliz, Ryan. Estava em choque quando você me pediu em casamento. Ou, melhor dizendo, quando o *telão* me pediu em casamento. Foi o *telão* que me pediu para casar com você. Você nunca nem falou as palavras. — Suspiro. — Eu podia ser qualquer uma na multidão.

— Você não é qualquer uma — responde ele, a voz falhando. — Você é Elaine Bloom e eu te amo. De verdade.

— Sei que me ama. E eu te amo. Mas não acho que amamos o nosso futuro juntos. Você quer que eu seja todas as coisas que idealiza numa esposa. Mas não vou torcer para os Nationals só porque usei o seu boné naquela noite. Não vou ser protestante, mesmo que me converta. Nunca vou deixar de ser editora, mesmo que mude de emprego. Não quero cinco filhos só porque você quer. E odeio a ideia de planejar um casamento sem a minha mãe, não porque preciso que ela escolha o meu vestido, ou porque queria que ela me visse vestida de noiva. Odeio porque sei que, se eu levar isso adiante, posso estar me desviando das últimas palavras que ela me disse antes de morrer.

— *Se eu levar isso adiante* — repete Ryan, levando as mãos à cabeça. Ele começa a andar de um lado para o outro. — Ai, meu Deus. Você está terminando comigo.

— Estou — digo, baixinho. Embora não tivesse me dado conta disso até este momento. — Estou.

Fecho os olhos. Isso dói. Não quero terminar com o Ryan. Não quero mesmo. Mas tenho de fazer isso. Tenho de fazer isso agora, mesmo que o resto da minha vida esteja implodindo. Porque, muito embora Ryan ainda seja as noventa e nove coisas que eu achei que quisesse na vida, isso não é o bastante.

E embora ele nunca tenha admitido ter uma lista, também não sou a mulher com quem ele quer passar o resto da vida. Mais importante ainda, não quero me tornar essa mulher.

— Você merece... — começo a dizer.

— Nem me vem com essa história do que eu mereço — interrompe ele. — Sei o que eu mereço. E também sei que você vai se arrepender disso. Porque nunca vai encontrar alguém que cuide de você como eu cuido, que vai te dar a vida que eu daria a você. E, quando se der conta disso, vai ser tarde demais.

— Já percebi isso, Ryan. Já é tarde demais.

Ele me encara como se nunca tivesse me visto antes, e é essa a sensação de terminar com alguém que você achava que amaria para sempre.

— Bom — diz ele. — Então, tchau.

Ele se vira e começa a se afastar pelo quarteirão. O vapor subindo do respiradouro do metrô o obscurece ainda mais para mim.

Fiz isso e não acredito que esteja acontecendo. Não acredito na rapidez com que Ryan está indo embora. Passei a maior parte da vida querendo ser uma heroína de Noa Callaway; querendo me apaixonar por um herói de Noa Callaway. Pensei ter encontrado isso em Ryan. E agora, a única certeza que tenho é que estava errada.

Penso no anel de noivado, que foi ajustado, e na loja que avisou que posso ir lá buscar. O que faço com ele agora?

— Espera — chamo, correndo atrás dele. — O que faço com o...

Ele me dispensa com um gesto, sem parar de andar.

— Dá seu jeito, Lanie — grita ele. — Ou não. Não é mais problema meu. — Ele se vira e me lança um olhar mordaz. — Essa é a beleza de terminar um relacionamento. Um problema a menos na vida.

10

O anel de diamante está dentro da caixinha aberta, no centro da mesa na calçada, parecendo material radioativo.

Ontem, tarde da noite, quando ficou óbvio que meu término com Ryan não era uma alucinação gerada pelas ostras, mandei uma mensagem para Meg e Rufus:

Maison Pickle. 11am. Brunch emergencial.

A expressão é da época em que Meg e eu éramos assistentes. Basicamente significa que vai ter muita bebida, reclamação e, neste caso, lágrimas. A pessoa que convoca o brunch emergencial não precisa dar nenhuma justificativa, mas, hoje em dia, como Meg tem filhos, e todos nós temos mais responsabilidades na vida do que há sete anos, ele só é convocado em situações extremas.

Espero por eles na área externa do restaurante Maison Pickle, no Upper West Side, com uma caixa de lenços de papel no colo e sob uma lâmpada que emite calor. O clima está mais ameno que o normal para essa época do ano, com nuvens brancas fofas no céu azul, mas vejo tudo em tons de cinza.

A sensação que dá é que, se eu tivesse prestado o mínimo de atenção, poderia ter percebido muito antes que isso acabaria acontecendo. É também o que me dá mais vergonha. Fazia muito tempo que uma parte essencial de mim já sabia que tinha algo errado com o Ryan, e a única coisa que eu fiz foi tentar fazer essa parte calar a boca.

Estou apavorada de ter de dizer a palavra *terminamos* em voz alta para Meg e Rufus, e tornar o pesadelo realidade. Quando os vejo saindo do metrô na rua 86, esse pavor se concretiza como um tijolo em cima do meu peito.

Acontece que não preciso dizer nada. Meus amigos olham a minha cara — inchada; o meu cabelo — oleoso; e o anel de noivado recentemente reajustado — ostensivamente fora do meu dedo — e sabem o que aconteceu.

— Puta merda, Lanie — exclama Rufus, me beijando na cabeça e se sentando na cadeira ao meu lado.

— Precisamos de uma garrafa de Prosecco — diz Meg ao garçom mais próximo. — E três shots de tequila.

— Minha nossa — devolve Rufus. — Vamos daqui para a balada? Porque, se for o caso, vou precisar trocar de roupa.

— O nome disso é "Kate Moss" — explica Meg. — Você toma o shot e um gole do espumante e isso ajuda, entendeu?

— Eu que não vou contrariar a Kate Moss — responde Rufus, cedendo. Ele tira os óculos escuros e os coloca na mesa, junto das chaves, do celular, do protetor solar e do protetor labial de trinta dólares. Meg e eu compramos uma bolsinha para ele no Natal passado, na esperança de reduzir a quantidade de espaço que ele ocupa nas mesas dos restaurantes, mas ele é um sujeito obstinado.

— E aí, o que aconteceu? — Meg coloca o celular no mudo. Ela só faz isso quando a conversa é realmente importante. Sinto uma onda de amor por ela.

— Nós saímos ontem à noite — digo, o estômago embrulhando com a lembrança. — Estávamos nos divertindo. Como sempre. Mas aí, sei lá, de repente ficou muito óbvio que sempre que a gente fala em casamento é como se a palavra tivesse dois significados diferentes. Um para o Ryan, outro para mim. E aí, quando o pressionei um pouco mais, foi tudo por água abaixo. — Pego um lenço de papel da caixa e assoo o nariz.

Meg franze a testa para mim, esticando o braço por cima da mesa para apertar minha mão.

— Em primeiro lugar, casamento é uma praga. Só o planejamento de um já é o suficiente para enlouquecer o casal mais feliz do mundo. Tommy e eu quase não chegamos ao altar por causa dos caminhos de mesa.

— Caminhos de mesa? Que merda é essa? — pergunta Rufus.

— Nem queira saber — responde Meg. — Ainda estou brava porque ficamos com o bordô. O que estou querendo dizer é que é difícil mesmo.

— Pode ser — comento —, mas nosso rompimento foi menos por causa da cerimônia, e mais por causa do compromisso em si. Não queríamos a mesma vida. E tentamos ignorar isso por tempo demais. Uma burrice. Só porque... porque...

— Porque ele era as suas noventa e nove coisas? — sugere Meg.

Deito a cabeça na mesa. Faz anos que meus amigos me zoam por causa da lista. Mas de um jeito amoroso, sem julgamentos. Se Meg e Rufus tivessem alguma ideia do impostor que é Noa Callaway, ficariam com pena de mim de verdade.

— Eu sou tão idiota — murmuro.

— Lanie — diz Rufus —, tem muita gente por aí presa em relacionamentos bem piores que o seu por motivos ainda mais patéticos.

— Verdade — diz Meg. — Lembra da Mary, minha assistente há dois anos? E daquelas horas de almoço intermináveis?

— Ela estava sempre toda suada na parte da tarde — comenta Rufus.

— Eu descobri que era porque o namorado se recusava a sair para passear com o cachorro, então ela tinha que ir correndo até Tribeca. Todo. Santo. Dia. *E ele trabalhava de casa!* Mas ela não queria terminar o namoro porque o aluguel dele era barato.

— Nossa, e a minha prima — comenta Rufus, se aproximando e baixando a voz como sempre faz quando fala da família, muito embora eles todos morem na Costa Oeste —, que está namorando um cara que pede que ela o chame de "Exterminador" no meio do sexo? E ela continua com ele só por causa do plano na academia!

— Isso é meio sexy, não? — pergunta Meg, como se estivesse tentando imaginar a cena.

— Você tem problemas — rebate Rufus.

— Meu problema tem nome — responde ela, fechando os olhos. — Secura.

— Meg, você e o Tommy *podem* transar — digo. — Mesmo depois de casados.

Ela emite um grunhido e se recosta na cadeira.

— Sexo depois de casados exige tanta criatividade, é tão cansativo.

— Tipo... você começa a fazer em lugares criativos? — pergunto. — Na escada de incêndio, ou algo assim?

— Não, eu só imagino que o Tommy é o ex-noivo da minha amiga, e ele me chama de "Exterminadora".

Apesar de como me sinto, eu rio, e Meg e Rufus comemoram a minha reação.

— A questão é que você e o Ryan são pessoas muito atraentes, bem-sucedidas e decentes. Dois bons partidos. Faz sentido que tenham tentado fazer funcionar.

Deslizo o dedo pelo anel de noivado na caixinha em cima da mesa. Quando o joalheiro ligou de manhã para marcar a entrega, ri ao telefone de um jeito tão histérico que ele com certeza se assustou. Passei na loja antes de vir para o restaurante, com uma sensação no peito de "agora ou nunca". O joalheiro pediu que eu experimentasse antes de sair, mas eu sabia que, se o tivesse feito, teria começado a chorar. O que eu queria evitar, pelo menos antes de estar a salvo, caminhando anonimamente pelo Central Park.

Sei que o anel vai caber direitinho. É lindo e trágico. Não tenho coragem de tirar da caixinha.

— Teríamos sido muito infelizes — digo a Meg e Rufus. É bom dizer isso em alto e bom som.

— Hum, as pessoas supervalorizam a felicidade — responde Meg. — Os primeiros anos depois que você tem filhos são como ver o homem com quem você queria transar vinte e quatro horas por dia, sete dias por semana, sendo transformando lentamente num Frankenstein que mistura tudo o que você mais detesta...

— Meg — interrompe Rufus, olhando feio para ela. — A gente está aqui para dar um fio de esperança para ela, lembra? De que tem algo melhor para ela por aí...

— Estou só colocando as coisas em perspectiva — explica Meg. — Para o caso de os dois resolverem voltar...

— A gente não vai voltar — digo.

— Não mesmo? — pergunta Rufus.

— De verdade? — pergunta Meg.

— De verdade. — Encaro os dois. — Por quê?

Rufus solta um assobio baixo e faz contato visual com Meg.

— Bem, então a gente pode passar para a parte sincerona do brunch.

— E o que diabos vocês estavam fazendo até agora? — exijo saber.

Neste instante, a garçonete aparece com um Prosecco no gelo e uma bandeja com os shots de tequila. É uma mocinha animada, de rabo de cavalo, e, antes mesmo de colocar as bebidas na mesa, já estamos pegando os shots de tequila e virando. Engasgo um pouco, e fico com vontade de pedir mais um.

— Ai, meu Deus! *Quem* ficou noivo? — pergunta a garçonete, reluzente como o sol da manhã. Ela olha para nós três, tentando entender a dinâmica do grupo. — Que anel *maravilhoso*. Quero um igualzinho um dia!

— Pode levar — resmungo para ela.

Ela hesita, então olha para Rufus enquanto abre o lacre da garrafa de Prosecco.

— Está tudo bem com ela?

— Pode ir — sussurra Rufus, pegando a garrafa da mão dela.

— Espera, antes de você ir — chama Meg, fazendo um sinal de pare com a mão. — Pode trazer uma daquelas porções grandes de picles, ovo cozido recheado, frango frito e torrada? E um sanduíche de rosbife no pão francês?

— Você está grávida de novo? — pergunta Rufus, dando uma olhada de cima a baixo em Meg.

— Rufus, eu acabei de pedir álcool suficiente para derrubar nós três juntos. Mas, sim, este *era* o meu brunch quando eu estava grávida, e era perfeito, muito obrigada.

Assim que a garçonete se afasta, encaro meus amigos.

— Desembucha. E nada de falar de picles. Vocês odiavam o Ryan? Esse tempo todo?

— Não, não, a gente gostava dele — diz Rufus, com muito tato. — Ele era um namorado maravilhoso. Com todas as letras. A Meg e eu adorávamos quando ele dava uma de colírio para os olhos, principalmente naquele fim de semana em Nova Jersey.

— Lembra da sunga vermelha? — Meg dá um assobio. Ela já está com o rosto corado por causa da tequila.

— Mas — continua Rufus — estamos... felizes que você não vai se casar com ele.

— Era impressão minha — comenta Meg — ou ele estava *sempre* tentando fazer você largar seu emprego?

Faço que sim e suspiro.

— Ele começou com isso no segundo encontro.

— E o lance da religião? — acrescenta Rufus, desenroscando o arame da garrafa de Prosecco. — Você ia mesmo privar a gente do seu lendário Sêder de Pessach?

— Você só gosta de zoar meu *gefilte fish* — reclamo.

— Aquilo não é peixe. Não mesmo. E quer saber mais? O Ryan me chamou de Randall toda vez que me viu — acrescenta Rufus. — Por três anos.

— Mentira! — exclamo. — Que gafe para quem quer ser presidente um dia.

— É, o meu voto ele não tem — concorda Rufus, tirando a rolha da garrafa. — Opa!

— Então, vamos beber a quê? — pergunto, enquanto ele enche a minha taça.

— À sua *não* mudança para Washington — responde Rufus.

— A você nunca virar a porra da primeira-dama! — acrescenta Meg.

— Posso beber a isso — digo, erguendo a minha taça. — Foi mal, Michelle.

— Foi mal, Michelle — repetem eles, bebendo também.

Bebemos nossos Kate Mosses e ficamos olhando a cidade acordando à nossa volta, o vendedor de cachorro-quente montando o carrinho na esquina, o desfile de carrinhos de bebê do Upper West Side, os entregadores de aplicativo batendo nos retrovisores de motoristas de Uber desatentos. Ficamos em silêncio por um tempo, o que é bom. Eu me sinto blindada pelos meus amigos.

Então o sol espreita por trás de uma nuvem, fazendo o diamante de um quilate e meio brilhar.

— O que vou fazer com esse anel de noivado? — exclamo, querendo chorar de novo.

— Ele não vai querer de volta? — pergunta Rufus.

— Não tenho ideia, ele não atende o telefone nem responde minhas mensagens.

— Ryan é do tipo que jamais aceitaria essa devolução — diz Meg. — Vai achar que está fazendo um gesto magnânimo. Seria muito *gauche* um político pegar o anel de noivado de volta.

Concordo com a cabeça.

— Tem razão. É tão irritante.

— Que tal penhorar? — sugere Rufus. — Quem sabe um penhor de luxo. Conheço um cara.

— É claro que conhece — diz Meg.

Balanço a cabeça.

— Parece errado. Mas deixar apodrecendo na minha caixa de joias em casa também.

— Odeio ver platina apodrecer — comenta Meg.

— Você entendeu o que eu quis dizer. Parece um... símbolo reluzente dos meus três anos de ilusão, da minha vergonhosa inabilidade de navegar pela melhor parte da minha vida.

Rufus dá uma risadinha.

— Você fica tão prolixa quando bebe. — Ele completa minha taça. — Rápido, que palavra de quatro sílabas é sinônimo de tesão?

Ficamos em silêncio por um instante.

— Não tenho a menor ideia — digo.

— Bebe mais — ordena Rufus.

— Lanie — diz Meg —, você *sabe* navegar pela sua vida. Quer dizer, olha só para você. Você tem um superemprego, editando uma das autoras mais famosas do mundo.

— De quem por acaso você também é fã — acrescenta Rufus, enquanto faço que sim, abrindo meu melhor sorriso falso.

— Você tem a gente, duas das pessoas mais legais de toda Nova York — continua Meg —, e tem uma coisinha chamada resiliência. Não ria, Rufus. Estou falando sério. Notei isso desde que você apareceu na Peony, uma bebê de vinte e dois anos de idade. O que significa que vai dar a volta por cima. Significa que, mais do que tudo, você consegue o que quer. Só de te olhar sei que já sabe disso. Me diz que você sabe disso.

Dou de ombros.

— Acho que sim. Sei lá.

— Um dia, esse anel de noivado vai ser só um anel qualquer, uma joia de uma época diferente da sua vida. Só isso.

É difícil imaginar um momento em que olhar para esse anel não vai me fazer querer hibernar numa caverna de arrependimento, mas posso muito bem fazer disso um objetivo de vida.

Quando duas garçonetes chegam com a montanha de comida, fecho a caixinha para guardar na bolsa e abrir espaço na mesa para coisas melhores, como torradas, em fatias grossas e perfeitamente douradas, cobertas com frango frito.

— Já contou para a vovó? — pergunta Rufus, pegando o sanduíche de rosbife.

O Rufus e a vovó são amigos de Google Chat; o que os uniu anos atrás foi a obsessão deles pelos eventos de lançamentos da Apple. É incompreensível, para mim, o tempo que conseguem passar discutindo se a nova geração de iPhones vale o aumento de preço.

— Ainda não — digo. — Quero organizar minhas ideias primeiro.

— Minha *nainai* amava quando eu terminava com alguém — comenta Meg, segurando um picles com uma das mãos e a taça de Prosecco com a outra. Do jeito que ela gosta. — Ela chamava isso de "separar o joio do trigo".

— Ok, sua *nainai* parece assustadora — diz Rufus —, e a vovó não vai falar nada disso para a Lanie. — Ele olha para mim. — Mas no mínimo vai querer ver você de volta à ativa logo.

Afogo a ideia de voltar a namorar em mais Prosecco.

— Acho que não consigo fazer isso. Agora que sei que a minha lista das noventa e nove coisas não funciona, não tenho ideia de por onde começar.

Meg segura o riso. Rufus cobre a boca com a mão.

— O que foi? Do que vocês estão rindo?

— É questão de química — explica Rufus. — É só entrar no clima. Não é tão difícil.

— Disse o homem que está esperando pacientemente que o Brent, do Pilates World, termine com o namorado há o quê... quantos anos agora? — pergunto.

— Porque a gente tem química! — rebate ele.

Meg coloca a mão sobre a minha.

— Escuta, Lanie, todo mundo aqui nessa mesa é do tipo que tem iniciativa, mas acho que a ideia é que, quando o assunto é amor, isso não adianta. O amor simplesmente acontece, e, quando acontecer, você vai saber.

— Foi assim com você e o Tommy? — pergunto. — Você simplesmente *soube*?

— Foi! E olha só para nós dois agora! Somos tão grudados que parecemos irmãos. — Ela dá uma gargalhada. — Vou pedir mais uns Kate Mosses e é melhor ninguém tentar me impedir.

Rufus e eu assentimos, porque não temos nada contra.

Alguns minutos depois, quando estou prestes a virar aquele desaconselhável segundo shot de tequila, algo na minha visão periférica me faz parar. Viro a cabeça e sinto o estômago subir até a garganta, porque tenho quase certeza de que o Noah Ross está andando pela Broadway. Bem em direção ao Maison Pickle.

Ele está sozinho, de óculos escuros, calça jeans e casaco caban. O cabelo está molhado e seu look é informal, sem parecer desleixado. Está segurando algum tipo de caixa numa das mãos e sem dúvida está vindo para cá. Uma descarga elétrica atravessa meu corpo. Será que é aquele raio de novo? Não, isso é pânico. Tenho aproximadamente noventa segundos para descobrir como desaparecer.

Faço um inventário mental: moletom velho da faculdade, descabelada, olhos inchados. Será que é possível que eu esteja *tão* avacalhada que ele não me reconheça? Por via das dúvidas, cubro a cabeça com o capuz do moletom e pego os óculos escuros de Rufus de sua pilha de coisas, para me disfarçar.

Meus amigos me observam com uma expressão de curiosidade no rosto semiembriagado.

— Onde você comprou esses óculos? Eles são um espetáculo — digo, exagerando no entusiasmo.

— Paul Smith — responde Rufus, lentamente. — Lembra, você estava lá...

— Ah, é! — minto, distraída pelo avanço de Noah Ross. Ele está andando rápido demais para uma manhã de domingo. — Foi tão legal aquele dia. Tão legal.

— Aham — concorda Rufus, com um ar suspeito. Ele tenta seguir meus olhos, por trás dos óculos escuros. — De quem você está se escondendo?

— De ninguém! — Afundo na cadeira até o meu nariz ficar no mesmo nível da minha taça. — Só estou... cansada. Passei a noite em claro. Sabe como é, chorando. — O que é verdade, e ainda assim consigo fazer a frase soar tão mentirosa que agora até Meg está desconfiada. Ela se vira na cadeira. Vira e olha (juro!) direto nos olhos de Noah Ross.

Mas, no instante em que me convenço que fui desmascarada, Noah vira para a direita, abre uma porta e desaparece dentro de uma loja a duas portas do restaurante. Suspiro, aliviada.

Rufus estala os dedos para mim.

— Pode ir se explicando — exige ele. — Agora.

Tiro os óculos do Rufus e baixo o capuz.

— Achei que tinha visto alguém com quem eu não queria falar — digo. — Nada de mais.

— Quem? — pergunta Meg, ainda olhando ao redor.

— Hum, ela. — Aponto aleatoriamente para a mulher mais próxima à vista. — Achei que era a minha vizinha idosa que foi expulsa do prédio por vender CBD em casa no ano passado.

— Aquela mulher de setenta anos? — Rufus aponta para uma senhora atravessando a rua com um carrinho de compras.

— Ela ficava me atazanando para ajudar a reaver o depósito caução dela, e... quer saber? É uma história tão sem graça, e nem é ela...

— Você está escondendo alguma coisa — diz Meg.

— Ei, não era *eu* que estava comandando do meu apartamento um esquema de drogas. Ai, merda! — exclamo, porque a porta em que Noah havia entrado acaba de ser escancarada.

E ele está saindo.

E está vindo nesta direção.

E eu gastei dois minutos mentindo para os meus amigos, em vez de me planejar para o retorno inevitável dele à rua.

Pego o celular e pulo da mesa.

— Rufus, você tem razão. Melhor ligar para a vovó. Já volto! Ninguém toca na minha tequila!

— O que deu nela? — ouço Meg perguntar, enquanto dobro a esquina às pressas. Cubro a cabeça com o capuz de novo e me sento no degrau de uma escada que leva à porta de alguém, com o celular na orelha, fingindo que estou numa ligação. Discretamente, observo Noah parar na esquina da rua 84 com a Broadway. É ele, com certeza. O mesmo casaco caban. A mesma pompa.

Bem, ele já acabou com a minha vida. Nada impede que ele acabe também com meu brunch emergencial.

Ele continua segurando aquela caixa, e só agora me dou conta de que é algum tipo de caixa de transporte de animais. Ele abre a caixa e, com cuidado, tira um... coelho gordo e branco com pintinhas pretas.

Ele ergue o bichinho junto ao rosto, os dois em frente a um edifício de tijolos vermelhos na calçada da direita. Ele aponta para uma janela, como se estivesse explicando alguma coisa importante sobre os imóveis do Upper West Side para o coelho. Vejo o bichinho roçar o nariz na bochecha dele. Sou paralisada por uma sensação de incredulidade.

Então Noah guarda o coelho com cuidado na caixa, fecha a tampa e volta a andar na mesma direção de onde veio, seguindo pela Broadway.

Observo-o se afastar e expiro o equivalente a um mês de oxigênio. Afundo o corpo na escada e balanço a cabeça. O que ele está fazendo fora da órbita imaculada da Quinta Avenida? Por que está passeando no domingo com um coelho no Upper West Side? E, mais importante, por que não está escrevendo, ou pelo menos tentando escrever?

E por que a visão dele me deixou tão alarmada que tive de literalmente sair correndo?

Tudo bem, a resposta a essa pergunta é óbvia: porque não posso deixar que a Meg e o Rufus saibam a respeito do Noah. Por causa do acordo de confidencialidade. E porque, para ser sincera, eu ainda gostaria de pelo menos manter as aparências de um relacionamento profissional. Não sei se, depois de me ver neste estado, doze horas após o fim do noivado, Noah Ross continuaria confiando em mim como sua editora.

Queria não me sentir na obrigação de provar nada para ele.

Agora cá estou eu me estressando *de novo* por causa de Noah Ross, e não é isso que eu quero. Quero voltar para o brunch e encher a cara com os meus amigos. Dobro a esquina e volto para o meu lugar.

— Foi mal, gente! — digo e viro o shot de tequila.

— E aí, qual foi a pérola de sabedoria da vovó? — pergunta Rufus, desconfiado.

— Ah, ela... não estava em casa. Caiu na secretária eletrônica.

— Era o cara do coelho — anuncia Meg, de repente.

— O quê? Não. O quê? — Solto uma gargalhada esquisita.

— Eu sabia que conhecia ele de algum lugar — continua ela. — Levei um tempinho, mas a ficha caiu. É o cara do lançamento. O Homem do Ano. Você ficou conversando com ele no final do evento.

— Ah, é. Lembrei. Ele estava aqui? — Olho ao redor. — Não vi...

— Lanie, você mente tão mal! — exclama Rufus. — Sai desse buraco! Para de cavar!

— Aquele cara acendeu uma chama em você — diz Meg, semicerrando os olhos e apontando para mim.

— O que é isso, um filme da Anna Kendrick? Ninguém acendeu chama nenhuma em mim.

Esse pensamento me faz cerrar os punhos, porque Noah e eu fizemos exatamente o oposto de acender um no outro uma chama nesse sentido. Mas, então, vejo a obstinação nos olhos de Meg. E percebo que vai ser muito mais fácil descambar para a versão dela dos fatos do que seria deixar em aberto qualquer outra possibilidade de explicação para eu ter ficado tão desnorteada ao ver Noah Ross.

— Só um pouquinho — digo, resignada.

— Uhhhhh — exclama Rufus, apertando os lábios e assentindo para mim, com um ar de cumplicidade. — E você acha que está muito feia hoje para ser vista por esse tal Homem do Ano misterioso?

— Né? — Tento embarcar nessa versão. Pelo menos a última parte tem um quê de verdade.

— Sabe, você até que fica bem quando chora — comenta Rufus.

— Sério? — Dou um tapinha no ombro dele. — Você nunca mencionou isso em nenhuma das dezenas de outras ocorrências anteriores.

— É, mas eu estava sempre te elogiando em silêncio — diz ele. — São seus olhos. Ficam superazuis.

— Ah, obrigada, Ruf. — Suas palavras me fazem lembrar da minha mãe. Os olhos dela faziam a mesma coisa.

— Então... vai lá e pega o número do telefone dele — cantarola Rufus, me convidando a levantar da cadeira.

Eu o faço parar. Noah ainda está a apenas um quarteirão de distância. Perto demais.

— De jeito nenhum!

— Pelo menos deixa a gente pesquisar ele no Google, então? — pede Meg, pegando o celular.

— Podem parar, estou implorando — digo. — Não tem nem um dia inteiro que estou solteira. Posso pelo menos ter um período de descanso antes de ser lançada de novo na pista?

— Tudo bem — cede Meg —, mas só se o Ruf e eu pudermos acompanhar você nesse lançamento. — Ela está verificando o calendário no celular. — Bem, o Tommy vai jogar pôquer no fim de semana que vem, mas na outra sexta é a noite livre da mamãe aqui. Ah, perfeito! Vou fazer a sobrancelha no mesmo dia. Não vamos desperdiçar uma oportunidade dessas.

— Já sei o lugar perfeito, e que macacão vou usar — comenta Rufus.

Os dois se voltam para mim, na expectativa. Estou feliz que a conversa tenha desviado de Noah Ross. E também com a minha sorte de ter esses amigos gentis, engraçados, bisbilhoteiros, com os melhores acessórios e ocasionalmente bêbados.

Quem sabe, talvez daqui a duas semanas a ideia de sair à noite como uma mulher solteira me pareça menos inconcebível.

Ergo minha taça, e brindamos.

— Kate Moss, lá vamos nós!

11

Na sexta-feira à tarde, tenho dezoito abas abertas no navegador do computador. Estou fazendo um resumo de como visitar o museu Met Cloisters sem percalços. Preciso que o Noah se sinta inspirado pelos jardins medievais e os trípticos de influência holandesa, e não que fique distraído procurando o banheiro, ou irritado porque a cafeteria está fechada bem na hora que ele quer um café.

Quando finalmente estou atingindo o nível de preparação que me faz acreditar que nada vai dar errado, o destino me dá um tapa na cara através de uma mensagem de Ryan.

Só para deixar registrado, eu escrevi para ele nada menos que dez vezes esta semana. Mensagens inofensivas, perguntando se está tudo bem. Mensagens do tipo *estou-aqui-se-quiser-conversar* ou *espero-que-esteja-indo-tudo-bem-no-trabalho*. Não estou querendo encher o saco dele, nem voltar com ele. Mas é estranho que tenhamos sido tão íntimos por três anos — e estivéssemos planejando passar os próximos sessenta assim — e, de repente, é como se tivéssemos cortado o cordão umbilical e nos transformado em dois desconhecidos. Para mim, deveria haver uma espécie de período de transição. Umas duas mensagens, nada mais. Porém, pelo visto, Ryan não concorda comigo.

Até hoje, quando finalmente responde. Com três mensagens seguidas.

Minha mãe estava fazendo uma limpa na minha casa e achou umas coisas suas. A maioria é roupa comum, mas tem aquele roupão todo colorido também. E um prêmio da sua mãe. Ela vai deixar tudo num brechó amanhã. Queria te avisar, caso você queira alguma coisa de volta.

Em seguida:

Estou em Boston a trabalho, senão tentaria dar uma segurada nela. Foi mal.

E então:

Ah, e o anel é seu. Eu te dei. Por favor, para de me perguntar se eu quero ele de volta.

Li e reli a primeira mensagem: Caso eu *queira* alguma coisa de volta? O roupão da vovó, da Missoni? O Prêmio Kenneth Rothman pela trajetória profissional da minha mãe, basicamente o Oscar dos epidemiologistas, emoldurado? Levei isso a Washington para mostrar ao pai de Ryan uma vez, depois do que achei ter sido uma conversa importante sobre a minha família. Quando mostrei aquilo ao Sr. Bosch num almoço de domingo dois fins de semana depois, ele não se lembrava da conversa. Eu nunca devia ter deixado aquele quadro na casa do Ryan.

O que significa que tenho de ir a Washington. Hoje.

E cancelar meu compromisso de amanhã com Noah Ross.

Ligo para Terry, me sentindo muito explorada e injustiçada.

— Terry, aqui é a Lanie Bloom.

— Tenho identificador de chamadas.

— Posso falar com Noah?

— Noa não fala com ninguém ao telefone. Você sabe disso. Sinta-se grata por eu ter atendido.

— Então, eu tive um imprevisto e vou precisar remarcar a reunião de amanhã. Você está com a agenda dele?

— Vou repassar a mensagem, e ver se Noa gostaria de remarcar.

— Não é *se*, Terry...

— Eu aviso se Noa puder.

Consigo esperar até o fim da ligação para começar a falar palavrões para o telefone.

Uma hora depois, enfiei todo o meu trabalho do fim de semana em três ecobags. Ressuscitei uma antiga bolsa de academia que ficava debaixo da mesa — resquícios de uma mentira muito cara que um dia contei para mim mesma, de que devia fazer a aula de spinning da academia do outro lado da rua — e fiquei impressionada ao ver que a Lanie interessada em spinning tinha colocado na bolsa uma muda de roupa, calcinha e sutiã, desodorante e escova de dentes. Já comprei a passagem de trem e fiz uma reserva de hotel, então aproveito os últimos minutos na editora para escrever um e-mail para Noah.

Terry não ligou de volta.

Na primeira versão, escrevi demais e pedi desculpas demais. Então apaguei tudo e resolvi seguir pelo caminho do "nunca se desculpe, nunca se explique". As pessoas precisam remarcar as coisas. Imprevistos acontecem. Nosso acordo não está desfeito só por causa de um conflito de agenda. Repito isso para mim, mas me sentiria melhor se a Terry ligasse. O e-mail ainda está nos meus rascunhos.

— *Alors* — diz Aude, da minha porta, com uma calça com estampa de espinha de peixe de cós tão alto que parece que vai até as costelas. — Melhor você ir embora logo, se não quiser perder o trem.

— Verdade — digo, desligando o computador. — *Merci*.

— *De rien*. — Ela faz uma pausa. — Como você vai entrar na casa do Ryan?

Mostro meu chaveiro, que ainda tem a chave da casa do Ryan. Vou deixar a chave para ele antes de sair.

— Lanie — diz Aude —, quando chegar, passe o mínimo de tempo possível lá dentro. É entrar e sair, dois minutos no máximo. Vai ser melhor assim.

— O que você acha que eu vou fazer? Entrar no cesto de roupa suja e ficar cheirando as roupas dele?

Aude olha para baixo.

— Uma vez cortei o colchão de um ex-namorado todinho quando voltei para buscar um porta-facas depois que a gente terminou.

— Viu? Isso nem tinha passado pela minha cabeça antes, mas agora...

— Entrar e sair — Aude me instrui.

— Entrar e sair — repito.

Ela beija minhas bochechas e me entrega as passagens de trem impressas. Assim que entro no hall do elevador, quase dou uma trombada em Meg.

— Sopa quente! — avisa ela, gritando.

— Oi para você também — digo.

— Ah, ainda bem que é você. Estava indo levar isso na sua sala. — Ela me entrega uma garrafa térmica e, quando abre a tampa, reconheço o aroma da sopa de *wonton* com ovo da mãe dela. Meu ponto fraco. — Ia levar para você no almoço, mas o bicho pegou no segundo andar. Vai sair mais cedo hoje?

— A mãe do Ryan vai "doar" todas as minhas coisas se eu não passar lá para buscar. Hoje. — Lanço um olhar de soslaio para ela, para indicar minha irritação. — Então, sabe como é, vou fazer uma viagem bem divertida e de última hora para Washington.

— Amiga — diz Meg, o tom de voz solidário. — Quer companhia? Espera, foi mal, esqueci que tenho dois seres humanos que dependem de mim para absolutamente tudo. Mas você sabe que eu vou estar com você em espírito. E... eu não ficaria muito tempo dentro da casa dele se fosse você.

— Você também acabou com o colchão de algum ex-namorado?

— Alguém pode ter deixado dejetos no selim de uma bicicleta ergométrica.

— Meg, não!

— Eu não me orgulho disso — diz ela, dando de ombros.

— Bem, acho que temos uma campeã. — Rio. — Tenho que ir. Obrigada pela sopa.

— É a combinação perfeita — diz Meg, assim que entro no elevador. — Trem e sopa de *wonton*.

— Igual a tacos e terça-feira.

Na plataforma 12 da Penn Station, subo a escada do trem em direção ao meu cantinho de sempre, no fim do vagão silencioso. Já peguei este trem muitas vezes para visitar o Ryan. Sei que a esta hora, numa sexta-feira, está sempre lotado, mas com sorte vejo uma poltrona vaga à janela, a uma das mesas de quatro lugares. Há um casaco, uma garrafa de água e um livro sobre a Guerra do Vietnã na poltrona que fica virada para a traseira do trem, mas a que dá para a frente do trem parece vazia, então me sento com as minhas coisas.

Assim que o trem começa a se deslocar, eu me preparo para a viagem, abrindo a garrafa térmica e pegando o tablet da bolsa. Tenho cinco originais que preciso ler até segunda-feira. Em geral, lá pela quinta página eu sei se preciso continuar lendo ou não, e normalmente a resposta é não. Mas já sei que tem um ali que parece promissor. Uma sátira romântica de um autor estreante cuja primeira página fez Aude gargalhar quando ela começou a ler hoje cedo.

Releio a primeira página três vezes antes de me dar conta de que não tenho a menor ideia do que acabei de ler. Estou mais chateada do que quero admitir com o fato de ter de tirar minhas coisas da casa do Ryan. Sei como chegamos a esse ponto, mas, ainda assim... *Como foi que chegamos a esse ponto?*

Desisto do trabalho por ora. Pelo menos a sopa está boa.

Do fundo da bolsa, tiro meu exemplar antigo de *Noventa e nove coisas*. Olho as últimas páginas. Que presunção a minha, três anos atrás, comparar Ryan com a minha lista. Olha aonde isso me levou. As lágrimas fazem arder meus olhos, e, quando as enxugo, outras surgem.

— Era para ser uma comédia — diz uma voz masculina atrás de mim.

Levanto o rosto e tomo um susto ao deparar com a última pessoa que eu queria ver neste momento.

Noah Ross está com um suéter preto e um boné do Mets enfiado na cabeça. Está bebendo café num copo de isopor. E tem a barba por fazer, o que o deixa com um look sujinho, mas chique, como se, numa situação de acampamento, ele fosse preparar um jantar gourmet na fogueira.

Fecho o livro depressa e o jogo na mesa como se estivesse pegando fogo. Fico envergonhada de ser pega por ele num instante de vulnerabilidade, e estou tentando conduzir a conversa para um *que-engraçado-esbarrar-com-você-de-novo-e-tchau!*, quando ele se senta à minha frente.

Aponto para o casaco, para a garrafa de água e para o livro.

— Acho que já tem alguém sentado aí.

— Sou *eu* que estou sentado aqui, Lanie. Essas coisas são minhas. Só fui comprar um café. — Ele indica o copo fumegante.

Óbvio que é ele quem está sentado aqui. Porque este dia nasceu para acabar comigo. Eu me entrego, dia. Você venceu.

— Se não quiser ser incomodada — oferece ele —, posso procurar outro lugar para sentar.

— Não, por favor — é tudo que me resta dizer. — A menos que... eu esteja incomodando? — Aponto para o livro. Um volume de mil páginas sobre o Vietnã não é o que eu imaginaria Noa Callaway lendo em seu tempo livre. Sonetos de Shakespeare, talvez. Quem sabe Charlotte Brontë. Não um relato denso sobre um impasse internacional.

Por favor. Por favor. Por favor, me diz que você quer ler o seu livro em paz.

— Nem um pouco — responde ele, apoiando um cotovelo na mesa entre nós. — Que... engraçado. Não é? Esbarrar com você logo depois de ter cancelado a reunião de amanhã? A Terry me passou seu recado.

— Sério? Eu não tinha certeza disso, já que ela não ligou de volta. — Não me esforço para esconder minha irritação.

Noah abre um sorrisinho.

— Foi mal. Ela não gosta de você.

— Como foi que você percebeu? — pergunto, com sarcasmo.

— Não é nada pessoal. Ela odiava a Alix — comenta ele. — Terry acha que todos os meus originais são perfeitos. Ela é minha madrinha. Ossos do ofício.

Terry é madrinha dele? Tento achar um lugar onde encaixar isso no meu entendimento de Noah Ross, mas não consigo. Percebo então que sei qual é sua abertura de xadrez preferida (defesa siciliana) e sua floricultura favorita (Flowers of the World, na rua 55 Oeste), mas nada sobre sua vida pessoal, de onde ele veio.

— Olha, foi mal eu ter cancelado... — começo.

Ele faz um gesto com a mão sugerindo que eu deixe para lá.

— Acontece. Está tudo bem?

— Sim — respondo, meio como um robô sem bateria.

Olho para meu exemplar de *Noventa e nove coisas* na mesa entre nós. Tudo nesse encontro parece incrivelmente constrangedor.

— É só... sabe como é... um...

— Dia ruim? — completa ele.

Faço que sim com a cabeça. Não quero falar da minha vida pessoal com Noah Ross. Ele está sendo ligeiramente menos desagradável do que nas primeiras duas vezes que nos vimos, mas, ainda assim, tudo pode desandar a qualquer momento.

Ele olha para a janela e levanta o casaco que havia deixado no banco ao lado. Sob o casaco, reconheço a mesma caixinha de transporte que o vi carregando no domingo, no Upper West Side. Me inclino para a frente e vejo o coelho preto e branco dormindo lá dentro.

— Você tem um coelho — comento.

— E você tem uma tartaruga — rebate ele, como se isso encerrasse o assunto.

— Quem será que vai ganhar a corrida? — pergunto, e consigo tirar um riso dele. — Alice era da minha vizinha, a Sra. Park. Ela se mudou para a Flórida há uns anos e não podia levar animais de estimação para o apartamento novo. Então perguntou se eu podia ficar com ela. Ainda bem — digo, sorrindo ao pensar em Alice. Ela vai sentir minha falta hoje, mas tem comida e água suficientes até eu voltar amanhã.

Olho para Noah, porque agora é a vez dele de dizer alguma coisa sobre o companheiro inusitado.

— Este é o Javier Bardem — diz Noah, olhando o coelho. — Era da minha mãe.

— Sua mãe parece ter bom gosto para homens.

Faço uma pausa, esperando que ele engate no assunto. Ele não diz nada. Por fim, aponta para a minha garrafa térmica.

— É sopa de *wonton*?

— É — respondo, já ficando na defensiva. — Foi presente, é minha sopa preferida, de cair o queixo, então nem...

— Só ia dizer que o cheiro está ótimo... dava para sentir do *outro lado* do vagão.

— Minha sopa e eu podemos muito bem mudar de lugar — digo. Embora preferisse que ele saísse. Já espalhei tudo que havia nas três ecobags em cima da mesa.

— Não. Fica — diz ele. — Preciso de você como disfarce.

— Como assim?

— Três palavras — responde Noah, pegando um saco de papel. — Atum. Com. Cebola. — Ele tira do saco um embrulho e logo revela um sanduíche grande e de cheiro muito forte. Meus olhos começam a se encher de lágrimas novamente. — Acabou o falafel na minha lanchonete preferida, então... Talvez os nossos aromas se anulem?

Acabo rindo meio sem querer e fico espantada quando Noah ri também. Ergo a garrafa térmica, e ele levanta o sanduíche. Nos entreolhamos.

— Um brinde — digo — a comidas com cheiro forte em espaços públicos confinados.

Mastigo um *wonton* e percebo que não dá para ficar de mau humor comendo essa sopa. Noah está mastigando também. O trem sai do túnel, e nós dois olhamos pela janela por um tempo, para o crepúsculo cor-de-rosa de fim de inverno. Seria muito pedir que comêssemos em silêncio pelas três horas de viagem que nos restam? Até que nos damos bem quando não estamos falando.

Meu celular vibra. Quando olho para a tela, vejo que Aude me mandou uma foto. De um chaveiro. O meu chaveiro. O chaveiro que tem a chave da casa do Ryan.

Por favor, me diga que isso não é seu, escreve ela. Achei na frente do elevador.

— Ai, *não*!

— O que foi? — pergunta Noah.

— Nada.

— Tem certeza? Você parece que vai desmaiar.

— Você não sabe com que cara eu fico quando estou prestes a desmaiar. — Mas me sinto mesmo meio tonta. Em minha mente, vejo Iris Bosch despejando minhas relíquias de família num brechó. — Estou indo para Washington porque tenho que buscar umas coisas — explico. — Preciso das minhas chaves para fazer isso. E Aude acabou de me dizer que deixei as chaves na editora. — Cubro o rosto, tentando relembrar meus passos antes de sair. — Esbarrei numa amiga quando estava saindo... ela me deu essa sopa... devo ter deixado as chaves caírem no chão.

— Então na verdade a sopa não é de cair o queixo, é de cair as chaves.

Olho para ele e pisco.

— Ai, meu Deus, você fez uma piada. — É brega até dizer chega, mas foi uma piada.

Noah arqueia uma das sobrancelhas e sorri.

— Faço piada uma vez por mês na lua cheia.

— Boa hora para me dizer que, pessoalmente, você tem senso de humor.

— Residência ou estabelecimento comercial? — pergunta Noah.

— Hein?

— O lugar que você precisa da chave para entrar.

— Residência. Por quê?

— Que tipo de janela?

— Sei lá, de vidro. Acho que abre para cima...

Vejo Noah entrelaçar as mãos. Ele chega para trás e encosta no banco, os olhos verdes examinando o teto do trem. Está pensando. Essa é a cara dele quando está pensando. Eu o vejo sentado à sua escrivaninha na elegante cobertura da Quinta Avenida, vasculhando a mente em busca de respostas sobre as personagens pelas quais me encantei.

— Posso te ajudar a entrar — anuncia ele.

— Hum, o quê?

— Tem... noventa e oito por cento de chance de eu conseguir te ajudar a entrar.

Noah deve ter reparado no jeito como estou olhando para ele, porque, pela primeira vez, não demora a dar uma explicação.

— Fui criado numa casa só de mulheres. Minha mãe e duas amigas dela. Todas muito superprotetoras.

— E o que isso tem a ver com a história?

— Aprendi a sair de casa escondido.

— Sair é diferente de *entrar*.

— Como é o alarme da casa?

— Ele nunca liga.

Noah sorri.

— Então está resolvido.

Semicerro os olhos para a autoconfiança dele.

— Então você vai descer do trem comigo? E nós vamos até uma casa vazia? E você vai me ajudar a entrar escondido?

Noah assente. E sorri.

— Não foi o que imaginei para a minha noite de sexta.

— Deixa comigo, moça — diz Noah. E então ele parece ouvir o eco das próprias palavras, a intimidade que elas sugerem. Suas bochechas ficam vermelhas e ele retoma uma atitude mais formal. — Se vou fazer isso, você precisa me contar aonde estamos indo e por quê.

Era esse o meu medo. Mas não tenho ideia de como entrar na casa do Ryan sem ser jogando uma pedra na janela, então, se quero minhas relíquias sem uma ficha criminal, acho que o Noah Ross tem direito a algumas exigências.

— É a casa do meu ex-noivo, em Georgetown.

— O cara na parede? Achei que não era ex-noivo.

Os trilhos do trem fazem um ruído na curva. Ficou escuro lá fora. Não acredito que estou tendo esta conversa com este homem.

— Não era — digo. — Até que passou a ser. Enfim, ele tem umas coisas minhas de valor sentimental, e minha ex-futura sogra vai se livrar de tudo amanhã. — Olho para ele. — A menos que você me ajude a entrar na casa dele.

— E aí? — sussurra Noah, no breu do jardim na lateral da casa do Ryan, às nove da noite. — Como vocês se conheceram?

— Será que dá para a gente falar disso quando não estiver cometendo um crime? — sussurro também, na ponta dos pés, para ver o que ele está fazendo. Está usando a chave de fenda de um canivete suíço para, lentamente, arrombar a janela da área de serviço de Ryan.

Já fizemos uma vistoria completa do lugar, girando todas as maçanetas e testando as janelas, e até escalamos a treliça dos fundos, para ver se tem alguma janela aberta no segundo andar. Agora o Noah está simplesmente "tirando as esquadrias" da janela, e me garantiu que pode colocar de volta no lugar quando a gente sair.

— Você é quem sabe — responde ele. — Só achei que estava interessada em me fornecer material de inspiração. Imaginei que você e o ex pudessem ter se conhecido de um jeito fofo.

— Endoidou? — sussurro. — Você não vai usar a história fofa de como conheci meu ex. Embora seja mesmo uma boa história.

— Conta logo — insiste Noah, grunhindo de leve ao soltar o vidro da moldura.

No silêncio da noite, no meio de uma atividade ilícita, me sinto pressionada a contar essa história como nunca antes, da melhor forma possível. E assim o faço, em trechos sussurrados, enquanto uma coruja pia no alto da árvore de bordo no jardim. Noah escuta com atenção, inclinando a cabeça para o lado quando chego à parte em que Ryan leva uma multa por pilotar sem capacete e fala para o guarda que valeu cada centavo, porque olha só a mulher para quem ele teve de emprestar o capacete. Quando começo a descrever a forma como meus colegas do marketing na Peony ficaram boquiabertos quando me viram descendo da moto do Ryan na porta do centro de convenções, Noah solta o vidro da esquadria, olha para mim e sorri.

Ele me convida a entrar com um gesto, dizendo:

— Você primeiro.

Se fosse qualquer outra pessoa, eu teria dado um abraço em agradecimento. Em vez disso, guardo o entusiasmo para mim mesma e pulo a janela. Quando já estou em cima da máquina de lavar de Ryan, ele me passa Javier Bardem em sua caixinha de transporte, e nós dois ficamos esperando por Noah.

É estranho e eletrizante invadir a casa vazia de Ryan. Conheço o lugar bem o suficiente para me deslocar no escuro, mas, como Noah nunca esteve aqui, acendo a lanterna do celular para cruzarmos a cozinha em direção à sala de jantar e passar pela porta de vaivém para a sala de estar.

— E depois, o que aconteceu? — pergunta ele.

— Com o Ryan? — digo, surpresa. Terminei a história onde normalmente paro. A maioria das pessoas presume que depois que o Ryan me deixou no centro de convenções, nós trocamos números de telefone e começamos a namorar. Mas teve mais uma coisa naquele primeiro dia. — Bem, eu agradeci pela carona — digo, parando no pé da escada de Ryan, as lembranças invadindo minha mente. — E ele falou: "Eu vou me casar com você."

Noah fica em silêncio. Não dá para ver o rosto dele no escuro.

— E eu respondi: "Você nem me conhece." E ele disse: "Sei que vamos dar muito certo juntos." E se ajoelhou. Eu o interrompi antes que ele me pedisse em casamento de verdade... — Paro de falar, lembrando do que senti, de como tudo pareceu mágico, o começo de uma coisa maravilhosa. Como se fosse a história de amor pela qual esperei a vida inteira.

É difícil pensar nisso agora.

Por sorte, naquele exato instante, minha lanterna ilumina uma caixa perto da porta da frente.

— Ali! — Fico de joelhos. Vejo o roupão da vovó bem por cima. Tateio o prêmio da minha mãe. Que alívio. — Obrigada, Noah — digo, me virando para ele. — Foi mesmo muito gentil e meio louco da sua parte me ajudar.

— É o mínimo que eu poderia fazer.

Noah está completamente imóvel, as mãos entrelaçadas às costas. Ele nunca parece à vontade, mas, no breu do hall de Ryan, parece ainda mais desconfortável que o normal. É melhor a gente sair logo daqui.

— E aí? — digo, erguendo a caixa. — Vamos comemorar?

Quando Noah disse que conhecia um lugarzinho ali perto, eu não estava esperando um pé-sujo que só aceita dinheiro chamado Poe's e duas latas geladas de cerveja National Bohemian. Mas, ao que parece, a mesinha nos fundos do bar lotado é o lugar perfeito para Noah, Javier Bardem e eu comemorarmos a recuperação das minhas posses.

— Você nem me contou o que veio fazer em Washington — comento, ainda inebriada pela vitória, e meio falante por causa da cerveja.

— Vim visitar minha mãe.

— Ela mora aqui? Não sei por quê, mas achava que você era de Nova York.

— E sou. Eu morava na rua 84 Oeste. Minha mãe se mudou para cá faz uns dez anos. Estou tentando convencê-la a voltar para Nova York, mas... é complicado.

— Ah — digo, lembrando do dia em que vi Noah mostrando um prédio no Upper West Side para Javier Bardem. Será que é o prédio onde ele morava? Além disso, por que ele não falou antes que ia visitar a mãe? Agora estou me sentindo culpada por ter tomado tanto do tempo dele. E o que ele quer dizer com "complicado"? — Quer ligar pra ela? Ela está te esperando para jantar ou coisa assim?

— Não — diz ele, vasculhando os bolsos em busca de moedas. Percebo então que está procurando moedas de vinte e cinco centavos para usar na mini jukebox em nossa mesa. E que não vai me falar mais nada sobre a mãe. Então também volto minha atenção para a jukebox.

É bem velha, o vidro está todo arranhado, e os nomes das músicas estão tão desbotados que não dá para ler nada.

— Como você sabe o que está escolhendo? — pergunto, enquanto ele enfia as moedas.

— Não sei, mas estou disposto a correr o risco. — Ele aponta para a minha caixa. — E o que você tem aí?

Reviro minhas antigas posses. Em meio a um monte de roupas, minha mão esbarra na plaquinha da lista das noventa e nove coisas que dei para o Ryan no dia dos namorados.

Metade de mim fica indignada que ele tenha devolvido o presente; a outra metade decide esconder aquilo de Noah Ross a todo custo. Não quero que ele saiba isso sobre mim, que um dia fui a menina que faz esse tipo de lista, que me apeguei a ela... até semana passada. Também não sei se posso falar disso com Noah sem culpá-lo, só um pouco, pelo término do meu relacionamento. Por tudo. Enfio a lista no fundo da caixa, enquanto Noah aponta para o roupão da vovó.

— Deixa eu adivinhar — diz ele —, é da sua avó?

Desta vez, o comentário não parece hostil, como quando nos conhecemos no parque.

Pego o roupão.

— Meu avô deu para ela na lua de mel. Está meio puído em alguns lugares, mas ainda é lindo.

— Muito — concorda ele. — Onde eles passaram a lua de mel?

— Em Positano — respondo, sorrindo para ele. — Fiquei emocionada quando você escolheu a cidade para estar em *Duzentos e sessenta e seis votos*. Sempre quis conhecer Positano.

— Então deveria fazer isso — comenta ele. — Acho que ia gostar. É difícil *não* gostar da costa amalfitana, mas, sinto que você realmente... entenderia aquele lugar.

Não tenho certeza do que ele quer dizer com isso, ou de onde tirou esse conhecimento sobre meus gostos em viagens, mas parece que está tentando fazer um elogio, então não questiono a lógica dele.

— Quando eu era criança — continuo, ainda vasculhando a caixa —, minha mãe costumava me falar sobre me levar a Positano. Ela foi concebida lá. — Dou uma olhada nele. — Foi mal, muita informação?

— Imagino que sua mãe teve que ter sido concebida em algum lugar — diz ele. — Positano é um bom lugar para isso.

Não sei por que isso me faz corar. Somos adultos. Destrinchamos, profissionalmente, dezenas de cenas de sexo que ele escreveu em sete romances que chegaram às listas de mais vendidos. Talvez Noah tenha tido excelentes experiências sexuais em Positano; isso não poderia ser menos da minha conta.

Preciso mudar de assunto. Depois de um instante de hesitação, tiro o prêmio da minha mãe da caixa e o coloco na mesa.

— Isso aqui era a principal coisa que eu não queria perder.

Noah pega e olha de perto. Ele me encara.

— É da sua mãe?

Faço que sim e dou um gole na cerveja.

— Deve ter sido uma mulher e tanto.

— Como você sabe que ela morreu?

— Eu sei porque você me contou e eu não esqueci. — Ele me olha de um jeito engraçado. — Esqueceu da nossa amizade de sete anos?

— Foi mal, às vezes... esqueço sim...

— Tudo bem. Sei que me conhecer foi um choque para o seu sistema.

Ficamos em silêncio por um tempo, porque não sei como responder a isso, e ele é a pior pessoa do mundo quando se trata de preencher silêncios constrangedores. Javier Bardem se remexe na caixinha.

É então que ouço as notas agudas da guitarra da música "Strange Magic", do Electric Light Orchestra, pelo alto-falante da jukebox.

— Eu amo essa música.

Noah sorri.

— Hoje a gente deu sorte.

— Deu mesmo.

Noah coloca o prêmio da minha mãe com cuidado na caixa.

— É muita sacanagem o Ryan jogar isso fora. O prêmio pela trajetória profissional da sua falecida mãe não é um xampu usado.

— Ryan é um cara legal. A mãe dele é que... — começo a dizer. — Espera, por que estou defendendo o Ryan? *É mesmo* uma sacanagem. E sabe o que mais ele fez? Vendeu a moto sem me falar nada. Pode parecer besteira, mas...

— Ele vendeu a moto que estava pilotando quando vocês se conheceram? — Noah balança a cabeça. — A moto que foi a origem da história de vocês?

— Foi isso que eu disse! — exclamo. — Eu adorava andar naquela moto com o Ryan. Aí ele vendeu a moto e agiu como se eu fosse uma louca por ter me apegado a ela.

Noah brinca com a argola da latinha de cerveja.

— Depois que minha ex e eu nos separamos, demorei muito para me permitir sentir raiva. Acho que, inconscientemente, eu sabia que estava num terreno traiçoeiro. Eu tinha essa pretensão de ser melhor que a maioria dos caras no quesito relacionamentos, por causa do que escrevo. E acabei aprendendo que isso não é verdade. Só porque escrevo histórias de amor não significa que eu posso viver uma história de amor. — Ele dá uma risada depreciativa, e, no mesmo instante, vejo um lado mais delicado de Noah Ross. — Quando me permiti aceitar isso, me dei conta de que nosso relacionamento já era bem tóxico desde o início.

— Quando vocês terminaram? — pergunto. Quem era essa mulher? O que ela fazia? De onde ela era? Como ela é? Quão sério era o namoro deles?

— Um ano e meio atrás, mais ou menos — responde ele, desviando o olhar.

Meu cérebro acaba fazendo as contas por acaso, e percebo que isso foi logo depois de ele terminar de escrever *Duzentos e sessenta e seis votos*. Ou seja, a última coisa que Noa Callaway escreveu.

— Ah, não, não faz isso — pede ele, lendo meus pensamentos. — Ela não é a razão do meu bloqueio criativo.

— Pode continuar dizendo isso a si mesmo — comento, deixando claro com o olhar que estou brincando.

— Talvez ela tenha contribuído um pouco. No começo. — Ele balança a cabeça. — O que estou fazendo? Você é a última pessoa que quer ouvir isso.

— Pode falar...

— Não. Não quero te deixar preocupada. Você inventou esse plano mirabolante para curar meu bloqueio, e estou disposto a tentar. Acho... que vai funcionar. Sei que a sua carreira está em risco e tudo mais. Então, por favor, Lanie, não se preocupe.

— Tudo bem. — Faço que sim com a cabeça. Estou surpreendentemente despreocupada. Por dentro, me sinto tranquilizada. Pela primeira vez consigo ver o coração humano que escreveu os livros de Noa Callaway.

De repente, não quero mais este próximo livro apenas pela minha carreira, ou pelo faturamento da Peony. Quero isso pelo Noah também.

— Quer ver uma coisa que vai te fazer rir? — pergunto.

Quando ele me olha, feliz pela mudança de assunto, enfio a mão na caixa e crio coragem para mostrar a lista das noventa e nove coisas.

12

De: elainebloom@peonypress.com
Para: noacallaway@protonmail.com
Data: 9 de março, 10:06
Assunto: um brinde

Caro Noah,

Alguns meses atrás, fui madrinha de casamento de uma amiga. O padrinho era um monge budista. Meu discurso veio primeiro, e foi genial, modéstia à parte — uma piada engraçada, uma história capaz de arrancar lágrimas, um poema de Anne Sexton e um insulto de Gracie Allen. Tudo num espaço de dez minutos.

Em seguida, o monge pegou o microfone. Ele olhou nos olhos do noivo, depois nos olhos da noiva, e disse:

— Não criem expectativas.

Então largou o microfone e voltou para a sua cadeira.

Isso me deprimiu. Foi como se ele estivesse encorajando os recém-casados a não esperarem muito um do outro. Mas, quanto mais penso no assunto, mais percebo que expectativas raramente estão fundamentadas na realidade, e talvez o monge só estivesse falando mesmo de aceitação. Talvez os relacionamentos comecem de verdade quando se aceita o outro como ele é.

Quero que as pessoas esperem muito de mim — e não se decepcionem comigo —, mas isso não está totalmente *sob o meu* controle. Gosto de pensar que, para aceitar quem uma pessoa é, você tem que descobrir quem ela é. E isso pode levar uma vida.

No bar, na sexta à noite, você me disse que achou que te conhecer foi um choque para o meu sistema. Eu me pergunto se me conhecer foi difícil para você... Tenho pensado nisso porque hoje estou me mudando para a antiga sala da Alix. Estou curiosa sobre as expectativas que você tem da sua editora. Você sempre trabalhou com a Alix. Faz anos que você e eu nos correspondemos por e-mail, mas, de certa forma, estamos começando do zero agora. Então gostaria de propor um período de transição.

Expectativas reduzidas não atraem frustrações. Elas esperam o imperfeito em todos nós. Seus personagens fazem isso uns pelos outros. Será que você e eu podemos tentar fazer o mesmo?

Lanie

É o primeiro e-mail que mando da sala nova. Estou querendo escrever isso desde a noite de sexta. Fico me lembrando do momento em que mostrei minha lista para o Noah. Imaginei que ele fosse rir. Achei que, se risse, então eu também poderia rir, e toda a minha visão equivocada do amor poderia parecer um pouco menos desastrosa. Achei que talvez ele pudesse me ajudar a não me levar tão a sério.

Mas ele não riu. Noah pareceu comovido, segurando as plaquinhas de madeira. Leu atentamente a lista toda, então olhou para mim com a expressão mais séria que já tinha visto nele até aquele momento.

— Sinto muito por você não ter tido o seu final feliz dessa vez — falou. — Mas você não é como a Cara, do livro. Ela *precisava* da lista porque não confiava no amor. Você, por outro lado...

— O que tem eu? — Me peguei me debruçando na mesa, como se Noah estivesse prestes a me contar um segredo importante.

Ele pensou um instante, então disse:

— Se confiar no amor fosse uma fonte de energia, você poderia abastecer um pequeno planeta.

Foi a frase mais apaziguadora que alguém me disse desde que terminei com o Ryan. E pareceu verdadeira, como se esse tempo todo eu só precisasse que uma alma gentil me dissesse aquilo.

— Lanie?

É Sue, à porta da minha sala. Sue, que raramente sai da própria, que sempre manda as pessoas irem até ela.

— Vejo que você já está bem instalada. Bem, mais ou menos. Pode dar uma palavrinha?

— Com certeza — respondo, convidando-a a entrar no caos que está o meu cantinho. — Perdi alguma reunião?

— Ah, não — ela me tranquiliza, fechando a porta e atravessando o labirinto de caixas. — Só vim aqui por essas bandas para falar com a Emily.

Emily Hines é a outra diretora editorial da Peony. Por anos, foi uma semirrival da Alix por causa da inveja escancarada do sucesso de Noa Callaway. Todo ano, Emily tenta contratar uma nova Noa Callaway, e às vezes elas são boas o suficiente para aparecer na lista dos mais vendidos por um minuto. Quando Sue diz que, se eu não conseguir entregar um livro de Noa Callaway, ela vai arrumar alguém que o faça, sei a quem está se referindo.

— Emily vem fazendo altas propagandas das novas forminhas de madeleine que ela comprou — diz Sue. — Finalmente comprei uma para mim também, no fim de semana, e é maravilhosa. — Ela me encara. — Você é boa de forno e fogão?

— Ah... mais ou menos — minto, tentando pensar numa única coisa que eu tenha tirado do forno que tenha dado certo. — Meus brownies são... bons.

— Certo. — Sue concorda com a cabeça lentamente.

Isso não está indo bem. Será que tenho de começar a comprar umas porcarias na Sur la Table para cair nas graças da Sue?

Não. Preciso de um original de Noa Callaway.

— Que bom que você passou por aqui — digo, tomando as rédeas da conversa. — Noa e eu fizemos muito progresso outro dia.

É verdade — embora tenha sido um progresso mais pessoal que profissional. Antes que a Sue me peça detalhes, sigo em frente, tirando coragem sei lá de onde.

— Noa quer visitar o Met Cloisters no sábado para fazer uma pesquisa — digo. — Tenho a sensação de que, logo depois disso, vou poder compartilhar com você a premissa do livro novo.

Ela assente, um brilho de aprovação nos olhos.

— O Met Cloisters é um cenário interessante. E qual seria o gancho?

— Ele ainda precisa ser refinado, mas estamos quase chegando lá...

— Chegue lá antes da convenção de vendas. Daqui a três semanas. E "chegar lá" significa um título e uma sinopse para o catálogo. E o prazo de entrega do original?

— Dentro do previsto — digo, firmando a voz. — Quinze de maio.

Daqui a dez semanas. No limite extremo do possível. *Se* ele tiver uma ideia o quanto antes, e começar a escrever na velocidade da luz.

— Ótimo. — Sue se levanta da minha poltrona para visitas e se encaminha para sair. Quando abre a porta, ela se abaixa e pega algo do chão. Um vaso de vidro cheio de tulipas roxas. — Que lindo. Seu noivo mandou flores.

Forço um sorriso e pego as flores, antes de voltar para a minha mesa. Escondido sob o laço, vejo um envelope da Flowers of the World.

Assim que fico sozinha, abro o cartão.

Expectativas de hoje: Que essas flores tornem sua mudança menos caótica.

Noah

P.S.: Sei que o monge só teve que se levantar e falar três palavras, mas aposto que foi difícil subir ao palco depois de você.

Fico olhando o cartão. Uma imagem de Noah Ross ditando a mensagem para uma florista me vem à cabeça. Será que ele estava na cobertura, com os pés apoiados em cima da mesa, olhando para o Central Park? A mensagem foi espontânea ou ele teve de elaborar o que escreveu, como eu com os e-mails que mando para ele? Será que ficou se perguntando o que eu pensaria quando recebesse as tulipas? Porque eu não sei o que pensar. Quanto mais tento entender meu relacionamento com Noah Ross, mais indefinível ele se torna.

Amigos por e-mail. Antagonistas cara a cara. E então, do nada: pessoas que arrombam casas juntos, ouvem Electric Light Orchestra numa jukebox e comem comida com cheiro forte no trem.

Uma coisa que sempre amei nos personagens de Noa é como eles lidam com impulsos contraditórios. O que é ótimo na ficção, mas confuso na vida real.

— Com licença — diz Meg, entrando com Rufus e fechando a porta. — Bela sala, a propósito. — Ela olha ao redor e assente, satisfeita. — O Rufus disse que ouviu a Sue falando alguma coisa sobre o Ryan ter te mandado… — Ela interrompe a frase no meio e aponta para as tulipas. — Uau… *o que aconteceu* na sexta à noite?

Um dia vou adorar contar para a Meg o que aconteceu na sexta à noite.

— Engraçado — comenta Rufus, pegando o vaso de vidro. — Sempre achei que o Ryan fosse mais do tipo que manda rosas vermelhas.

— Por que o seu ex-noivo te mandou flores e o meu marido nem parece saber o que é isso? — pergunta Meg. — Sabe o que o Tommy me deu de dia dos namorados esse ano? Uma caixa de amaciante em folhas sem aroma para a secadora de roupa. Te juro.

— Meg, isso *é* romântico! — exclamo, feliz com a mudança de assunto.

— Ah, não me vem com essa.

— Você adora comprar a granel! — lembro a ela. — Vocês foram proibidos de entrar na Costco quando namoravam porque foram flagrados se pegando na sessão de congelados! E sem aroma? Ele estava pensando no seu eczema.

— Ele estava pensando em aderência estática. É isso que nosso casamento é: uma aderência estática.

— Certo, e as flores... — retoma Rufus.

— Não se preocupem — digo. — Não são do Ryan.

— Ótimo — comenta Meg —, porque seria um banho de água fria na Operação Sexo para Lanie, de sexta-feira.

Não vou decepcionar Meg explicando que as chances de eu transar na sexta-feira são mínimas por vários motivos. Dentre os quais está o fato de que preciso estar bem-disposta no sábado de manhã para levar Noah ao Met Cloisters. Se você tivesse me perguntado na semana passada, eu provavelmente não teria conseguido pensar em nada pior do que estar de ressaca ao sair por aí com Noah Ross. Mas a verdade é que, desde a nossa aventura da última sexta, estou ansiosa pela visita ao primo rico do Metropolitan. Ou, pelo menos, não estou receosa quanto a isso. Agora parece possível que ele vá ter uma ideia para o livro.

— Foi Noa Callaway que mandou — digo, como quem não quer nada, olhando as tulipas.

Meg arqueia uma sobrancelha. Rufus se senta em uma caixa de livros.

— Noa Callaway manda flores? — pergunta Meg.

— A transição deve estar indo bem — comenta Rufus.

— Minha mãe tinha um jardim de tulipas — digo, alisando as folhas cerosas da planta. — Sempre amei tulipas.

Depois de um minuto, percebo que os dois estão me encarando.

— Está tudo bem com você, Lanie? — pergunta Meg.

— Sim.

— Ótimo — diz Meg. — Continue assim. Porque Rufus escolheu ir ao Subject, na rua Suffolk, na sexta à noite. Você tem que ir vestida para brilhar.

— Qual é, Megassessora! — provoca Rufus, usando o apelido que deu para ela. — Você pode fazer melhor que isso.

— Tudo bem... — concede ela. — Você tem que ir vestida para matar.

Rio, porque conheço meus amigos bem o suficiente para sentir o ritmo da fala deles e saber que o que disseram foi algo engraçado, mas a verdade é que não ouvi as últimas frases. Minha mente voltou para a minha mãe, para a memória de arrancar ervas daninhas com ela no jardim quando eu era criança.

Assim que Meg e Rufus saem, escrevo para Noah.

De: elainebloom@peonypress.com
Para: noacallaway@protonmail.com
Data: 9 de março, 11:45
Assunto: pergunta

Obrigada pelas flores. São lindas. Nunca tinha visto tulipas dessa cor. Minha sala nova — que parece gigante e meio como se eu a estivesse ocupando ilegalmente — precisava delas.

Posso perguntar uma coisa? Por que você escolheu tulipas especificamente? Sempre foram minhas flores preferidas, e estou tentando imaginar o que elas significam para você.

De: noacallaway@protonmail.com
Para: elainebloom@peonypress.com
Data: 10 de março, 11:53
Assunto: re: pergunta

Uma vez você me disse que seu segundo nome é Drenthe
Presumi que era um sobrenome e que você era holandesa
Errei?
Até sábado. Vai ser divertido.

— O que é isso? — pergunta a vovó com a voz animada durante a ligação por FaceTime na sexta à noite. Desde que terminei com Ryan, ela me liga todo dia para saber como estou. — Você usou delineador? E esse decote ousado! Você está num táxi?

— Estou, vou para a night hoje — digo, enquanto o motorista pega a Segunda Avenida em direção ao bar no Lower East Side que Rufus jura que eu vou adorar.

A noite está fria e andou chovendo, mas escolhi um dos meus vestidos mais decotados e botas de salto. Principalmente porque eu sabia que Rufus e Meg ficariam horrorizados se eu aparecesse com a roupa que realmente gostaria de usar: uma gola alta bege muito confortável e comprada num brechó.

— Sabe — diz a vovó, com uma piscadela —, sexo com um desconhecido é mitzvá duplo no sabá!

— Acho que a parte do "desconhecido" não está na Torá — respondo. — Ei, posso perguntar uma coisa?

— Você sempre pode me fazer qualquer pergunta sobre brinquedos sexuais eróticos...

— Não, vovó... meu segundo nome... Sei que é uma cidade na Holanda, mas nós não somos holandeses. Você e meu avô nasceram na Polônia.

— Antes da guerra — explica ela —, seu avô morou nos Países Baixos. Ele nasceu em Drenthe. Sua mãe deve ter te contado, não?

— Talvez — digo, mas a maioria das conversas com a minha mãe desapareceu da minha memória. E me lembro que, quando eu era pequena, a vovó ficava tão angustiada e tão diferente quando falava sobre o que tinha deixado para trás na Europa, que acabei parando de perguntar. Fico feliz que meu avô tenha sobrevivido no meu segundo nome. — Então, o jardim de tulipas da mamãe...

— Uma homenagem — diz a vovó. — Ela cresceu fazendo jardinagem com o seu avô. — Vovó desvia o olhar da câmera. Está na cozinha fazendo pipoca, que sempre queima. Ela fica calada, e eu gostaria de estar lá com ela, em vez de ter esta conversa por telefone. — Ele perdeu a família toda na guerra. Nunca voltou a Drenthe, mas escreveu sobre isso.

— Nos poemas? Você ainda tem? Posso ler?

— Elaine — diz ela —, vou mandar para você a maior sacola de poesias que você já viu.

— Obrigada, vovó. Adoraria ver isso.

— E o seu outro projeto? — Ela passa a sussurrar. — A situação com Noa Callaway. Algum progresso?

Vovó arqueia uma sobrancelha, e percebo que estou sorrindo. Tento disfarçar, mas é da vovó que estamos falando, e, no fundo, ela conhece meus sentimentos.

— A gente fala sobre isso amanhã — digo. — Vou com ele ao Met Cloisters, em busca de inspiração. Provavelmente não deveria abusar da sorte te dizendo isso, mas a verdade é que estou com um bom pressentimento.

Olho pela janela enquanto o motorista para o carro. Chegamos a um bar lotado na esquina da Houston com a Suffolk. Pela janela, vejo o pé-direito alto, candelabros com luz fraca... e Meg em cima do balcão do bar, virando um shot de bebida com o punho erguido.

— Vovó — digo —, vou entrar num lugar bem barulhento agora.

— Divirta-se, querida. — Ela manda beijos para a câmera. — E não tenha medo de deixar seu peito te levar.

Assim que entro no Subject, Rufus me vê no meio da multidão. Ele me chama e me dá um abraço.

— Você acabou de perder o momento *Show Bar* da Meg.

— Acho que vi o finalzinho pela janela. — Aperto os ombros da Meg.

— Não se preocupe, foi demais — diz ela, bebendo o drinque novo que o barman serviu. — Você sabe que aprendi dança irlandesa na faculdade. E, bem, as pessoas queriam ver.

— *As pessoas.* — Rufus faz um gesto de aspas no ar.

— Não tinha entendido que esse era um lugar de gente-que-dança-em-cima-do-balcão-do-bar — provoco a Meg, enquanto o Rufus balança a cabeça. — Você está vendo que o seu drinque tem uma folha de shissô de verdade em cima, não está?

— Acho que a maioria das pessoas espera passar da meia-noite para subir no bar — admite ela, um pouco desanimada. — Mas não posso mais ficar acordada até tão tarde! — Sua voz falha e eu dou um abraço nela.

— Ah, suas sobrancelhas estão maravilhosas — digo, admirando o resultado da depilação com linha.

Rufus me entrega uma taça de martíni com um líquido rosa e sal na borda.

— E seu macacão é perfeito, Ruf — digo.

— Não tanto quanto o seu *decote ousado* — diz ele, rindo com malícia e brindando comigo.

— Você anda falando com a minha avó?

— Desta boca não sai nada!

— Tudo bem — diz Meg, nos arrastando para um canto de onde podemos ver quase o bar inteiro. — Ao trabalho.

Eu a deixo examinar o ambiente por mim. É para isso que servem as amigas, e me dá uma chance de me concentrar na bebida.

Meg levanta o queixo para indicar um sujeito mais adiante no bar.

— Aquele ali é lindo.

— Parece o Ryan — comenta Rufus.

— Passo! — grito para a minha bebida.

— Tudo bem, e o loiro musculoso vindo para cá, uhh — diz Rufus, assentindo para um homem que está tentando atrair a atenção do barman.

É bonito, o tipo de beleza que nunca vem sem uma covinha no queixo. Meg e Rufus fazem uma saída coreografada do balcão, deixando um espaço livre para ele ao meu lado.

Ele pede ao barman mais uma cerveja, então olha para mim e sorri.

— Oi! — grito mais alto que a música do bar, me sentindo completamente enferrujada.

— O quê? — ele grita também, chegando mais perto, botando a mão na base das minhas costas.

Dou um passo atrás. Seus olhos são tão azuis que meio que dói olhar para eles.

— Eu só... esquece...

Ele grita alguma coisa que não consigo ouvir, e então percebo que isso não faz o menor sentido. Não estou interessada no cara. Nem no sabá. Começo a me afastar, mas ele me segue com uma cerveja na mão.

— Longe do bar é menos barulhento — grita ele, apontando para uma janela. Olho para Meg e, a julgar por seus olhos esbugalhados e pelos gestos frenéticos com as mãos, não sou bem-vinda no cantinho onde eles estão.

E então, no instante seguinte, me vejo encurralada na janela, encarando a covinha no queixo de um desconhecido e me perguntando o que diabos devo dizer.

— Então, o que você faz? — pergunta ele, depois que esgotamos os emocionantes assuntos dos nossos nomes e se já estivemos neste bar antes.

(O nome dele é Phil, e sim, ele já esteve aqui.)

— Sou editora de livros — grito.

— Que DEMAIS! — ele grita também, com tanto entusiasmo que me pergunto se havia riscado o nome dele da página rápido demais. Então, a verdade se revela. — Li um livro ano passado!

— E... era bom? — É o melhor que consigo fazer.

— Muito bom. — Ele dá uma piscadinha para mim. — Quer sair daqui? Meu hotel fica logo ali. Frigobar... varanda...

Simplesmente não consigo fazer um mitzvá duplo com esse cara.

— Olha, Phil... Eu tenho uma reunião amanhã cedo...

— Mas amanhã é sábado.

— E também não estou sentindo o clima... você... eu...

Ele assente e não parece se ofender. Seus olhos já estão percorrendo o bar em busca de outra moça que adoraria conhecer a tal varanda do hotel. Eu me despeço e corro de volta para os meus amigos. Mas, no caminho, cruzo o olhar com um homem alto bebendo uma Guinness perto do balcão.

É bonito e bem-arrumado, com uma calça social de risca de giz e camisa social com abotoaduras. Tem um jeito maduro, mas ainda descontraído — duas coisas que me agradam —, sobretudo no que diz respeito ao olhar irônico.

— Não foi aprovado? — pergunta Risca de Giz, com um sotaque britânico.

— Em defesa do Phil — digo, me aproximando —, ele leu um livro no ano passado.

Risca de Giz ri. Pouso a bebida no bar e, de canto de olho, vejo Meg e Rufus comemorando com um pulinho e colidindo os peitos.

— É um "e comercial" na sua abotoadura? — pergunto, admirando o "&" dourado em seus punhos.

Ele faz que sim.

— O ampersand tem uma história fascinante. Escrevi minha tese de doutorado sobre o uso dele no paratexto shakespeariano. — Ele para de falar e fica me encarando.

— O que foi?

— É só que você ainda está acordada. Em geral essas palavras funcionam como um Zolpiden verbal.

— Só não coloca o tema da sua tese na minha bebida.

Nós dois rimos, então bebemos, e penso: bonito, inteligente, espirituoso de um jeito britânico. A Operação Sexo para Lanie acaba de entrar no teatro de guerra.

— Você conhece o meu noivo? — pergunta uma mulher atrás de mim, e então a vejo passar os braços pelos ombros de Risca de Giz. A mão na extremidade de um desses braços ostenta um anel simples com um diamante maravilhoso. Eu recuo, enquanto Risca de Giz é arrastado para uma conversa com um grupo de ingleses atraentes e sofisticados. Ele então me fita e gesticula com os lábios um *boa sorte* silencioso.

Dou meia-volta e viro o restante da bebida, então me junto a Rufus, que já tem outro drinque esperando por mim. Ou melhor, outros drinques.

— Está na cara que é hora de mudar para Kate Moss.

Pego as bebidas das mãos dele, e nós três viramos nossos Kate Mosses de uma só vez. Meus olhos lacrimejam.

— Mais uma bola fora e eu viro abóbora.

— A gente podia sair por aí — diz ele. — Ir dançar?

— Ir dançar, isso — concorda Meg, saltitando, os braços rígidos ao longo do corpo. — De preferência dança irlandesa.

— Gostei daqui — digo. — Vamos só... será que a gente pode dar um tempo na Operação Sexo para Lanie por hoje? Estou mais numa de *aproveitar-minha-bebida-e-tentar-manter-a Meg-longe-do-bar.*

— Pode deixar — diz Meg, me abraçando. — Vamos fingir que só tem a gente aqui...

— Espera um pouco — digo. — Aquele é o...

Fico na ponta dos pés, porque um sósia perfeito de Noah Ross acaba de entrar no bar. O que seria a terceira vez que o sujeito esbarra comigo em uma semana. Sem dúvida, alguma espécie de recorde mundial.

Mas então, quando o homem vira, vejo que não é ele. Não tem nada a ver. É só um desconhecido de cabelo escuro encaracolado e casaco caban. Fico surpresa com a minha frustração.

Meg está me observando, seguindo meu olhar.

— Você gostou daquele cara porque ele parece o seu Homem do Ano. O que você tem com ele?

— Como assim? Não tenho nada.

— Lanie. Você se escondeu dele no brunch.

— Você não acha ele atraente?

Eu não queria ter perguntado isso. Não sei que diferença faria para mim se Meg acha Noah bonito ou não. Ainda assim... ela acha?

— Se ele é ou não atraente não é a questão — diz Meg. — A questão é como você ficou constrangida. Você gosta dele. Devia ao menos tentar...

— Isso não vai dar em nada! — interrompo, com mais ênfase do que gostaria. Mas é verdade, mesmo que não possa explicar com mais detalhes para Meg. Mesmo que não possa explicar a mim mesma por que uma pequena parte de mim está se sentindo frustrada.

13

— Sabia que este lugar foi construído com partes recuperadas de cinco claustros medievais franceses de verdade? — pergunto a Noah na manhã seguinte, ao entrarmos no museu que mais parece um castelo.

Ele para de andar e se vira para mim, sorrindo com os olhos.

— Então. Vamos fazer o seguinte. — Ele une as mãos. — Vamos parar bem aqui, e você vai botar para fora todas as curiosidades de guia de museu contidas na sua memória. Tudinho. Pode soltar o verbo. Vamos desobstruir o seu sistema, Lanie. Depois? Vamos caminhar como duas pessoas normais e aproveitar nosso tempo juntos aqui.

Eu reviro os olhos.

— Tudo bem. Vou calar a boca. Já entendi a indireta. Mesmo ela não sendo tão indireta assim.

Voltamos a andar, nossos passos ecoando nos arcos de pedra cinzenta da abadia.

— Sabe, há duas semanas, você teria me repreendido por zombar assim de você — comenta ele.

— Há duas semanas, você não tinha arrombado a casa do meu ex-noivo — digo a ele assim que paramos diante de uma série de tapeçarias bastante elaboradas de unicórnios. Li que foram tingidas com as mesmas plantas do jardim externo, mas vou guardar essa curiosidade fascinante para mim.

Ele sorri.

— Raramente tenho a oportunidade de usar aquelas habilidades.

Paramos diante de uma abside, cujas paredes rebaixadas são cobertas de vitrais. Noah observa o painel de uma Madona e o Menino. Ele pega o celular e tira uma foto.

— Este lugar é realmente especial.

Fico tentada a comentar o nome da cidade austríaca de onde vieram os vitrais, mas vejo que Noah está absorvendo a atmosfera do lugar, então decido não atrapalhar aquela vibe.

Não consigo parar de olhar para ele. Coisas que notei sobre Noah sem nem perceber: seu cabelo encaracolado está sempre molhado quando ele chega. Seus olhos têm um tom escuro e misterioso de verde, da mesma cor que a estampa descontraída de hera na camisa de botão que está usando hoje. Ele demora a sorrir — como se seu sorriso quisesse ter certeza das coisas antes de se comprometer com elas —, mas, quando o faz, o sorriso captura a gente.

Ele não tem nada a ver com o Ryan, que era indiscutivelmente bonito no nível homem-mais-sexy-do-mundo-segundo-a-revista--*People*. Não há indiscutivelmente *nada* em Noah, e estou começando a me dar conta de que é aí que está o charme dele. Para começar, ele é um camaleão quando se trata de roupas. Um dia se veste como um roqueiro indie, outro como um produtor de filme italiano, e outro como um hipster de férias. Até o seu físico — alto e magro — é do tipo que não dá para saber que exercício faz para manter a forma. Triatlon? Uma combinação de basquete e ioga?

O homem é um enigma — reservado num minuto, e, no outro, absolutamente disposto a cometer um crime para fazer um favor a alguém. Você jamais saberia como é bem-sucedido só de olhar para ele ou ter uma conversa informal com ele. Mas, quando se abre, sua chama incandesce. Ele é cheio de complexidades que a gente tem vontade de investigar mais a fundo.

Isso se a gente não estivesse apostando todo o nosso futuro em tirar um livro dele.

— Vamos ver os jardins — sugere ele, e eu embarco.

Seguimos para o lado de fora, andando ao longo de uma galeria com colunatas que dão para um jardim tão charmoso que beira o sagrado. Caminhos perfeitos de pedra dividem-no em quatro partes. No centro, um chafariz. O ar está perfumado com o cheiro das ervas aromáticas e das pequenas flores vermelhas que balançam nos galhos das romãzeiras. É arrebatador. Aqui neste oásis, sinto como se não tivéssemos só saído de Manhattan, mas viajado de volta no tempo para a Europa medieval. Quero me demorar, aproveitar ao máximo essa pausa em minhas preocupações cotidianas.

— Isso nos seus olhos é desejo de viajar? — pergunta Noah, me surpreendendo. Eu não tinha notado que ele estava me olhando nem que conseguia ler meus pensamentos.

— Você me pegou no flagra — digo e acrescento, de forma descontraída: — Desejo de viajar, desejo de ter um pouco de paz, desejo de voltar-no-tempo-e-fazer-escolhas-diferentes. Um misto de desejos.

Para de falar desejo.

— Se souber de algum destino ideal para uma pessoa cuja vida está implodindo — comento, para encerrar minha divagação —, é só falar.

Não sei por que Noah está olhando para mim com um sorriso tão largo na cara.

— O que foi? — pergunto, quando paramos no meio do jardim.

— Na verdade — responde ele —, eu sei.

— Sabe o quê?

— Sei de um destino ideal para você. — Ele leva a mão ao bolso interno do casaco e tira um envelope grosso de cor creme. Está endereçado a Noa Callaway, mas ele me entrega.

Tiro um cartão de dentro. Está escrito em italiano.

— O que é isso?

— Um convite para o lançamento da edição italiana de *Duzentos e sessenta e seis votos* — explica ele. — Aparentemente, postaram um vídeo do seu discurso no lançamento de Nova York. Sabia que viralizou na Itália?

— Não brinca. — Isso é novidade para mim.

— Minha editora em Milão me perguntou se você poderia ir e fazer um discurso. É em maio. O evento vai ser no hotel Il Bacio, que fica em...

Ele me encara, e nós dois terminamos a frase juntos:

— Positano.

— É sério isso? — pergunto. — É o hotel do livro.

— E — continua ele, com um sorriso de canto de boca —, se não estou enganado, a cidade em que sua mãe foi concebida.

— Normalmente eu diria que preferiria nunca ter te contado isso... mas... — Olho para ele. — Você está me oferecendo uma viagem para a Itália?

— Tecnicamente, é a editora italiana que está oferecendo. Eu não vou estar lá, obviamente. Mas vou torcer por você daqui.

O jeito como ele diz isso, com um misto de emoções positivas e negativas na voz, me faz pensar. Qualquer outro autor aceitaria o convite na hora. Noah não pode fazer isso. Será que alguma vez ele desejou que as coisas fossem diferentes, que ele mesmo pudesse ir à Itália comemorar publicamente sua obra com suas leitoras?

Olho para o convite, ainda pensando no assunto. Quem diria que um convite para a viagem dos meus sonhos — com todas as despesas pagas — cairia do céu num momento em que não posso aceitar?

— O evento é no dia dezoito de maio — digo. — Três dias depois do prazo de entrega de um livro para o qual nem ideia a gente tem ainda.

Noah não parece se afetar.

— Se eu prometer que entrego o original antes da viagem, você vai?

— Vou até Marte se você me entregar o original antes. Mas, sendo realistas, Noah, ainda nem temos uma premissa. — Devolvo o convite para ele. — Fico muito honrada. E é muito generoso da sua editora italiana, mas enquanto nossas carreiras estiverem à beira do abismo, eu não posso, em sã consciência, aceitar.

Noah coça a cabeça. Parece chocado.

— Eu nem cheguei a falar quais são as minhas condições.

— Você e suas condições — digo. Mas estou curiosa. — Tudo bem, desembucha. Só por via das dúvidas.

— Na verdade, é só uma condição — diz ele. — Eu te dar o troco pela sua lista. Uma lista minha.

— Sua lista de quê?

— Eu morei dois meses em Positano, pesquisando para escrever *Votos*. Conheço o lugar certo para comprar uma peça vintage de marca como lembrança para a sua avó... e onde encontrar o melhor Piedirosso.

— Nunca digo não a uma taça de Peidirosso — comento, torcendo para ter presumido corretamente que se trata de algum tipo de vinho. No fundo, me enche de uma alegria secreta a perspectiva de viajar pela Itália com uma lista dos lugares preferidos de Noa Callaway no bolso. As pessoas participariam de leilões no eBay por algo assim.

Não que eu vá para a Itália.

E então me dou conta: é a primeira vez que junto as figuras de Noah Ross e Noa Callaway em uma mesma entidade. Aconteceu sem que eu notasse. Então me pergunto: se eu posso ficar à vontade com o homem por trás dos livros, será que as leitoras também poderiam? A imprensa?

Quero discutir isso com a Sue, e com o Noah. Depois que tivermos um original.

— Aceito sua condição — digo —, contanto que...

— A gente tenha um livro?

— Exatamente — digo. — Então, enquanto isso... — Faço um gesto para o museu à nossa volta.

Noah aceita a deixa, e voltamos a atenção para o Met Cloisters. Boto mentalmente meus óculos de Noa Callaway e tento ver o jardim pelas lentes dela.

Do outro lado do chafariz, há uma idosa numa cadeira de rodas sendo empurrada por uma moça bonita. Provavelmente sua neta.

Vejo a moça pedindo licença a um jovem jardineiro que está carregando um saco imenso de grama. Mostro os dois para Noah e me aproximo para sussurrar.

— E se... ele for a pessoa que cuida do jardim. O horticultor. E ela, a cuidadora da senhora na cadeira de rodas. Que quer vir toda semana ao Met Cloisters. Eles se veem dezenas de vezes. Estou falando de trocas demoradas de olhar, um "com licença" aqui, outro ali. Cada um formando uma opinião (completamente errada!) sobre quem o outro é. E então, um dia... — Faço uma pausa para pensar. — O que acontece? Quem quebra o gelo? Talvez a senhora. Ela quer ver a neta encontrar o amor, então passa o telefone da moça escondido para o jardineiro?

— Gostei — comenta Noah, sem o menor traço de ironia na voz.

— Poderia funcionar, não poderia? — Meu coração e minha autoconfiança começam a se inflar.

— Talvez você devesse escrever essa história — diz ele, agachando-se para examinar um aloé medieval. — Ou talvez oferecer para outro autor com quem trabalha?

E... coração e autoconfiança afundando em direção ao centro da terra. Convite para a Itália entrando em combustão espontânea.

— Por que não você?

Noah dá a volta no chafariz, os braços cruzados.

— Não estou querendo dificultar as coisas. Mas, ultimamente, tenho cada vez menos interesse em que a força motriz da história seja a forma fofa como os protagonistas se conhecem.

Há duas semanas, teria achado o comentário uma ofensa aos livros que eu amo e que ele também diz amar. Teria reagido: a forma fofa como os protagonistas se conhecem é tudo! Toda boa história de amor precisa disso.

Mas, hoje, o foco não sou eu. O foco é ajudar Noah a se inspirar.

— E você tem tido *mais* interesse em... — insisto.

Ele me olha. Seus olhos verdes brilham.

— No espetáculo rapsódico completo da vida.

Bem, aí ele me pegou.

— Certo — digo, lentamente. — É, isso pode ser romântico também.

Ele inclina a cabeça num convite para acompanhá-lo, e deixamos o jardim em direção a uma passarela de pedra elevada com vista para o rio Hudson. O dia está lindo, e a paisagem é espetacular. Resisto à tentação de dizer a ele que este é um dos pontos mais altos de Manhattan.

— Minha mãe está doente — diz Noah, apoiando os cotovelos na grade sobre o rio. — Ela tem Alzheimer. E piorou recentemente.

Paro junto a Noah, me sentindo arrasada por ele.

— Sinto muito.

— Não estou te contando isso para me justificar. Só quero explicar. Minha mãe é o motivo pelo qual comecei a escrever.

— É mesmo? — Sempre me perguntei qual teria sido a origem de Noa Callaway. Todo mundo na Peony se pergunta isso.

— O nome dela é Calla — continua ele. — Escrevi *Noventa e nove coisas* por causa dela. Ela gosta de histórias de amor. Ou gostava, pelo menos. — Ele coça o queixo e fita a água. Uma tristeza emana dele. Reconheço isso de longe.

Sei que o melhor a fazer é escutar.

— Se este for o último livro meu que ela puder ler — declara Noah —, quero que ele trate de todo o escopo do amor, não só do começo.

— O épico de um coração — digo, sentindo a pele arrepiar. Não é ruim. É muito bom.

Ele assente.

— Não sei quem são os personagens, nem quais seriam as circunstâncias deles...

Não dizemos nada por alguns instantes, mas não é um daqueles silêncios que você se esforça para preencher. É como se estivéssemos deixando este recanto elevado e tranquilo de Manhattan pegar por suas mãos gentis a nossa conversa difícil.

— Me conta da sua mãe — peço. — Você disse que morou numa casa cheia de mulheres?

— Depois que meu pai foi embora, minha mãe e eu moramos com duas colegas dela da faculdade de enfermagem. Tia Terry e tia B.

— Espera aí. Tia... Terry?

Noah sorri, divertindo-se com a minha surpresa.

— Éramos uma família maluca, rica em estrogênio e apaixonada por histórias românticas. A coisa que minha mãe e minhas tias mais gostavam de fazer era emprestar romances umas para as outras e trocar ideias sobre enredos e personagens. Era tipo um clube do livro que nunca terminava.

— Até que... você entrou no clube? — pergunto.

— Li *Ayla, a filha das cavernas* no primeiro ano.

— Ninguém dá o devido valor a esses livros! — digo. — Jondalar foi minha primeira paixão fictícia.

— Ah, então esse é o seu tipo? — brinca ele, e fico vermelha, lembrando daquelas famosas cenas picantes na caverna, que li pelo menos umas três mil vezes.

— Então, quando você começou a escrever... — digo, encaixando uma peça do quebra-cabeça que é Noa Callaway.

Ele faz que sim.

— Me apaixonei pelo amor. Embora, obviamente, aos vinte anos, não soubesse nada do assunto.

Imagino Noah aos vinte anos, sem saber nada sobre o amor. É meio que fofo isso.

— Quando mostrei a primeira versão de *Noventa e nove coisas* para a minha mãe — continua ele —, ela não acreditou que tinha sido eu que tinha escrito. E se minha própria mãe não acreditava que tinha sido eu, que leitora iria querer abrir a orelha do livro e ver a minha foto?

Fico imaginando como seria a foto de divulgação dele. Olhos verdes sensuais flertando com a câmera. Cachos escuros longos apenas o suficiente para dar um toque de rebeldia. Gola rulê preta. Não, uma camisa deixando entrever um pouco dos pelos no peito.

Ele tem razão. Sua foto seria um choque para as leitoras.

— A Alix só soube que eu era homem depois de ter contratado o livro — continua ele, e outra peça se encaixa. — Não tínhamos a menor ideia de que *Noventa e nove coisas* seria o sucesso que foi. Nunca imaginei fazer carreira disso. Quando tudo começou....

— Era só uma história de amor?

— É — diz ele, me fitando nos olhos. E é como se estivéssemos nos vendo de verdade pela primeira vez. — Era só uma história de amor.

Continuamos caminhando ao longo do rio, o sol alto e magnânimo no céu, observando a George Washington Bridge aumentar pouco a pouco a distância.

— É sua vez — anuncia ele, me pegando desprevenida.

— Hein?

— No xadrez. — Ele balança o celular. — Faz mais de uma semana que é sua vez. Você está prestes a entregar o jogo.

— Ah! É que eu andei...

— Paralisada pela minha vitória iminente?

— Estava só tentando não distrair você com notificações no celular! E também não quero destruir completamente a sua autoconfiança neste momento criativo delicado. Você já perdeu, o quê, as últimas seis partidas seguidas?

— Isso é só porque eu não tenho como usar as minhas táticas de intimidação pelo app.

— E quais seriam elas?

Noah me encara de braços cruzados e arqueia uma das sobrancelhas de um jeito dramático, inclinando exageradamente a cabeça para o lado. Só está faltando um monóculo para ele parecer um completo lunático. Caio na gargalhada.

— Fiquei com medo agora — digo.

— Viu?

— Com medo por você, de achar que isso é uma tática de intimidação. Parece mais um Angry Bird.

— Tudo bem, mas sou melhor jogando pessoalmente. O jogo de reis precisa de seres humanos.

— Se você não tivesse me deixado tão furiosa naquele dia no Central Park... — digo, suspirando de forma deliberada. — Essa questão já teria sido resolvida.

— Só há uma solução para isso.

— Você está me desafiando para uma partida de xadrez? — pergunto, sentindo meu espírito competitivo se atiçar.

Ele faz que sim com a cabeça.

— E torcendo para que você goste de sushi, porque estou morrendo de fome, e sábado é dia de sushi. — Então ele faz de novo aquela coisa com a sobrancelha, até eu rir e concordar.

Noah orienta o motorista do táxi a parar na esquina da rua 95 com a Broadway.

— O que a gente está fazendo aqui? — pergunto, quando ele abre a porta.

— Eu moro aqui. — Ele me conduz pela calçada até um portão de ferro preto no meio da fachada de uma construção em estilo Tudor de dois andares. É um lugar que destoa dos tempos atuais, espremido por edifícios mais altos e modernos por todos os lados.

Então me dou conta de que já estive aqui. É a entrada para a Pomander Walk, a vila aonde a Meg me trouxe uma vez, para uma festa. Estava na lista das *Cinquenta maneiras de acabar com o bloqueio criativo do Noah*. E ele tinha cortado esse lugar da lista.

— Você não mora aqui — digo, enquanto Noah pega uma chave e abre o portão. Ele me conduz por uma escadinha de tijolos que leva a um jardim privativo da largura de uma das avenidas de Nova York. — Você mora numa cobertura na Quinta Avenida, de frente para o Central Park.

— Eu escrevo numa cobertura na Quinta Avenida, de frente para o Central Park — corrige ele. — Mas moro num estúdio, bem aqui, no térreo. — E aponta para uma fachada de tijolos pitoresca no centro da vila, com uma macieira linda na frente. — É pequeno e alugado, mas... — Ele olha para o jardim à nossa volta, como se aquela visão ainda fosse uma surpresa maravilhosa para ele. — Nunca vou abandonar este lugar.

O que explica por que ele estava andando pelo Upper West Side com o coelho no dia do brunch emergencial.

É só recalibrar, Lanie, digo a mim mesma.

Eu estava esperando um porteiro, um elevador, uma estrutura de aço e vidro elegantes. Estava esperando ficar irritada com a minha inveja daquela riqueza toda, que presumi ser esbanjada por ele de modo extravagante e impessoal. Mas agora... algo na ideia de entrar no estúdio de Noah me desorienta. É tão íntimo. Talvez íntimo demais.

Ele está abrindo a porta. Preciso decidir se pulo fora agora mesmo.

— O sushi chegou — diz ele, olhando para trás de nós, para uma pessoa com sacolas de comida esperando junto ao portão do jardim. — Vou lá pegar. Pode entrar. Mas fecha a porta para o Javier Bardem não fugir, ok?

— Ok — digo, acidentalmente decidindo não pular fora. Entro no apartamento de Noah e fecho a porta. — O que está acontecendo? — sussurro, enquanto tento me aclimatar com o ambiente.

Uma coisa é certa, o apartamento é lindo. Piso de madeira com sinteco, lareira, pé-direito baixo, mas muita luz natural. Os móveis são elegantes, meio no estilo do século passado, e a cozinha é mínima, mas bem equipada.

É muito legal, mas não *muito mais legal* que o meu. A área do meu é maior, e tem uma parede de verdade entre a cama e a porta da frente — então por que será que ele exigiu que a gente não fizesse mais nenhuma reunião no meu apartamento?

Porém, nesse instante, eu penso no nosso dia de hoje — em como foi agradável a nossa interação, tão diferente do que foi no meu apartamento. Talvez eu tenha interpretado errado a atitude dele naquele dia.

Ando pelo apartamento com cuidado. Sem dúvida há mais plantas do que eu esperava — suculentas e minipalmeiras, orquídeas e bambus, todas saudáveis e verdejantes. Há uma pintura emoldurada em quase todos os centímetros de parede — reconheço até um Kehinde Wiley maravilhoso da série de Ferguson. Há uma prancha de surfe num canto, uma lixeira de metal com fotos de todos os presidentes até Reagan, o que me diz que Noah provavelmente tem isso desde pequeno. No parapeito da janela, há um kit para fazer cerveja artesanal que parece ter sido tirado da caixa, mas nunca usado. Há uma pilha de programas de teatro *Playbill* velhos debaixo de um abajur — o de cima é de *Oh, Hello*, o espetáculo da Broadway ao qual fui com Rufus há alguns anos, no aniversário dele, e que fez a gente chorar de tanto rir. Não há nem uma estante à vista, só uma pilha de livros de poesia na mesinha de centro. Lucille Clifton, Paul Celan, Heather Christle. Eu aprovo.

Abro o livro de Christle e me sento no sofá de couro, no mesmo instante em que Noah chega com o sushi. Javier Bardem aparece do nada, e Noah o pega no colo.

— Achei que ia te encontrar perto dos livros — comenta ele, virando-se para mim. — Você está bem aí? Confortável? — A expressão em seu rosto sugere que estou muito pouco à vontade.

— Estou, sim — digo, erguendo o livro de Christle. — Ela é muito boa.

— Tenho as outras coletâneas dela no escritório — prossegue ele, indo até a cozinha, onde ouço ruídos de embalagens sendo abertas. — A maioria dos livros está lá.

— Engraçado, acabei de descobrir que meu avô escrevia poesia — digo.

Ele me olha através da abertura do passa-prato da cozinha, as sobrancelhas arqueadas. Então me vejo contando a Noah Ross sobre Drenthe, sobre a guerra e como a vovó me mandou um FedEx com uma sacola gigante de poesia esta semana. E conto como, ao ler aqueles versos, senti uma conexão nova com meu avô; não sou a única pessoa esquisita na minha família de médicos que se importa com as palavras num papel. Dizer isso em voz alta parece importante, e fico feliz que Noah esteja aqui para ouvir.

— Se você não tivesse me mandando aquelas tulipas — continuo —, eu não teria descoberto que a minha mãe cultivava tulipas para o pai dela. Não teria procurado saber por que sempre amei a simplicidade das tulipas. Era por causa dela. E por causa dele.

— Acho que isso que você está descrevendo é compatível com o efeito causado pela segunda versão de um livro — diz Noah, da cozinha.

Eu me levanto do sofá e vou até a cozinha, onde o encontro arrumando os sushis numa travessa como se fosse um chef.

— Como assim?

— A segunda versão de um livro é quando as coisas começam a fazer sentido, não é? — explica ele, pegando hashis de verdade numa gaveta e jogando fora os descartáveis. — É por isso que eu passo pela primeira versão tão depressa... para chegar a esse ponto.

Sei o que Noah está querendo dizer. No jardim, com a minha mãe, aquilo foi a primeira versão de um livro. A sensação da terra molhada e fria entre meus dedos dos pés. As listras onduladas e amarelas de uma lagarta rastejando numa folha. O peso das mãos da mamãe nas minhas, me mostrando como plantar os bulbos na terra. Sua voz afetuosa, quando cantávamos Lucinda Williams juntas, "Car Wheels on a Gravel Road". O prazer de estar com ela embotava minha capacidade de saber o que tudo aquilo significava.

O tempo, a distância, a perda dela, os e-mails de Noah, as conversas com a vovó e a sacola de poesias deram uma nova perspectiva às coisas. Consigo enxergar o significado que sempre esteve lá. É como se eu tivesse ganhado um pouco mais da minha mãe e do meu avô do que eu possuía antes.

— Quer alguma ajuda? — pergunto.

É tarde demais para ajudar, e não por acaso. Meg teria me desmascarado com um *Isso é típico da Lanie!*. Mas Noah preparou este banquete muito melhor do que eu seria capaz de fazer. Tem pratinhos para o molho de soja, o ponzu e o gengibre, além de suportes de cerâmica para os hashis. Ele até transferiu a sopa de missô para tigelas de verdade. Está tudo com uma aparência elegante e deliciosa.

— Acho que estamos prontos — responde ele, levando o sushi para uma mesa de mármore junto à lareira. Eu me pego observando o seu andar, e fico vermelha quando ele olha para trás e percebe.

Tem um rolinho de cenoura para Javier Bardem comer em sua própria mesinha. Mergulho várias vezes no vórtice da fofura de ficar observando um coelho comendo sushi.

— Preciso refinar o paladar da Alice — comento, pensando na alface-americana que ela comeu no café da manhã.

— O tabuleiro de xadrez está perto da janela, se quiser ir arrumando — diz Noah, voltando para a cozinha. — Posso fazer um chá verde, ou abrir uma garrafa de saquê?

— Saquê — respondo, pegando o tabuleiro e levando até à mesa. — Estamos comemorando.

— Comemorando o quê? — pergunta ele, da cozinha. Ouço o sorriso em sua voz.

— Os futuros épicos do coração. O fato de a gente estar mandando para o inferno a fórmula do jeito fofo como os protagonistas se conhecem. E também... de termos sobrevivido a um dia juntos.

— O dia ainda não acabou — diz Noah, voltando com uma garrafa gelada de saquê.

— Você sabe que agora é a sua vez de escolher o próximo local, não sabe? — comento, enquanto ele serve o saquê em taças de licor de cristal. — Mas, pode ficar tranquilo, ninguém espera que você sugira um lugar melhor que o de hoje.

Ele ergue a taça para um brinde.

— Não estou preocupado. Minha programação não poderia ser melhor.

— Já escolheu o que vamos fazer? — Achei que teria de encher a paciência dele para que planejasse alguma coisa.

— Estou na última fase do planejamento.

— E o que é?

— Você vai ver — responde ele, enquanto nos sentamos à mesa. Comemos sashimi fresco, atum apimentado em bolinhos de arroz crocantes, temakis de caranguejo maravilhosos, e carpaccio de linguado com geleia de yuzu apimentada, o que combina perfeitamente com o saquê.

— Você sabe mesmo pedir comida — digo, tomando a sopa de missô.

— Devia ver como sou em restaurantes.

Rio.

— Onde comprou todos esses potinhos? E os hashis... são de jade?

Noah sorri, me observando manuseá-los com dificuldade para pegar uma fatia de linguado.

— São de uma loja chamada Bo's. Sempre que vou lá, encontro uma coisa especial, algo que nunca vi antes. Não fica longe da Peony. Você devia dar uma olhada. Eles também têm hashis de quartzo rosa.

— Vou sim. — Não quero que o Noah saiba que a maioria dos sushis que eu como em casa é no sofá, assistindo à BBC America, usando as mãos para mergulhar os rolinhos de atum apimentado no molho de soja que servi na tampa da embalagem de plástico.

Ele aponta para o tabuleiro diante de nós.

— Convidados primeiro.

Ele faz aquela careta estranhíssima com a sobrancelha, e eu seguro o riso. Mas, para minha surpresa, Noah entrou em modo sério de jogo e realmente não está para brincadeira.

Movo meu peão para o centro do tabuleiro. E o vejo fazer o mesmo.

Embora nunca tenhamos nos sentado frente a frente desse jeito, não há aquela tensão curiosa de quando jogamos pela primeira vez com alguém. Estamos acostumados a mover as peças num tabuleiro em comum.

Só não estamos acostumados a saber como nossas mãos se movem na vida real entre uma jogada e outra. Por duas vezes nossos dedos se esbarram na beirada do tabuleiro.

Lembro o nosso primeiro aperto de mão. Como pareceu que a descarga elétrica de um raio tinha atravessado o meu corpo. Seu toque agora, mesmo quando acidental, ainda me provoca a mesma sensação.

Digo a mim mesma para prestar mais atenção às mãos dele, para evitar esbarrar nelas, mas é um tiro no pé, porque acabo prestando atenção demais e perco um cavalo. Não tinha notado como eram fortes.

Lanie. Lembra que sua carreira está na reta? O equilíbrio precário que você tem com este homem? Para de olhar as unhas dele. Ganhe o jogo e vá para casa.

Dou outro gole no saquê, porque estou precisando me acalmar. É impressão minha ou a situação aqui está ficando meio *Thomas Crown: A arte do crime?*

Me concentro na abordagem prática. A estratégia do Noah na vida real é diferente da pela internet. Ele faz um roque para a esquerda e avança muito cedo com a rainha. Mas o estilo não me é estranho e, depois de várias jogadas, percebo que Noah joga como o personagem que descreveu nas cenas de xadrez de *Vinte e um jogos com um desconhecido.*

O que me diz como vencer — um ataque duplo com minha rainha e meu bispo.

Me pergunto se Noah baseou o personagem em si mesmo em outros aspectos. Se eu deveria consultar as páginas daquele livro para descobrir mais sobre o homem à minha frente.

Mas, talvez, para conhecer Noah, tudo o que tenho a fazer é prestar atenção. Nos quadros que ele escolheu para as paredes — coloridos e imperiosos, repletos de história. Na sua generosidade — sushi numa noite de sábado, tulipas capazes de provocar o efeito de uma segunda versão de um livro, usar o canivete suíço na janela do meu ex. Na confissão no bar, na semana passada, de que, quando se trata de romance fora das páginas de um livro, Noah Ross está tão perdido quanto qualquer outra pessoa.

— Xeque-mate — diz Noah.

Fico boquiaberta. Ele me encurralou com as torres. Como deixei isso acontecer?

Quero aceitar a derrota com elegância, mas realmente não acredito nisso. A única coisa que torna a situação suportável é levantar a cabeça e ver a careta que ele faz com a sobrancelha.

Nós dois começamos a rir. Noah vai pegar o saquê, e ficamos surpresos ao descobrir que a garrafa está vazia.

— Melhor eu ir — digo, embora minha dignidade desejasse uma revanche.

Noah se levanta e pega o meu casaco. Vai comigo até a porta, então segue pelo jardim, onde dois postes de luz antigos se acenderam, fazendo com que o lugar volte no tempo uns cem anos. Está frio, e quando expiramos, nuvens de vapor se formam.

— Obrigado — diz, enquanto chamo um táxi na Broadway.

— Pelo quê? — Me viro para dizer.

— Fazia muito tempo que eu não me sentia tão inspirado assim.

— Eu também — respondo, antes de segurar a língua. Porque, embora minha inspiração não tenha nada a ver com a nossa missão, é a mais pura verdade. A partida de xadrez, o Met Cloisters, o surpreendente apartamento de Noah, o convite para Positano — tudo se embaralha na minha cabeça, me deixando um pouco tonta quando dou boa-noite para Noah pela janela do táxi.

14

Meg: Ideia genial de última hora. Me encontra no Color Me Mine, em Tribeca, às 11h. Sim, é uma festa infantil com pintura de cerâmica. Mas o anfitrião é ninguém menos que o Pai Gostoso da turma. E ele está solteiro. Bum.

Rufus: E eu estou recebendo essa mensagem por quê? Todo mundo sabe que eu faço pilates no sábado de manhã.

Meg: Porque se você votar que a Lanie tem que ir, e eu votar que a Lanie tem que ir, ela é voto vencido. Ruf, você pode encontrar a gente depois do pilates, para o bolo.

Rufus: Lanie, nem adianta protestar, você já perdeu. Vejo vocês lá pelas 12h15. É melhor que esse bolo não seja sem glúten.

Vejo as mensagens dos meus amigos assim que saio do banho. Estou atrasada para encontrar Noah no Brooklyn em uma hora, então respondo depressa com um pedido de desculpas.

Eu: Foi mal, gente. Tenho um compromisso hoje. Quem sabe não encontro o Pai Gostoso na próxima festa?

Meg: Não é assim que a física do Pai Gostoso funciona. Se não der em cima dele nessa festa, uma mulher mais inteligente vai fazer isso. Qual é, Lanie! Desapega do seu compromisso para poder pegar o Pai Gostoso. Alguém precisa confirmar a nossa suspeita de que ele é bem-dotado. Eu te dou um unicórnio de cerâmica para pintar.

Eu: Não posso desapegar do meu compromisso. É com Noa Callaway. Você se lembra do livro que está cinco meses atrasado e do qual os nossos empregos dependem?

Meg me liga pelo FaceTime. Quando atendo, Rufus já está na chamada.

— Você vai usar *isso* para se encontrar com a Noa Callaway? — exclama Rufus, avaliando minha jaqueta jeans forrada de pelinho. — Tudo bem, você está bonita, mas... É a Noa Callaway. Não era melhor ir com o terninho Fendi da vovó?

Rio por dentro porque a gente pensa parecido, mas... eu não posso contar a Rufus que Noah me passou instruções específicas sobre o tipo de roupa que eu deveria usar para a aventura misteriosa de hoje em Red Hook. Jeans e um "casaco robusto".

Sei que meus amigos acham que vou ter uma reunião de trabalho comum com Noa Callaway. Nós duas sentadas num escritório, com computadores entre nós, litros de café e lápis presos nas orelhas.

— Em que pé está o livro? — pergunta Meg. — Ela está escrevendo? Meus filhos podem ir para a faculdade ou não?

— Não exatamente. Ainda estamos refinando a ideia central. A reunião de hoje é sobre isso. — Percebo que não preciso injetar otimismo na voz. Me sinto realmente otimista. Sei que Noah e eu ainda não estamos nem perto de uma ideia, mas, no Met Cloisters, foi como se a inspiração estivesse próxima.

— Não acredito que a Noa Callaway está com bloqueio criativo! — diz Meg, balançando a cabeça enquanto vira uma panqueca no ar. — Talvez esteja na menopausa e não dando mais bola para as cenas de sexo? A libido da minha irmã despencou na menopausa... — Ela assobia, imitando uma bomba caindo. — Ai, eu *preciso* das cenas de sexo da Noa Callaway. O mundo precisa das cenas de sexo da Noa Callaway!

— Você tem que dar um jeito nisso, Lanie — diz Rufus. — Manda um gigolô para ela! — Ele abre um sorriso lindo e diabólico. — Você sabe que já fizeram isso antes. Nos anos sessenta, os editores deviam contratar garotas de programa para todos os autores com *bloqueio*.

— Estou cuidando disso, vão por mim — digo. — Não da contratação de um gigolô, mas da inspiração. E estou atrasada, então...

— Espera aí — diz Rufus, semicerrando os olhos para o celular. — Você *transou* ontem? Você está toda coradinha e felizinha.

— Ai, meu Deus! — exclama Meg. — E você disse *não* para o Pai Gostoso mais gostoso da terra dos gostosos! Você transou! Quem é o cara? Ainda está aí na sua casa?

Reviro os olhos, mas, quando dou uma última olhada no espelho, tenho de admitir que eles têm razão. Estou mesmo corada e feliz.

— Só estou animada — digo. É a palavra certa, não é? — Tenho a sensação de que Noa e eu estamos indo no caminho certo. Estou... coradinha e felizinha porque tem uma história de amor prestes a nascer. — Sorrio para eles. — Tenho que ir!

— Balela... — diz Meg, no instante em que desligo o telefone.

As instruções de Noah diziam para encontrá-lo às dez da manhã em Red Hook, num trailer gigante estacionado atrás da Ikea.

Quando chego lá, com minha jaqueta robusta, cheia de perguntas, há uma mulher sentada numa cadeira de jardim em frente ao trailer. Ela acena para mim, como se estivesse me esperando.

— Lanie, sou a Bernadette — ela se apresenta, ficando de pé e estendendo a mão para mim. Deve ter uns sessenta anos, é gordinha e tem o cabelo loiro comprido e despenteado, olhos esfumados, um sorriso largo e um patch na jaqueta de couro que diz IRON BUTT ASSOCIATION. — Pode me chamar de B.

— Você é a tia B! — digo, lembrando da história que Noah me contou sobre as mulheres que o criaram.

O sorriso fica ainda mais largo.

— Ele falou de mim? — pergunta, com uma voz rouca que lembra um pouco a Dolly Parton. — Nada mais justo, até porque já ouvi muito a seu respeito.

— Ah, é?

— Você é a editora. A Editora Mágica, segundo ele. Ai, Bernadette. — Ela dá dois tapas no rosto queimado de sol. — Ele vai me matar se souber que te contei isso.

Sorrio para ela. Em meus melhores dias, editar é mesmo um pouco como canalizar magia, e é bom saber que Noah disse isso.

— Vai ser o nosso segredinho — digo a Bernadette. — Então, o que vamos fazer hoje? — Olho ao redor para a área de carga e descarga da Ikea e para os caminhões de três eixos estacionados. Será que Noah quer escrever um livro sobre motoristas de caminhão sem sorte no amor?

— Você não sabe? — Bernadette inclina a cabeça de lado. — Bem, vou deixar as explicações para ele — diz ela, apontando para Noah atrás de mim, vindo na nossa direção do outro lado do estacionamento.

Ele está com uma calça jeans rasgada, camisa de malha branca, bota preta. Não sei se é o tempo que passamos juntos no último fim de semana, ou o curso natural de seguir com a vida depois de terminar com Ryan, mas Noah parece diferente aos meus olhos hoje. Talvez seja simples assim: pela primeira vez eu me permito desfrutar completamente da visão dele. O jeito como anda devagar. Como a camisa fina ondula de leve sob o vento, revelando um abdome surpreendentemente definido, magro e musculoso. Como seu cabelo brilha ao sol. Quando nos entreolhamos, não desvio o olhar. Quando enfim ele me alcança, estou meio sem fôlego.

— Bom dia — diz, os olhos verdes iluminados. — Pronta para pilotar?

— Pilotar o quê? — pergunto, enquanto Bernadette surge detrás do trailer numa Moto Guzzi vintage. — Você só pode estar de brincadeira!

As lágrimas brotam em meus olhos. Tento reprimi-las, mas não consigo.

Noah fica perplexo.

— Eu não devia ter feito isso? Achei que... depois da história do seu ex, pensei que você poderia reivindicar a moto para você. Eu não queria...

— Não — digo, piscando enlouquecidamente —, essa é uma ideia muito legal. Eu topo.

Ele abre um sorriso largo, aliviado.

— Você sabe pilotar? — pergunto, formando uma imagem mental interessante. As botas caíram muito bem.

— Já pilotei no passado — responde ele —, mas estou precisando relembrar como é. E, por acaso, a B é uma ótima professora.

— Isso com certeza daria um livro — digo, lembrando o motivo pelo qual estamos aqui. E tendo o cuidado de fazer com que Noah também se lembre.

— É, daria mesmo — comenta ele. — É esse o objetivo.

— Certo. — De alguma forma, a conversa ficou esquisita. Me trouxe de volta à realidade. Estamos aqui por motivos profissionais, com um bônus se eu aprender a fazer uma coisa que sempre quis fazer.

Bernadette desliga o motor da Guzzi e desce da moto.

— Ouvi dizer que você vai para a Itália, Lanie.

— Existe uma possibilidade — corrijo.

— Bem, por via das dúvidas, o Noah me pediu que preparasse você para a estrada de Amalfi. Melhor prevenir do que remediar.

Seguimos Bernadette para dentro do trailer gigante, que está arrumado como uma sala de aula, com algumas carteiras e um quadro branco na frente, além de pôsteres de motos nas paredes. Bernadette nos entrega um contrato de isenção de responsabilidade e uma pasta grossa chamada *Segurança em motociclismo para iniciantes*.

— Nas nossas duas primeiras horas juntos — anuncia ela —, sou obrigada por lei a entediar vocês ao extremo. Depois disso, vou botar fogo no rabo de vocês.

Metade da manhã transcorre com Bernadette repassando o material do curso para a prova escrita, e a outra metade com Noah e eu trocando olhares toda vez que ela sai pela tangente e conta um causo divertidíssimo.

— Aprendi do jeito difícil — diz ela, olhando para mim —, que é uma péssima ideia chorar em cima de uma moto. Você não tem mão livre para pegar um lencinho. Então, me promete, Lanie — diz ela, apontando o indicador para mim —, que nunca vai subir numa moto quando estiver triste.

Na parte da tarde, colocamos nossos acessórios: luvas especiais, capacete, óculos de proteção. Quase não consigo reconhecer Noah por baixo de tanta parafernália, o que é uma pena. Saímos do trailer e seguimos para a outra ponta do estacionamento, onde três motocicletas personalizadas nos aguardam.

Escolho a Honda vermelha, porque é menor e mais fácil de manusear. Bernadette fica com a sua Guzzi preta. Para Noah, resta uma Suzuki urbana elegante.

Subo na moto, seguro o guidom e me inclino para a frente. Uma estranha sensação percorre meu corpo. Já tinha andado centenas de vezes na garupa do Ryan, mas a alegria de conduzir uma moto sozinha é novidade.

Fazemos alguns exercícios com o motor desligado. Aprendo a andar com a moto no ponto morto, a soltar a embreagem devagar, a frear com a mão e o pé direitos.

— Pronta para mandar brasa? — pergunta Bernadette, enfim.

Sorrio para ela, para Noah.

— Vamos pilotar no estacionamento numa linha reta, suave — explica ela. — Solta a embreagem devagar. Levanta o pé quando sentir o equilíbrio. Quando estiver pronta, gira o acelerador.

Meu motor zumbe. Coloco a moto em ponto morto, aperto o botão da ignição e solto a embreagem devagar, mas meus braços estão tremendo, nem um pouco relaxados. Levanto os pés e giro o acelerador, mas giro rápido demais, e a moto pula feito um touro mecânico.

Meu coração dispara. Solto palavrões que nem eu mesma sou capaz de decifrar. Percebo que perdi o controle, e, no pânico, agarro tudo o que pode ser agarrado e aperto tudo o que pode ser apertado, na esperança de encontrar o freio. E encontro — mas rápido demais. A roda traseira trava. A moto para de repente e deita para a esquerda. Ela desliza debaixo de mim e eu caio no chão com o motor esmagando meu tornozelo esquerdo. A dor é como um estalo ardente que se espalha por toda a minha perna.

Um segundo depois, a moto não está mais em cima de mim, e eu vejo o rosto de Noah perto do meu.

— Você está bem?

Estou com tanta vergonha, que fico atordoada.

— Como sei se estou bem?

Ele me ajuda a levantar com cuidado e me examina da cabeça aos pés.

— Sacode e vê onde dói. Se é o orgulho ou a pele.

Estou preocupada com o tornozelo, mas, quando o estico, sinto só uma dorzinha chata. Minha calça rasgou e tem um arranhão sangrando. Mas ele tem razão, quem saiu machucado mesmo foi o meu ego.

Bernadette aparece com uma caixa de primeiros-socorros. Arregaço a calça jeans e limpo a ferida.

— Entrei em pânico — digo.

— O medo é o inimigo número um numa moto — diz Bernadette, enquanto Noah me entrega uma garrafa de água. — O Noah diria que isso é uma metáfora para alguma coisa. — Ela dá um soco de brincadeira no braço dele. — Quer falar de pânico, você devia ver esse garoto quando tinha dezesseis anos.

— Não, B — diz Noah —, Lanie não precisa ouvir…

— O menino não sabia a diferença entre um acelerador e um apagador — continua ela, virando de costas para Noah, para ele não poder calar sua boca. — Para falar a verdade, ele é o responsável por eu ter tirado o registro de professora.

— Você era assim tão inspirador? — digo para Noah.

— De jeito nenhum! — Bernadette ri. — Concluí que, se podia fazer o Noah aprender, podia fazer até uma pedra aprender. Três dias depois da primeira aula, ele partiu para o Colorado numa lata velha. A mãe dele quase me matou, mas ele conseguiu!

Tento imaginar Noah aos 16 anos de moto nas Montanhas Rochosas. Algo se agita dentro de mim.

— Por que você foi para o Colorado?

— Por que as pessoas fazem loucuras? — responde Bernadette. — Por amor.

— O nome dela era Tanya — diz Noah, encolhendo os ombros ante a memória. — Jogava vôlei e tinha ido para um campeonato no Colorado. Digamos que nem ela nem o técnico dela ficaram muito felizes quando apareci na cidade.

Bernadette dá um grito.

— Ele voltou com o rabo entre as pernas. — Ela suspira e limpa uma sujeirinha no para-brisa da moto. — Ah, bem. Amar um ser humano está longe de ser tão fácil quanto amar uma moto. É por isso que o Noah só quer saber de ficção agora e eu só quero saber de trepar na moto.

Seguro o riso e então me volto para Noah, imaginando que ele vai estar segurando o riso também. Mas, quando nos entreolhamos... será que são as duas horas pilotando debaixo de sol ou ele está todo vermelho? Sinto meu rosto ficando quente, e Noah se vira para ajeitar alguma coisa muito importante em suas luvas.

Bernadette olha para Noah, e então para mim.

— Por que vocês não dão uma volta no quarteirão com as motos enquanto preparo a pista para a prova de pilotagem? Um pouquinho de treino na rua não vai fazer mal.

— Vamos? — Noah me chama.

Já estou ligando o motor.

Seguimos devagar pelo bairro, andando por becos e ruas vazias. Noah sabe aonde ir para evitar o trânsito, e logo constato a sabedoria de Bernadette: é muito melhor treinar para a Itália aqui nas ruas do que no estacionamento.

Gosto de olhar para Noah em sua moto. A pele queimada de sol reluz sob a camisa branca. O cabelo é longo o bastante para aparecer por baixo do capacete. Então meus olhos descem, e me obrigo a parar...

Ainda sou a editora dele, e ainda precisamos de uma ideia para um livro. Então, mesmo que Noah seja um colírio para os olhos, e mesmo que eu esteja solteira o suficiente para perceber isso, preciso tentar me segurar, pelo bem das nossas carreiras.

Quando Bernadette aplica os testes, o céu está dourado com a luz do fim de tarde.

— Lembrem-se — diz ela, falando mais alto que o ruído dos motores —, vocês têm que olhar para onde querem estar daqui a vinte segundos. Não olhem para onde estão agora, só para onde vão.

— Acho que isso poderia ser uma metáfora para alguma coisa — digo para Noah.

Mantenho os olhos à minha frente, enquanto demonstro como aprendi a virar, contornar, passar a marcha sem solavancos e a frear. É maravilhoso. É cansativo. É mais divertido e mais desafiador do que qualquer coisa que já fiz em muito tempo.

Paro diante de Bernadette. Ela dá um pulinho e me abraça, avisando que passei. Quando ela entra de novo no trailer para imprimir o certificado que vou levar ao departamento de trânsito, eu paro em frente ao Noah, na dúvida se também devemos nos abraçar... ou?

— Belas curvas — diz ele. — Muito suaves.

— As suas também não foram de todo ruins.

Meus olhos se demoram em seus lábios, e noto que um dos dentes inferiores é meio torto. De um jeito bonito. Tão bonito que começo a imaginar coisas que não deveria estar imaginando, por exemplo, como seria tocar esses lábios, esses dentes, com os meus...

Bernadette volta com dois certificados em mãos.

— Quem quer comemorar com uma cerveja no Ice House...

— Não sei — diz Noah, depressa, usando o tom ríspido que eu não ouvia fazia semanas. — Já tomei muito do tempo da Lanie.

— Certo — digo, embora, se Noah não tivesse recusado, eu teria adorado tomar uma cerveja com a Bernadette. Ela é divertida. E gostei de ter uma provinha dos impulsos românticos adolescentes de Noah, talvez um pouco mais do que deveria.

Será que o Noah notou que eu estava admirando os lábios dele ainda há pouco? Será que eu o assustei? Ou será que ele já tem algum compromisso hoje?

— É, acho melhor eu ir embora — digo.

— Fica para a próxima, então — diz Bernadette, me entregando um cartão com o seu e-mail. — Acho bom você me mandar fotos da Itália.

— Eu não disse isso! — insisto para Noah, no metrô, a caminho de casa.

— Disse sim! — Noah abre aquele seu sorriso largo, enquanto se recosta num mapa do metrô. — Lembro muito bem: você estava passando ao lado do portão do zoológico. Eu vinha atrás. Você virou para mim, com as mãos na cintura, a cara toda vermelha... — Ele está me imitando, bem mal. — ...me olhou feio, e... ihhhh!

— O que foi?

— Você mora na rua 49, não mora? — Noah aponta para o letreiro nas portas abertas do metrô, que diz Lexington com rua 63.

De jeito nenhum. Não é possível. *Eu perdi minha estação?* Eu, Lanie Bloom, que nunca, nem uma vez nos meus sete anos de Nova York, nem mesmo antes de saber a diferença entre Amsterdam Avenue e Park Avenue, perdi minha estação.

Quando as portas se abrirem, vamos estar em Roosevelt Island. E, depois, a caminho do Queens. Olho para Noah. Um veredicto silencioso é transmitido entre nós. Saltamos do vagão, logo antes de as portas se fecharem, na estação da rua 63 com a Lexington, onde nos curvamos de tanto rir.

— Eu não acredito que fiz isso! — digo, tentando recobrar o fôlego. — A culpa é sua por ficar me distraindo com a sua imitação horrorosa.

— Acho que é um sinal — diz Noah. — Acho que você precisa passear comigo sob o pôr do sol hoje, pelo Central Park.

Olho para ele, já sem rir. Seu sorriso faz meu coração bater acelerado.

— Mas você falou que não queria beber com a Bernadette. Achei que... Você não tinha algum compromisso?

— Eu não queria beber com a Bernadette — diz ele, ainda olhando para mim. — Mas adoraria passear com você.

Nos encaramos por mais alguns segundos bem intensos, e é aí que eu percebo. Não é só atração o que eu sinto por Noah. Tem algo mais entre nós. Ele também sente isso.

Eu não deveria passear com ele agora. Deveria ir para casa e... banho gelado é algo que as pessoas tomam mesmo?

Mas e se este passeio resultar numa inspiração? E se eu perder a chance de estar lá, só por estar preocupada de ter começado a pensar em Noah dentro das minhas fantasias no metrô?

— Posso te mostrar meu lugar preferido de Nova York? — pergunto, fingindo que, lá-lá-lá, não estou nem um pouco interessada em montar nele.

— É o Fórum Cultural Austríaco? — pergunta, e se abaixa, antes que eu consiga bater nele.

Eu o levo até a Gapstow Bridge. Está frio, mas sem vento, uma daquelas raras tardes em que acertei na quantidade de camadas. Anoitece. O céu está rosado e maravilhoso. Já passei por este caminho uma centena de vezes, mas nunca pareceu tão bonito quanto hoje. Paramos no meio da ponte e ficamos olhando o lago.

— Este é o seu lugar preferido? — pergunta ele.

— Comecei a vir aqui quando tinha vinte e dois anos, antes de começar a trabalhar na Peony. Eu parava aqui e ficava olhando a cidade, alimentando meus sonhos mais loucos.

— E quando você vem aqui agora, sonha com o quê? — pergunta ele.

— Com você tendo uma ideia para um livro — digo, meio na brincadeira.

— Aqueles são... — pergunta Noah, se inclinando para a frente e protegendo os olhos dos últimos raios de sol. Sigo seu olhar, e então os vejo. O casal indo em direção ao lago. Estão bem próximos. De mãos dadas. Carregam uma cesta de piquenique e uma mesa portátil.

— Edward e Elizabeth — sussurro.

Ele se vira para mim, os olhos arregalados.

— Você conhece esses dois?

— Por assim dizer — respondo, e então...

— Eles fazem isso toda semana — dizemos ao mesmo tempo.

Nós dois nos encaramos, espantados.

— Faz anos que observo os dois! — digo.

— Eu também. — Noah parece desnorteado. — Já devem ter feito uns dois mil piqueniques no Central Park.

Voltamos nossa atenção para o casal. Já arrumaram o piquenique, puseram o lampião de vela na mesa. Estão de mãos dadas, só conversando, como sempre fazem antes de começar a comer.

— Aí está o livro — sussurra Noah.

Estou tão espantada com a coincidência, que levo um instante para registrar suas palavras.

— O livro — digo, por fim. — Espera. O livro? *Eles são o livro?*

Ele olha para mim. E assente. Levo a mão à boca.

— Aí está o livro! — grito, animada, jogando a cabeça para trás e abrindo os braços.

— Quando olho para eles — diz Noah, agitado, andando de um lado para o outro na ponte, enquanto pensa —, vejo duas pessoas de dezenove anos no primeiro encontro.

— Continua — digo.

Ele fala depressa, animado:

— Vejo um pedido de casamento um ano depois, e uma separação, depois outro pedido. Um casamento ao qual um dos pais não pode comparecer. Crianças descalças. Vejo filhos adultos saindo de casa. Vejo traições, tempestades, poemas escritos em cartões de aniversário. Bichinhos de estimação. Frango frio. Visitas aos sogros, anos de vacas magras e matinês de sábado.

— Em outras palavras — digo —, o espetáculo rapsódico completo da vida.

Ele me olha com seus olhos verdes intensos.

— Exatamente.

Um calafrio percorre minha espinha.

— E como eles se conheceram?

Noah inclina a cabeça.

— Essa é a questão, não é?

Nos entreolhamos de novo, e eu sorrio, porque amo a ideia, porque ele pode escrever isso, porque vai ser lindo. E porque vai valer a pena a espera.

Conseguimos. Contrariando todas as probabilidades, encontramos uma ideia. Deveríamos estar comemorando, e, no entanto... Eu sinto uma pontada inesperada no coração. Lembro as palavras de Noah no meu apartamento — sua condição definitiva de que, uma vez que concordássemos com uma premissa, eu o deixaria em paz para escrever o livro.

O que significa que chegamos ao fim da nossa aventura das cinquenta maneiras. Ao fim das nossas reuniões presenciais que se tornaram tão agradáveis. Noah tem oito semanas para escrever um livro... e eu tenho oito semanas para esperar por ele.

E tudo bem. Tudo ótimo. Era isso que eu queria. Então por que não estou tão feliz quanto deveria?

— Que engraçado isso — comento. — Nós dois, esses anos todos, observando aquele casal... Acha que já passamos um pelo outro no parque? Talvez aqui mesmo, nessa mesma ponte, sem saber?

— Bem — diz ele, olhando para trás, para um arranha-céu na Quinta Avenida.

Então eu entendo. A Gapstow Bridge, o Lago, Edward e Elizabeth — cada um desses detalhes compõe a vista da cobertura de Noah.

— Quer conhecer meu escritório? — pergunta ele.

A porta do elevador se abre para a biblioteca mais maravilhosa que já vi. Os livros têm um cheiro de guardado adocicado. Há três paredes inteiramente cobertas de estantes de mogno, exibindo uma coleção impressionante. A quarta é uma janela gigante com vista para o Central Park. É a vista que eu sempre imaginei que Noa Callaway tinha. É perfeita.

— É um pouco diferente do seu apartamento — comento.

— Comprei depois que *Noventa e nove coisas* foi publicado — explica ele. — A Terry enfiou na cabeça que eu precisava investir em alguma coisa, mas eu não queria me mudar de Pomander Walk. Comprar este lugar foi o nosso meio-termo.

A imensa escrivaninha de madeira atrai meu olhar, e nela vejo a única fotografia no cômodo. Na foto, um Noah com mais ou menos vinte anos sorri, sentado num sofá de estampa florida, cercado por três mulheres de meia-idade. Uma está beijando sua bochecha, e eu a reconheço como uma Bernadette mais jovem. Outra parece estar lhe dando um cascudo. Fico maravilhada ao perceber que é Terry. Não a reconheci antes, porque ela está sorrindo de verdade. Há uma terceira mulher sentada ao lado dele, segurando sua mão. Ela e Noah têm os mesmos olhos.

— É sua mãe?

Ele assente, subitamente triste.

— É a Calla. — Então ele aponta com a cabeça para a janela, me convidando a segui-lo.

Ficamos lado a lado diante de uma luneta. Vejo a Gapstow Bridge. A cidade brilha com as luzes se acendendo do outro lado do parque. A lua está subindo sobre o centro da cidade. Depois de todo o tempo que passei lá no chão, é uma visão completamente diferente daqui de cima.

— O que acha? — pergunta Noah.

— É de tirar o fôlego.

— Estava falando da minha ideia para o livro — diz ele, com um sorriso.

Eu me viro para ele, o coração batendo acelerado.

— Eu também.

E é verdade, mas não é a única coisa roubando o meu fôlego neste instante.

— Quero escrever uma coisa que te deixe empolgada — diz Noah. — Um livro que você teria vontade de ler, mesmo não sendo o seu trabalho.

— Vou ler qualquer coisa escrita por você — digo, retomando a voz de editora. — Mas, se conseguir escrever esse livro nas próximas oito semanas, vou ter o prazer adicional de ainda ter o emprego que me permite ler os seus livros profissionalmente também.

— Vou conseguir — declara Noah com tanta autoconfiança que me permito acreditar nele. — E agora você pode dizer sim.

— Dizer sim?

— Sim para a Itália. Para o lançamento. Vou entregar o original antes de você viajar. Você pode editar a tempo de comemorar com uma taça de champanhe no avião. — Ele se vira para mim. Estamos muito perto.

— E como você vai comemorar? — pergunto.

— Do meu jeito.

— Mas e se...

— Se o livro der errado — diz ele —, e você tiver que cancelar, assumo a culpa para os italianos.

Sei que é nisso que eu deveria estar pensando. Mas, no espaço de dois segundos, eu me imaginei planejando esta viagem e então cancelando, e foi o meu coração, e não os italianos, que ficou decepcionado.

Não parta o meu coração, sinto vontade de dizer a ele, mas isso seria estranho, não seria?

— Posso perguntar por que é tão importante para você que eu faça essa viagem?

— Porque Positano faz parte da sua história — diz ele. — Você deveria ir ver o que isso significa. Se estivéssemos num livro, Positano mudaria a sua vida.

— Se estivéssemos num livro, eu teria cortado essa última fala — digo, a poucos centímetros do rosto dele. — O prenúncio do que vai acontecer fica muito na cara.

Noah abre seu sorriso lento e maravilhoso.

— E eu imploraria para você não cortar — diz ele —, pelo menos até você ler o último capítulo.

— E eu diria, então é melhor você tratar de escrever.

15

— O próximo livro é o lançamento de verão da Noa Callaway — anuncia Patrisse, nossa diretora de marketing, ao microfone, na convenção de vendas de abril da Peony.

Faz três semanas desde que Noah e eu fizemos nosso passeio profético pelo Central Park, três semanas desde que tivemos a ideia brilhante para a décima primeira história de amor dele. Três semanas de intensa produção literária — espero. E três semanas desde que comecei a planejar minha viagem para Positano.

As passagens estão compradas. Vou para Nápoles daqui a pouco mais de um mês. A editora italiana de Noa reservou uma suíte no hotel Il Bacio, e Bernadette concordou em me dar mais algumas aulas de pilotagem de moto para me preparar para as estradas da costa amalfitana.

Noah e eu não conversamos, não trocamos um e-mail sequer nem jogamos xadrez on-line desde que saí do escritório dele naquele sábado à noite, e o silêncio entre nós parece *enorme*. Porém, toda vez que senti vontade de falar com ele, me lembrei de um simples fato: minha carreira depende de ele entregar esse livro. Nós dois precisamos que ele concentre sua energia em escrever de maneira rápida e eficiente.

Também não comentei nada com ele sobre a convenção de vendas de hoje. Passei anos vendo a Alix arrancando os cabelos por causa das críticas que Noa Callaway fazia às suas apresentações e das mudanças que Terry pedia — às vezes minutos antes de a reunião começar. Noa tinha ideias dogmáticas sobre tudo, da sugestão de capa até o slogan da campanha publicitária, do envio de provas para leitura antecipada até a sinopse para o catálogo. Mas, até o original ser entregue, Noah precisa se concentrar na história de amor de Edward e Elizabeth.

Enquanto isso, eu lido com o resto.

No pequeno pódio para apresentações, o controle remoto de Patrisse não está funcionando, então o PowerPoint fica travado no slide anterior — a capa brilhosa e já finalizada de um livro novo chamado O *truque da cama*. É uma das apostas de Emily Hines para o verão, e o burburinho que vem causando dentro da editora é enorme.

Quando Patrisse muda para o slide seguinte, o contraste é gritante. Todos os gerentes e diretores da Peony se veem diante de uma tela branca com letras escritas numa tipografia básica e que dizem apenas:

CALLAWAY — TÍTULO E CAPA A DEFINIR.

Sinto o estômago embrulhar. Meu raciocínio foi: como este é o décimo primeiro livro de Noa Callaway com a Peony, a essa altura do campeonato nós já somos literalmente especialistas em publicar Noa Callaway. Os fantásticos planos de divulgação de marketing e imprensa são uma máquina com engrenagens perfeitas que só precisam de uns pequenos ajustes a cada lançamento, dependendo do conteúdo ou do tema do livro novo. Minha esperança hoje era seguir com os planos elaborados para os livros anteriores, mesmo que com quase nada para mostrar à equipe.

Isso poderia ter funcionado... se o livro já não estivesse quase seis meses atrasado. Agora vejo a dúvida no semblante dos meus colegas de trabalho. Vejo que temem o pior — tanto no que diz respeito ao original quanto ao meu papel na publicação do livro.

Sinto todos se virando para me olhar. Até a Meg está de cara feia. Quando a Alix era diretora editorial, sempre tínhamos um título, uma capa maravilhosa e um original já editado a tempo da convenção de vendas.

Entreguei para essa convenção o material de todos os meus outros quatro livros do catálogo de verão. Aprovei os planos para os livros de toda a minha equipe. Não sou um fracasso completo! Sou um fracasso apenas com o livro com que todos estão contando.

Aude ficou horrorizada quando viu a escassez de informação no material sobre Noa Callaway que pedi a ela que distribuísse para a reunião de hoje. Ela passou metade da manhã murmurando em francês. Ouvi muito a palavra *disgrâce*. Talvez Aude devesse ter se tornado a editora de Noa — quem sabe a esta altura já não teria arrancado um livro dele?

— Nós sabemos que Lanie vai conseguir arrancar um livro de Noa... em algum momento — diz Patrisse no pódio, e a plateia ri de nervoso. — Até lá, vamos seguindo com os planos de marketing bem-sucedidos de sempre para os livros de Noa em todas as plataformas. Vamos considerar isso uma história em andamento, certo? A menos que Lanie tenha alguma novidade para nós...

Eu me levanto, e minha cadeira range. Não planejei isso, mas não posso sair da minha primeira convenção de vendas como diretora editorial como se não tivesse ideia do que está acontecendo com o livro mais importante da empresa. Faz semanas que venho revisitando minha conversa com Noah na Gapstow Bridge. Lembro tudo que ele disse.

— Temos um título provisório — anuncio num impulso, encontrando os olhos de uma Sue de repente muito animada. — *Dois mil piqueniques no Central Park.*

Assim que o título sai da minha boca, sei que é brilhante. Ouço o burburinho na sala de reuniões.

— Posso trabalhar com isso — diz Brandi, nossa designer de capas, fazendo anotações em seu tablet. — Com o nome da Callaway na capa, o livro se vende sozinho.

— Vai ser um livro muito especial — prometo à plateia. — É uma história de amor que cobre cinquenta anos de vida. E os personagens? — Sorrio, imaginando Edward e Elizabeth com as mãos dadas em cima da mesa de piquenique. — São incríveis.

— Quando vamos receber o original? — pergunta Sue, ciente de que não posso fugir da pergunta na frente de toda a editora.

— Quinze de maio — digo, com toda a minha confiança. *Bem a tempo de manter minha promoção.*

— Tem certeza? — pergunta ela. — Nosso cronograma de produção já está muito apertado. Se tivermos que adiar o livro para o outono, isso vai gerar uma mudança considerável no nosso orçamento...

— Seria um pesadelo — acrescenta Tony, do financeiro, no fundo da sala.

— Ela vai entregar — prometo. Meu coração está palpitando. Eu me sento de novo.

Enquanto Patrisse avança para o slide seguinte, pego o celular debaixo da mesa e escrevo o e-mail que estava relutante em mandar.

De: elainebloom@peonypress.com
Para: noacallaway@protonmail.com
Data: 13 de abril, 11:51
Assunto: Edward e Elizabeth

Eles estão indo bem?

De: noacallaway@protonmail.com
Para: elainebloom@peonypress.com
Data: 13 de abril, 11:57
Assunto: re: Edward e Elizabeth

Eu ia escrever para você agora!
Eles estão ganhando vida.

A gente pode trocar uma ideia sobre os arcos dos personagens? Eu ia amar ouvir a sua opinião antes de avançar demais.

Leio atentamente as trinta e duas palavras do e-mail de Noah. Exclamação depois da primeira frase — sempre um bom sinal! E não parece incomodado por eu ter rompido nosso acordo e entrado em contato. Mas "antes de avançar demais" sugere que ainda não escreveu muito. Quanto ele avançou? Dez mil palavras? Duas mil e quinhentas? E o uso do verbo *amar*...

Quando a reunião termina, volto correndo para a minha sala, pego o telefone e ligo para Terry, dizendo a mim mesma que hoje eu *não* vou engolir sapo.

— Oi...

É a voz de Noah. Parece mais mansa. Ou será que é assim que ele fala ao telefone? É a primeira vez que me atende.

— Ah — digo. — Oi. Achei que ia ter que falar com a Terry. Você nunca atendeu esse telefone antes.

Ele está no escritório? Àquela mesa? Olhando para a vista do Central Park? Que roupa está usando? O que está bebendo? Ele come alguma coisa enquanto escreve?

— A Terry foi ao dentista.

— Ah, que sorte. Quer dizer, não para o dentista. Quer dizer... — É isso que acontece comigo quando fico três semanas sem falar com o Noah? Eu viro uma pilha de nervos? — Você disse que queria trocar uma ideia?

— Quero. Queria sua opinião. Estava pensando em te encontrar, mas... — Ele faz uma pausa. — Recebi uma ligação do médico da minha mãe e tenho que ir lá visitá-la. Vou pegar um trem hoje à tarde. Volto no domingo, se você estiver livre...

— Quer companhia?

Ele não diz nada por um instante.

— No trem? — pergunta Noah.

Ele parece surpreso, mas não necessariamente incomodado com a minha intromissão, então insisto.

— Podemos trocar uma ideia sobre seus personagens no trem — digo. — O que acha?

— Você iria até Washington comigo, só para falar do livro?

Agora tenho certeza de que Noah Ross está um pouco comovido.

— Bem, sabe como é, coisas interessantes aconteceram da última vez que viajamos de trem juntos. — Sorrio diante da lembrança de Noah pegando um canivete suíço e arrombando a janela da casa do Ryan. — Posso até levar um sanduíche de atum com cebola, ou algo igualmente aromático?

— Se me encontrar na Penn Station daqui a duas horas — diz Noah —, *eu levo* para você a melhor sopa de *wonton* que já provou na vida.

— Não vou contar para a mãe da minha amiga Meg que você disse isso, mas encontro você na Penn Station.

Desligo o telefone com um sorriso na cara.

— Diga adeus à vida de editora — anuncia Noah, assim que abro a sopa. — Porque esses *wontons* vão te deixar maluca.

O trem está partindo da Penn Station, e nós estamos com notebooks abertos na mesa entre nós e uma quantidade de comida chinesa excessiva para duas pessoas. Como não poderia deixar de ser, os demais passageiros foram para bem longe — está cheio de lugar sobrando à nossa volta. Devem estar com inveja.

Giro a embalagem de isopor, inspiro profundamente o aroma e então dou um longo e delicioso gole.

— Declaro que esta sopa... é a segunda melhor do planeta — anuncio, solenemente.

Noah leva a mão ao coração.

— Meu mundo caiu.

— Por falar em seu mundo, qual é o dilema com seus personagens? — Quero ter certeza de que não vamos deixar nada de fora nessas três horas que temos juntos antes de Noah descer do trem para ver a mãe. Então vou fazer meia-volta e pegar o trem das três da tarde para Nova York. É meio absurdo, mas foi justamente o que me fez gostar do plano.

Ele se ajeita no banco e leva os dedos ao teclado. O cabelo escuro cobre seus olhos, e guardo na memória uma imagem de Noah Ross no modo trabalho.

— Normalmente — explica ele —, eu começo perguntando o que meus personagens querem, e então o que os impede de conseguir o que querem. É assim que descubro quem são.

— Sim. Criação Literária I.

— Mas a estrutura deste livro é tão diferente — ele prossegue —, que não posso me basear num único desejo orientador para conduzir os personagens ao longo de cinco décadas. Sei que Elizabeth é médica. Sei que Edward é poeta. Sei qual é a aparência deles, e como andam, e o que comem no café da manhã...

— Hum, e o que eles comem?

— Cornflakes e uma laranja cortada em quatro — diz Noah. — Pelo menos até o Edward fazer cinquenta anos. Aí ele aprende a cozinhar.

— Demorou bastante.

— O problema é que — diz Noah —, como eles já têm um ao outro, o que poderiam querer?

Penso na pergunta dele. Na vida e na ficção, a maioria das pessoas acaba sendo definida por seus obstáculos. O que elas superam e o que não superam. Chegar ao topo da montanha geralmente revela um mundo inesperado. O que me faz pensar em meus próprios obstáculos mais recentes — com Ryan, e com Noah — e em como eles estão mudando o que eu achava que queria.

— Talvez você devesse se perguntar como eles imaginam o resto da vida — digo. — E então pode explorar as cenas em que chegam mais perto disso. E as cenas em que se afastam. A história de amor dos dois pode ser o oposto do que planejaram. Isso é que seria a graça da coisa, provar que estavam errados. Encontrar a beleza em seus erros.

— Gostei — diz Noah. — E funciona, porque acho que ele é intenso. Alguém que ainda é capaz de surpreender a esposa, mesmo depois de décadas casados.

— Aprender a cozinhar aos cinquenta me surpreenderia também — digo. — E, se ela é médica... — Faço uma pausa. Me pego pensando na minha mãe. — É meticulosa, ambiciosa, generosa e teimosa.

Noah ergue o olhar do computador para mim.

— O que ela quer? Quando fica lá na Gapstow Bridge e se permite sonhar alto?

Fecho os olhos. O que minha mãe queria? Antigamente eu achava que o que ela queria era criar altas expectativas para todos os que ela amava, para nos dar algo atrás do que correr. Ultimamente, vejo as coisas de outro jeito. Não acho que suas últimas palavras para mim foram um desafio, mas uma expressão da fé dela. Creio que minha mãe *já* acreditava que eu poderia amar alguém de verdade, do fundo do coração — porque ela já havia me mostrado como, me amando desse jeito nos dez anos que tivemos juntas. Acho que suas palavras foram como um paraquedas, dobrado às minhas costas, mas sempre ali, pronto para me segurar quando eu estivesse pronta para saltar.

— Mais — é o que digo a Noah. — Ela quer mais tempo. Mais memórias. Mais risos. Mais pequenos instantes que você acha que não vai lembrar, mas lembra. Ela não quer que termine. Ela quer mais do que já tem.

Noah está digitando como Rachmaninoff. Escreve por vários minutos ininterruptos.

— Era disso que eu precisava. — Quando olha para mim, seus olhos estão brilhantes e animados. — Não sei como você conseguiu isso, Lanie, mas me fez escrever de novo.

— Dã — digo. — Foi a lista das cinquenta maneiras.

— Deve ter sido. — Ele me lança um olhar que não sei bem como decifrar.

Como mais um rolinho primavera.

— Aliás, isso aqui está uma delícia.

Ele sorri e também pega um, e comemos satisfeitos por um tempo. O clima parece perfeito para falar da convenção de vendas de hoje de manhã.

— Bem... eu sugeri um título na editora hoje...

Noah franze a testa alarmado, uma expressão que não vejo em seu rosto desde o começo da nossa interação.

— Perdão — digo. — Eu deveria ter falado com você antes, mas fiquei na berlinda na reunião e, sinceramente, todo mundo adorou. Acho que é muito bom.

Ele balança a cabeça.

— Já tenho um título.

Eu me preparo. Noa Callaway sempre foi famosa por escolher títulos péssimos.

— Vai ser *Dois mil piqueniques no Central Park* — diz ele.

Solto o ar, rio, então faço um gesto com as mãos, como se minha cabeça tivesse explodido. Noah sorri.

— É igual ao seu? — pergunta. Eu faço que sim. — Bem, tudo na vida tem uma primeira vez! Com a Alix, era sempre uma luta.

— Eu me lembro. Uma das minhas primeiras tarefas como assistente dela foi marcar um retiro de fim de semana no Novo México, para ela comer peiote e se recuperar da luta que foi *Cinquenta maneiras*.

— Então foi *isso* que ela foi fazer? — Noah ri.

— Naquela época, eu imaginava você como uma Anjelica Huston mais jovem — digo. — Você tinha um lado lindo. E um lado diabólico.

Achei que ele iria rir, mas Noah fita as próprias mãos.

— Não é fã da Anjelica Huston? — pergunto.

— Não, não é isso — diz ele. — Só queria que você não tivesse passado tanto tempo sem saber quem eu era de verdade. Teria facilitado a nossa vida.

— Não tem problema — digo. Porque é verdade... agora. Porém Noah tem razão, o começo foi difícil. — Mas, andei pensando nisso... por que você é tão reservado, mesmo com o pessoal da Peony?

— Quando a Alix contratou *Noventa e nove coisas* — explica ele —, ela queria manter o meu gênero nos bastidores. A gente conseguiu porque, naquela época, ninguém nunca tinha ouvido falar de mim. Quando assinei o segundo contrato, tinha tanto dinheiro envolvido que a Sue insistiu nos acordos de confidencialidade.

Sempre achei que o anonimato era uma preferência pessoal de Noa Callaway. Mas, óbvio, faz sentido que tenha partido de Sue.

Ele me olha.

— Queria ter revelado tudo a você logo de cara. A Sue não gostou da ideia, mas...

— Você passou por cima dela?

Ele faz que sim.

— Noah? — pergunto, meio hesitante, sentindo a minha pergunta como se ela estivesse dando o primeiro passo para entrar no mar. — Em alguma medida você tem vontade de se revelar para as suas leitoras?

— É tarde demais. — Ele balança a cabeça. — Não quero decepcionar ninguém. Também não quero parar de escrever.

— Ninguém quer que você pare...

— Tenho a impressão de que algumas pessoas iriam adorar me jogar na fogueira — comenta ele, de um jeito que concluo que já pensou nisso antes.

— E se a gente se antecipasse a elas? — sugiro. Meg já operou milagres mais complexos. — A gente podia bolar uma campanha que girasse em torno de revelar quem você é. Poderíamos coordenar isso com o lançamento deste livro...

Paro de falar porque minha cabeça está a mil. O dilema tem um aspecto moral e um aspecto comercial. Num contexto mais amplo, um homem escrevendo romances e assinando com pseudônimo feminino ocupa uma posição baixa numa escala de maldade. Mas os livros fizeram tanto sucesso que manter o segredo *parece* uma manipulação, como se estivéssemos vendendo uma mentira. Também tenho responsabilidade financeira com uma editora fundada e comandada por uma mulher. E preciso do emprego para sobreviver. Mas, e se fosse possível conciliar o aspecto moral e o comercial? E se a honestidade se provasse lucrativa?

Então percebo que Noah não falou nada e que sua postura ficou rígida. Decido não insistir, dizendo a mim mesma que, por enquanto, basta Noah ter tido uma ideia para um livro. Estar desenvolvendo personagens interessantes e convincentes. Planejando terminar de escrever o original em um mês.

Podemos lidar com a questão do pseudônimo e do gênero na próxima etapa.

Mesmo assim, à medida que o trem se aproxima de Washington, me sinto satisfeita de ter plantado a sementinha. E tranquilizada de saber que Noah não gosta da muralha que seu pseudônimo lhe impõe.

— Posso perguntar uma coisa que não tem nada a ver com isso? — digo.

— Por favor — diz ele.

— Como está a sua mãe?

Ele leva um segundo para responder.

— A doença está evoluindo mais rápido do que esperávamos. O médico e eu precisamos rever nossos planos, nos preparar. Poderíamos ter feito isso pelo telefone, mas sou o único parente dela. Preciso fazer tudo que posso.

— Eu tinha dez anos quando minha mãe morreu — digo. — Nem posso imaginar como seria eu ter que tomar decisões sobre o tratamento dela.

— Você... — Noah e eu nos entreolhamos e ele sustenta o olhar. — Esquece.

— O quê?

— Eu ia perguntar se você gostaria de conhecer a minha mãe. Acho que ela gostaria de você, e, para ser sincero, acho que preciso de uma amiga lá. Mas, se você não puder, vou entender, já tomei muito do seu tempo hoje...

— Eu adoraria — digo. Fico lisonjeada que ele ache que a mãe iria gostar de mim, e que ele queira minha companhia.

— Sério? — Ele sorri. — Não vai demorar. Levo você de volta para a Union Station para pegar um trem mais tarde. Não sei como ela vai estar hoje, claro. Tem dias e dias.

— Eu entendo — digo. — Seria uma honra.

O apartamento de Calla Ross na residência geriátrica Chevy Chase House é pequeno e organizado, mais ou menos do tamanho do estúdio de Noah na Pomander Walk. Tem cheiro de limão e lençóis limpos. Espero por eles ali sozinha, enquanto Noah e sua mãe conversam com o médico no centro de atendimento no fim do corredor.

Tem uma poltrona reclinável, uma cama de casal, uma televisão passando reprises de *Jeopardy!* e várias peças de tricô pela metade espalhas pelo sofá. O maior destaque fica por conta de uma ampla estante de livros branca perto da janela. Ela é tomada exclusivamente por livros de Noa Callaway. Sua mãe tem *todas* as edições estrangeiras — a turca de *Noventa e nove coisas*; *Vinte e um jogos com um desconhecido* em hebraico; até a edição brasileira novinha em folha de *Duzentos e sessenta e seis votos*. Tiro o livro da prateleira e examino a linda capa, diferente do design da Peony. Nem o meu escritório nem a biblioteca de Noah na Quinta Avenida tem tantos livros de Noa Callaway reunidos num só lugar.

Uma sensação esquisita cresce dentro de mim e, quando paro para pensar, percebo que é inveja. Estou com inveja desta demonstração simples de orgulho materno. De todas as coisas que sinto falta quando penso na minha mãe, a sensação de receber a aprovação dela vem em primeiro lugar.

Há uma batida na porta. Quando me viro, vejo Noah entrando, empurrando a mãe numa cadeira de rodas. Calla é magra e frágil, mas as semelhanças entre mãe e filho me espantam. Ela tem os olhos de Noah — não só o verde vivo, mas o mesmo formato, brilho e intensidade. Seu cabelo é cacheado como o dele, embora mais comprido e grisalho. Ele também herdou o nariz dela, e o mesmo sorriso cauteloso que ela está me oferecendo agora.

Coloco minha mão nas dela.

— Sra. Ross.

— Pode me chamar de Calla, querida.

— Prazer, Calla.

Noah se senta no sofá, de frente para a mãe. Guardo a edição brasileira de volta na estante e me junto a ele.

Calla aponta para os livros.

— Meu filho adorava essas histórias quando pequeno.

Olho para Noah, sem saber o que dizer. A expressão em seu rosto não entrega nada, e sinto um aperto no coração por ele. Por mais que lamente não ter tido um relacionamento adulto com a minha mãe, não posso nem imaginá-la se esquecendo de mim.

— Também adoro essas histórias — digo.

Calla abre um sorriso largo.

— Qual é a sua preferida?

Eu me aproximo e falo baixinho:

— Ouvi dizer que a Noa Callaway está escrevendo um livro novo. Parece que é o melhor até agora.

— Você sabia disso? — Calla pergunta a Noah. — Um livro novo da Noa Callaway!

— Só acredito vendo — responde Noah, os olhos fixos em mim.

— Meu filho querido — diz Calla. — Eu me preocupo com você. O amor nunca é tão fácil como nas páginas de um livro.

— Mãe — diz Noah, meio brincando, meio implorando para ela parar. — Bernadette já me envergonhou o suficiente na frente da Lanie no mês passado. Preciso manter um pouco da minha dignidade, por favor.

Olho para Calla, mas, quando vejo o vazio em seus olhos, entendo que ela não se lembra quem é Bernadette. Penso na foto no escritório de Noah, quando elas eram jovens, sorridentes e estavam bem. Olho para Noah, imaginando o que está pensando, mas ele desviou o olhar.

— Que bom, querido — diz a mãe, afinal, num tom mais distante. — Já tomou café da manhã? Botei o Cornflakes na mesa.

Uma hora depois, estamos de volta à Union Station, e sinto uma diferença na nossa conexão, como se tivéssemos sobrevivido a uma catástrofe juntos. Noah vai passar a noite em Washington, mas me leva até a estação de trem. Ele entra numa banca de jornal e pede que eu espere. Um minuto depois, aparece com uma garrafa de água e dois cookies de chocolate com menta na mão. Coloca tudo na minha ecobag, pendurada no meu ombro.

— Como você sabia que eu adoro isso? — pergunto, enquanto descemos a escada até a plataforma. As pessoas já estão embarcando no trem. Queria que tivéssemos mais tempo.

Ele coça o queixo.

— Acho que foi num e-mail na tarde de vinte e três de outubro do ano de dois mil e...

— Okay, espertinho.

— Você me contou um dia, e eu lembrei.

— Porque faz sete anos que somos amigos — completo o que ele estava prestes a dizer.

— E continuamos sendo.

Paramos diante do trem. Noah se vira para mim e me olha nos olhos. Estamos tão perto que chego a ficar tonta.

— Obrigado por hoje — diz. — Espero que não tenha sido muito estranho para você...

— Nem um pouco. — Quero agradecer a ele também, mas não parece certo. Gostei do dia. Conhecer Calla Ross foi inesperado e esclarecedor. Foi profundo ver Noah com ela, o núcleo familiar dos dois.

Ele parece cansado, e eu entendo. Lembro o tanto que dormi no ano em que perdi minha mãe. Noah tem um caminho difícil pela frente, organizando os cuidados médicos de Calla, e quero que ele saiba que estou aqui para o que ele precisar.

Dou um passo à frente e o abraço. Meu rosto encosta em seu peito. Solto o ar ao sentir os braços dele me apertando. Ele é quente e todo durinho e, de alguma forma, diferente de tudo o que eu imaginava. Talvez seja só o jeito como me abraçou que me surpreendeu. Parece natural. Como se já tivéssemos feito isso antes. Fico ofegante, e percebo que não quero entrar no trem.

E se eu ficasse? E se...

— Última chamada — grita uma voz de dentro do trem.

— Boa noite, Lanie — diz Noah no meu ouvido, assim que o condutor aciona o apito do trem. — Obrigado de novo.

Nós nos soltamos do abraço. Relutante, eu me viro e subo no trem.

16

Quando Meg entra em sua sala, na manhã do dia quinze de maio, toma um susto ao acender a luz e me ver deitada em posição fetal no sofá com estampa de zebra.

— Tudo bem se eu me esconder aqui pelas próximas seis, talvez oito horas?

— Lógico — diz ela, livrando-se da capa de chuva e da bolsa. — Você está se escondendo de quem? As irmãs da Aude estão de visita de novo?

Faço que não com a cabeça.

— Ah, lembrei! — Meg arregala os olhos. — É a porra do dia D da Noa Callaway!

— Toda hora, quando ouço passos no corredor, acho que é o portador chegando com a maleta de metal. Esse suspense vai acabar me matando.

Meg liga o computador e dá um gole no mocaccino grande que comprou na cafeteria do outro lado da rua.

— Pensa assim, hoje à noite, às seis, você vai estar agarradinha com a Alice, lendo o original, suspirando de prazer, sem nenhuma preocupação na cabeça. Mas é melhor você ler bem rápido, porque, assim que a mamãe aqui terminar de ler *Boa noite, lua* para as crianças, vou chegar para ajudar você a fazer as malas para a Itália e encher a cara.

Eu me ajeito no sofá dela.

— Meg, preciso confessar uma coisa para você.

— Você não quer fazer as malas comigo e encher a cara?

— Não é isso.

Ela começou a ler e-mail, então não está prestando atenção em mim.

— Tem a ver com a Noa Callaway?

Eu me levanto e fecho a porta da sala dela. Então volto e me sento à sua frente, entrelaçando as mãos sobre a mesa. Agora tenho toda a sua atenção.

— Ah, não — diz Meg. — Ela... não vai entregar o original do lançamento de verão?

— Ela não vai entregar o original do lançamento de verão.

Meg cospe o café.

— *Ele* vai entregar o original do lançamento de verão — digo.

Meg limpa a boca.

— O quê?

— Noa Callaway é homem. Tipo, anatomicamente. Barba, gogó, o pacote completo. — Faço alguns gestos com as mãos. — E você não pode dizer *para ninguém* que eu te contei isso.

Meg cai na gargalhada, sem acreditar... e então fica imóvel.

— Ai, meu Deus, você não está brincando. Como? O quê? Quando? *Quem?!*

Fico de pé e começo a andar de um lado para o outro na sala.

— O nome dele é Noah Ross, mas só fiquei sabendo disso há três meses. Logo depois da minha promoção. Que, aliás, a Sue faz questão de me lembrar que é provisória, então não dava para contar nada para você até receber o original. Mas, agora, bem, aqui estou eu. Se ele entregar, e se o livro for bom... talvez eu queira avaliar como seria contar isso para as leitoras.

— Entendi — diz ela, erguendo a mão. — Cumplicidade, o patriarcado etc.

Faço que sim. Estou cada vez mais decidida a dizer a verdade, a mostrar às leitoras de Noah o que vi nele.

— Você pode me ajudar?

Olho para Meg, precisando da sua sagacidade e do seu autocontrole. Mas ela está apertando o buraquinho no pescoço, tentando se acalmar.

— Vamos inspirar fundo juntas? — pergunto.

— Boa ideia.

Inspiramos fundo. Expiramos. Repetimos. E, em pouco tempo, Meg está focada de novo.

— Vamos começar com a primeira pergunta de assessor de imprensa — diz ela. — Como ele é? É do tipo que joga GTA no porão da mãe, com uma jiboia e um pacote de Doritos? É algum tipo de tarado que fica andando por aí pelado? Tortura cachorros? Porque tem um limite para os meus poderes de marketing...

Como descrever Noah Ross? Como explicar para Meg que só temos a ganhar com ele? Nos últimos três meses, Noah me mostrou tantas facetas surpreendentes, que nem sei por onde começar. Será que conto da aula de moto? Ou do arrombamento em Washington? Da estante de Calla Ross na residência geriátrica? Será que falo do Javier Bardem comendo sushi? Então me dou conta de que Meg já o viu antes.

— Ele é o Homem do Ano.

— Não. Brinca. — Meg fecha os olhos com força. — Você está de sacanagem com a minha cara.

— Eu não podia te contar. *E ainda não posso.*

Ela abre os olhos.

— Mas agora tudo está fazendo sentido. É por *isso* que ele estava no lançamento. É por *isso* que você se escondeu dele no brunch emergencial. Você não está secretamente a fim dele... você está secretamente trabalhando com ele!

— É, estou.

Engraçado o jeito como ela falou isso, porque não é como se eu *não* estivesse a fim de Noah Ross. Aliás, nesse último mês em que quase não nos falamos ou nos vimos... vamos apenas dizer que tive alguns sonhos muito vívidos. Mas não posso contar isso à Meg, não agora. O buraquinho no pescoço dela só aguenta alguns apertos por hora.

— Lanie, *ele* quer vir a público?

— Estamos... debatendo isso — digo. Ele mandou alguns e-mails, sondando o assunto. Vazaríamos a informação para a imprensa? Ele escreveria um artigo para um jornal? Daríamos entrevistas? Juntos? O quão perto do lançamento isso deveria acontecer? E qual seria o tom? Qual seria o plano B se desse tudo errado?

Tentei manter minhas respostas despretensiosas, otimistas e ligeiramente vagas. A verdade é que preciso de Meg para bolar uma estratégia comigo. E ainda tem a Sue...

— E a Sue? — pergunta Meg.

Desvio o olhar e brinco com os polegares.

— Acho que ela está mais interessada em manter as coisas como estão...

Meg ri, com desdém.

— Você vai precisar de um livro bombástico para conseguir dobrar a Sue.

Faço que sim com a cabeça.

— E o Noah tem que querer isso para ele também. Não podemos passar mensagens contraditórias. Se for o caso, *e* você conseguir convencer a Sue a não botar todo mundo no olho da rua, acho que dá para lidar com a imprensa. — Ela tamborila as unhas na mesa, pensando. — O que a gente não quer é o *Washington Post* descobrindo antes. A manchete acabaria com a gente.

— "*Um cara que escreve como uma moça*".

— A revista *New York* seria uma boa, ou a gente podia ver se a Jacqueline cobre para o *Times*. Teríamos que envolver a Patrisse no marketing.

Eu a abraço por cima da mesa.

— Valeu, Meg.

— Vai ser uma puta dor de cabeça — diz ela, bebendo o café. — Vamos rezar para o livro ser bom o suficiente para aguentar o tranco.

Meu celular vibra com uma mensagem de Aude: Adivinha o que acabou de chegar? E uma foto de uma maleta de metal na minha mesa, com um vaso com tulipas amarelas em cima.

— Vou ter que fazer mais do que rezar — digo, mostrando a tela para Meg, antes de correr de volta para a minha mesa.

Não estou recebendo ligações. A porta está trancada. Meu e-mail está com a resposta automática ativada. A chuva na janela é um bônus, enquanto meu fone de ouvido com cancelamento de ruído emite os sons tranquilizantes de um rio correndo.

Acendo uma vela da Diptyque, diminuo a intensidade da luz da sala, e sirvo uma xícara de chá de rooibos do bule imenso que acabei de preparar. No geral, minha ambientação para a primeira leitura está praticamente perfeita. Estou pronta para sair desta dimensão, com todas as ansiedades contidas nela, e mergulhar no mundo de Edward e Elizabeth.

CAPÍTULO DOIS MIL

O sol estava se pondo no Central Park, como sempre fazia para eles. O caviar reluzia no potinho, enquanto Edward mergulhava nele um *blini* e o oferecia à esposa, para que desse a primeira mordida.

— Feliz aniversário de casamento, Collins. — Ele a chamava carinhosamente pelo sobrenome de solteira; foi como foram apresentados, e acabou pegando. — Um brinde aos próximos cinquenta anos.

— Você acredita que a vida passa diante dos nossos olhos quando a gente morre? — perguntou Elizabeth, limpando a boca com o guardanapo. Eles conversavam sobre a mortalidade desde o primeiro encontro. Seu marido era poeta, afinal. Mas, recentemente, o teor das conversas havia mudado. A irmã dela tinha morrido um mês atrás. E o melhor amigo dele, Theo, faleceu naquela primavera.

— Espero que não seja só um flash — comentou Edward. — Gostaria de sentir o gosto do caviar. — Ele se aproximou dela. — E da sua boca.

Como era possível que, depois de cinquenta anos beijando o mesmo homem, isso ainda mexesse com ela? A resposta era que não tinha sido sempre assim, não todas as vezes. Alguns beijos foram para os filhos —

estão vendo como mamãe e papai estão felizes? Outros foram em cima de palcos, depois de um deles fazer um discurso ao receber um prêmio. Houve beijos, ao longo de um verão inteiro, em que ela poderia muito bem ter cuspido na cara de Edward. Mas isso já faz décadas. E agora, aos setenta e sete, o mais surpreendente de tudo: ele ainda podia beijá-la no Central Park e fazê-la querer ir para a cama com ele.

— Qual dos nossos piqueniques você mais gostaria de poder reviver no final? Envolvendo todos os sentidos.

— Quer uma lista dos meus piqueniques preferidos? Vamos passar a noite inteira aqui.

Ela deu um gole no vinho e sorriu para ele.

— Vou cancelar todos os meus compromissos.

Ele deu outra mordida no *blini* e fitou o lago, enquanto uma jovem corria pela Gapstow Bridge.

— Está bem, você quer os meus preferidos? Podemos começar com o da semana passada.

— Você está dizendo isso porque sua memória está falhando? — provocou Elizabeth.

Ele segurou a mão dela por cima da mesa.

— Estou dizendo isso por causa do vestido vermelho que você usou.

Quando chego ao fim da primeira cena, solto a respiração, embora nem tivesse percebido que a estava prendendo. Adorei o jeito como Noah escolheu abrir o romance com este prólogo no presente, antes de voltar no tempo e contar como eles se conheceram.

Também estou aliviada com a descrição dos personagens. Estava preocupada que ele pudesse transformar o *meu* Edward e a *minha* Elizabeth num casal que eu não reconhecesse. Mas, pela cena de abertura, os amantes que sempre admirei soam reais. Parecem as pessoas que sempre quis que fossem, tão vibrantes na página quanto aparentavam ser quando eu os admirava da Gapstow Bridge.

E, espera aí... ele me incluiu na primeira página?

Sorrio e sigo a leitura, esperando que a cena seguinte apresente um Edward e uma Elizabeth muito mais jovens.

O capítulo mil novecentos e noventa e nove, no entanto, se passa apenas uma semana antes do anterior. É curto e contado do ponto de vista de Edward, e ele realmente gosta do vestido vermelho. Leio depressa, curiosa com a estrutura. Logo percebo o que Noah está fazendo.

Está contando a história de trás para a frente.

Como leitora, isso me deixa empolgada. Como editora, fico apavorada. Conseguir que a história funcione vai ser um feito e tanto. É como pular no mar, do alto de um penhasco, de costas. É preciso fé — e que as águas sejam profundas o suficiente.

Sigo com a leitura, instigada pela história. A claridade fora da minha janela vai se reduzindo a um crepúsculo, enquanto vou vivendo o amor de Edward e Elizabeth de trás para a frente. Filhos adultos se tornam gestações, e então o brilho no olhar dos amantes. Carreiras bem-sucedidas dão lugar a estágios e a erros amadores. Há um verão em que Edward e Elizabeth passam todos os piqueniques brigando. Lendo essa passagem do início ao fim, acho tão bonita a forma como eles se sustentam no amor para perdoar um ao outro, mesmo antes de eu saber a natureza da traição. Noah incluiu alguns poemas de Edward, e fico tocada ao ver que se inspirou nos versos do meu avô. Há uma cena picante no banco traseiro de um táxi. Outra — ainda mais sexy — numa cabana à beira-mar no México. Sei que estou sozinha no escritório, mas fico com o rosto vermelho diante do que leio, incapaz de não imaginar Noah no papel de Edward.

Quando me dou conta, o bule está vazio, a bateria do fone de ouvido descarregou e eu cheguei ao último capítulo. Fico um pouco triste com a proximidade do fim, mas mal posso esperar para ver como acaba — ou melhor, como começa.

Viro a página.

CAPÍTULO UM

O resto da folha está em branco.

Será que é algum erro de impressão? Ele me mandou o arquivo errado? Ou Noah ainda não escreveu como Edward e Elizabeth se conheceram?

Na mesma noite, saio na chuva e passo em três mercadinhos chiques até encontrar a cesta de piquenique vermelha e branca que eu tinha em mente. Agora, na Zabar's, pago o olho da cara para enchê-la com frango frito, picles com endro, biscoito de queijo e uma boa garrafa de zinfandel da Califórnia, tudo ao estilo do piquenique preferido de Edward e Elizabeth, segundo o livro de Noa. Acrescento um pacote de cenouras orgânicas para Javier Bardem.

Resumindo o meu dia: desde a hora do café da manhã, eu já infringi o acordo de confidencialidade pela segunda vez ao contar a Meg a respeito de Noah; editei o original que pode salvar a minha carreira *e* me estressei com uma questão que pode significar o fim dela — a possibilidade de Noah assinar este livro com o nome dele. Escrevi para Sue para dizer que o original é maravilhoso, e que já encaminhei o arquivo para gerar as provas para leitura antecipada. Recebi uma resposta na mesma hora: *Parabéns, diretora editorial.* Agora, em vez de ir para casa fazer a mala para a minha viagem transatlântica de amanhã, estou preparando um piquenique surpresa para Noah, como um gesto do meu amor e da minha gratidão por este livro. Por causa da chuva, vai ter de ser um piquenique dentro de casa, mas o que vale é a intenção.

Abraçada à cesta, protegida pelo meu frágil guarda-chuva, toco a campainha no portão externo de Pomander Walk.

— Alô? — Sua voz soa distante no interfone.

— É a Lanie!

Há uma pausa. Parece muito longa. Longa demais. Ele está esperando que eu explique a minha presença? Seria compreensível. Mas *como* explicar a minha presença? Por que eu não liguei antes de vir?

Então, de repente, o portão faz um barulho e se abre. Corro para dentro e subo os degraus da escada. Ele me encontra junto ao poste de luz antigo no meio do jardim. Está descalço e a camisa de malha começa a ficar respingada. Minha mente volta ao nosso abraço na estação de trem, a última vez que estivemos juntos. Eu jamais diria não a um repeteco...

— Você está toda ensopada — diz, me convidando a entrar.

Uma vez dentro do estúdio, Noah fecha a porta para a tempestade, e tudo fica tão silencioso de repente que sinto um calafrio. Todas as coisas boas que eu ia dizer sobre o livro dele me escapam.

— Você está aqui por causa do último capítulo — diz ele.

— Estou aqui porque *adorei* o livro!

— Adorou? — Ele parece surpreso.

— Aqui. — Entrego a cesta para ele. — Para comemorar. — Noah a pega e em troca me dá uma toalha. Enquanto me seco, vejo-o abrir e examinar o piquenique. Ele sorri, mas é um daqueles sorrisos cautelosos, de quando nos conhecemos.

— Você não vai para a Itália amanhã?

Ele parece tão sério.

— Tenho uma festa de arrumação de mala com uns amigos daqui a mais ou menos uma hora — digo. — Só vim... deixar isso...

— Não vou te atrasar. — Ele está olhando agora para o celular, digitando alguma coisa, o que parece meio falta de educação.

— Ah — digo. Ele quer que eu vá embora. Será que está muito na cara que eu quero ficar? É melhor eu ir. Agora. Mas... — Eu *também* queria saber do último capítulo...

Ele guarda o celular no bolso e olha para mim. Acho que vejo uma pontada de culpa em sua expressão, mas está tão difícil decifrá-lo que não tenho certeza.

— Estou escrevendo. Vai estar pronto quando você voltar da Itália.

— Que... ótimo.

Fico ali no capacho de Noah, olhando por cima do ombro dele para a mesa de mármore onde comemos sushi e jogamos xadrez, como dois seres humanos não completamente estranhos. Esta parece uma realidade alternativa. Onde foi que eu errei?

— Estou indo — digo —, mas, só... mais uma coisa.

Desta vez, quando ele me olha, seus olhos brilham, me atraindo. A descarga elétrica do raio me acaricia. Eu me jogando nos braços dele e o envolvendo com as pernas é a imagem que invade meus pensamentos mais sãos.

— Acho que esse pode ser *o* livro — digo a ele. — Para você assinar com o seu nome.

— Eu tenho muito em que pensar, Lanie — diz Noah, abrindo a porta. — Tudo bem se eu te procurar quando estiver pronto?

— Lógico. — *Me conta tudo o que está passando pela sua cabeça. AGORA.* — Sem problemas. Não tem pressa.

O celular dele recebe uma notificação. Ele vira a tela para que eu veja.

— Chamei um táxi — diz, pegando meu guarda-chuva e abrindo-o sobre mim enquanto me acompanha até a rua. — Não quero que se atrase para a sua festa de arrumação de mala.

— Obrigada — digo. Então ele não estava sendo mal-educado ao usar o celular antes? Acho que estava sendo gentil. Eu teria ficado aqui na chuva feito uma idiota até lembrar de chamar um táxi. Mas... por que não quero ir embora?

Noah aponta para o táxi e me ajuda a entrar.

— Obrigado pelo piquenique — diz. — Boa viagem.

— Trouxe vodca, Veselka e Vigo — anuncia Meg, quando aparece à minha porta às 21h30, depois de finalmente colocar os filhos para dormir.

— A e B — digo, pegando a bebida e a embalagem de pierogi do meu restaurante ucraniano preferido.

— C. — Rufus estica o braço por cima do meu ombro para pegar o DVD de *Senhor dos anéis*. Ele chegou meia hora mais cedo para que eu pudesse explicar como cuidar da Alice durante a minha viagem. E também para criticar minha estratégia de arrumação de malas, que ele chamou de tragédia de arrumação de malas. A esta altura, ele já enrolou todas as minhas camisas de malha num cantinho da bolsa da Louis Vuitton que a vovó comprou em Paris, nos anos 1970.

— Cadê seu passaporte? — pergunta Meg. — Adaptador de tomada? Biquíni fio-dental?

— Tudo arrumado já — digo. — Junto da minha habilitação de moto.

— Estou muito preocupada com isso — comenta ela. — Você vai viajar de férias, não para fazer malabarismo numa moto. E cadê a mala Tumi que eu fiz você comprar na promoção?

— Não cabe na moto — digo, ignorando a forma exagerada como ela reage. — Mas, com essa corda elástica, posso prender a Louis Vuitton no bagageiro da Ducati — explico, esticando a corda.

— Você não tem a menor ideia de como isso funciona — diz Rufus.

— Ou se vai precisar de mais de uma — acrescenta Meg.

— Por isso se chama aventura — digo, servindo três doses de vodca.

— Arremessar sua Vuitton vintage no mar Tirreno? — pergunta Rufus, aceitando um copo.

— Experimentar coisas novas — digo.

— Um brinde a isso — diz Meg, erguendo o copo. — E a Noa Callaway, por ter entregado o original bem a tempo de você fazer muito sexo sem compromisso na Itália.

— Deixa eu ver se entendi — diz Rufus para Meg assim que brindamos. — Você quer que a Lanie tome cuidado na moto, mas não na cama?

— Relação risco/recompensa — responde Meg, virando o copo. — Se ela cair da cama é uma queda só de uns sessenta centímetros.

Rio e bebo, mas me pego me imaginando na cama de Noah, em seu apartamento. Queria estar com ele, que estivéssemos bebendo o zinfandel e comendo o frango frito, e que ele estivesse me contando histórias de sua mãe antes de ela adoecer. Que estivéssemos jogando xadrez, e eu ganhando, ou que estivéssemos os dois lendo diante da lareira...

Me obrigo a parar. Noah não teria conseguido me tirar do seu apartamento mais depressa se tivesse usado um spray de pimenta. Nosso relacionamento é profissional. Preciso me lembrar disso.

Olho para Meg enquanto dou um gole na bebida. Nós nos entreolhamos, mas não sei se ela está entendendo o que está acontecendo. Quero poder conversar com ela a sós antes do fim da noite, avisar que conversei com Noah sobre o pseudônimo.

— Meninas — diz Rufus —, *eu sei.*

— Sabe o quê? — pergunta Meg.

— Sei que Noa Callaway é aquele gostosão de quem a Lanie estava se escondendo no brunch emergencial.

— Como você sabe disso? — exclamo.

— Eu não contei nada! — defende-se Meg.

— Adivinhei no dia que ele mandou as tulipas para você. Seus feromônios estavam brilhando. Então juntei dois e dois. Estava esperando você resolver me contar, mas não vou ficar aqui vendo vocês duas trocarem olhares bem na minha cara. — Ele se serve um pouco mais de vodca. — E as pessoas dizem que os homens não percebem nada.

— Você já sabia esse tempo todo? — pergunto. — E não te incomoda Noa ser homem?

— Qual é a porra do problema? — diz Rufus.

— Espera um minuto — interrompe Meg. — *Feromônios?*

— Não. — Eu balanço as mãos. — Não é nada...

— Lanie — diz Rufus, com sua voz de coach. — Lembra que você não sabe mentir, não lembra?

Pego um pouco de repolho com um pierogi e dou uma mordida demorada na massa quente.

— Tudo bem — digo, com a boca cheia. — Eu quero o Noah.

Meg reage com um sobressalto.

— Mas não importa, porque a recíproca não é verdadeira — continuo. — Quer dizer, a gente se encostou uma única vez. Um abraço, um ótimo abraço, mas foi numa situação muito específica. E depois eu não o vi por um mês. Hoje, quando passei na casa dele para dar parabéns pelo livro, foi um erro. Ele me tratou como se eu fosse uma vendedora de enciclopédia.

— Ai, que ruim — diz Meg. — Será que foi só um crush?

— Talvez. Vai passar. A Itália vai me fazer bem. Vou ter um tempo só para mim, e, quando voltar, meus feromônios estarão menos... visíveis. — Suspiro. — Ou isso, ou vou morrer sozinha, e perder o emprego, e levar todo mundo da Peony para o buraco comigo.

— Uhhh — diz Rufus.

— O quê?

— Estava só pensando. No seu nome. *Lanie Callaway.* Combina com você.

— Nunca vou mudar meu sobrenome.

— Nem para Lanie Bloom-Callaway? — pergunta Rufus.

— Nesse caso não seria Lanie Bloom-Callaway Ross? — pergunta Meg.

— Essa conversa é problemática em tantos níveis! — exclamo, e meu celular toca com uma ligação da vovó por FaceTime.

— O que eu perdi? — Vovó está na bicicleta ergométrica, com uma faixa arco-íris na testa. — Meg me disse que vocês iam se encontrar hoje. E o cara do Hinge com quem eu ia sair teve que ficar em casa, cumprindo o *shivá* para a ex-mulher, então estou livre.

Minha campainha toca.

— Deve ser o entregador — diz vovó. — Mandei um sorvete Van Leeuwen de baunilha. Meg me contou que o tema da festa era a letra *V.*

— Como assim, Meg? — pergunta Rufus olhando para trás, indo abrir a porta. Um instante depois, ele aparece com dois potes de sorvete. — É para desejar *buon viaggio* para a Lanie?

Meg dá de ombros.

— Estava só com desejo de Veselka.

— Essa está grávida, certeza — diz Rufus, passando as colheres.

— Cala a boca — diz Meg.

— Então — diz vovó —, já chegamos à parte em que a Lanie é uma solteira no sul da Itália? Porque aqueles homens... *mamma mia*! E todo mundo aqui sabe que ela gosta de cabelo no peito. Lanie, meu amor, pílula do dia seguinte em italiano se diz *pillola del giorno dopo*. Repete comigo...

Enterro a cara numa almofada.

— Você tem dois dias na Itália só para você antes do lançamento — diz Meg. — Recomendo pedir muito serviço de quarto. E quem sabe Pornhub.

— E escrever um diário — sugere Rufus.

— E um bom e grande...

— Não, vovó! — gritamos todos juntos.

— Mergulho! — termina minha avó. — Tem uma praia secreta em Positano, algumas enseadas ao sul do píer. Não sei se vocês sabem disso, Rufus e Meg... mas o avô de Lanie e eu achamos esse lugar uma vez quando éramos novos. Foi um dia mágico.

— Talvez você devesse mandar a localização exata para ela refazer os seus, hum... passos? — sugere Meg.

— Ou posições? — oferece Rufus, rindo.

— Porque se tem alguém precisando de magia... — continua Meg.

— Tem segredos que a gente não compartilha — diz vovó, piscando para mim. — Além do mais, a Lanie tem que enrolar o próprio linguini. Tenha uma ótima viagem, querida. Use protetor solar. Beba um Campari com gelo por mim. E, por favor, não volte sem pelo menos uma aventura irresponsável com um italiano!

17

— Me apaixonei por motos na garupa do meu ex-noivo — conto a Piero, meu novo amigo da locadora de motos napolitana, quando nos encontramos depois de eu passar na alfândega. — Passei anos querendo tirar a carteira, mas sempre deixava para depois. Aí meu ex-noivo vendeu a moto, o que fez a gente terminar, e eu acabei pensando: o que estou esperando?

São oito da manhã na Itália, duas da madrugada em Nova York. Tomei três cafés no avião, enquanto nos preparávamos para o pouso, e acho que estão começando a fazer efeito.

— Estou aqui para fazer um discurso em Positano. Mas também vou tirar uns dias de folga. Para resolver outras questões. Então pensei... tem jeito melhor de fazer isso do que numa viagem de moto pela costa amalfitana?

Paro para respirar. Piero faz que sim com a cabeça como se só estivesse entendendo uma a cada dez palavras que saem da minha boca, e talvez seja por isso que acho tão fácil conversar com ele. Ele me leva para fora do aeroporto, passando pelo acesso de veículos circular ensolarado. Paro e inspiro o ar da Itália pela primeira vez.

O cheiro *não deixa de ser* como o do desembarque em Newark, mas é também deliciosamente exótico. Este momento marca o início de um fim de semana prolongado de sol quente e estradas sinuosas, vistas panorâmicas do oceano e quantidades insalubres de muçarela. Coloco o celular em modo Não Perturbe, para poder aproveitar tudo ao máximo.

Piero não esperou enquanto eu parava para apreciar o momento. Já cruzou as três faixas da pista, quando corro para alcançá-lo. Contorno o engarrafamento de Alfa Romeos e Vespas, passando por italianas elegantes que puxam malas de rodinha italianas elegantes. Logo vejo o estacionamento onde minha moto me aguarda.

— Não tenho muito experiência com motos — digo a Piero —, mas a Bernadette, minha instrutora, disse para eu nunca olhar para onde estou. Ela me mandou manter os olhos aonde eu vou. É um bom conselho, não é? Metaforicamente falando?

— Marco que quer seguro completo? — pergunta Piero, me olhando acima dos formulários da locadora.

— Boa ideia.

Ele me leva até uma Ducati Diavel vermelha-escura. Era exatamente o que eu queria: uma 1260 elegante e brilhante, com cento e sessenta cavalos, cento e trinta newton-metro de torque, vai de zero a cem em dois vírgula seis segundos — mais um sistema de som com Bluetooth que logo vai passar muitas horas tocando os maiores sucessos do Prince.

— É linda — digo.

— E sua por próximos três dias — diz ele, me passando as chaves. — Precisa ajuda com caminho? Qual hotel está?

— Il Bacio, em Positano — digo, e mostro o GPS portátil que Meg colocou na minha mala de mão quando eu estava de saída.

— Ah. — Piero sorri. — Minha namorada diz que é hotel mais bonito em Itália. Um lugar para casais que amam.

— E para solteiras que se amam sozinhas! — acrescento, principalmente para mim mesma. Quando ele abre um sorrisinho safado, eu acrescento: — Não foi isso que eu quis dizer. Não só, pelo menos.

Piero me olha de soslaio. Então avalia minha mala e leva uma das mãos ao bolso da calça. Ele tira uma corda elástica.

— Fica com isso...

— Não precisa — digo. — Eu trouxe uma.

— Vai precisar duas.

Depois que Piero vai embora, passo quinze minutos colocando o GPS no para-brisa, mais dez prendendo a mala no bagageiro com as cordas elásticas e outros dez tirando uma selfie bonitinha para mandar para vovó, Meg e Rufus, quando eu resolver entrar em contato.

E então fico mais dez minutos sentada na Ducati, criando coragem para dar partida na moto.

Digo a mim mesma que, quando estiver na estrada, vou ficar bem. Mas, quando olho para fora do estacionamento, para a rua ensolarada que sai do aeroporto, vejo a cidade de Nápoles inteira correndo num ritmo que faz meu coração subir até a boca. Bernadette me disse para nunca chorar numa moto, mas lágrimas de ansiedade ardem em meus olhos.

Quando disse sim para a Itália, achei que a esta altura todos os meus problemas já estariam resolvidos. O original foi entregue, tirando um capítulo que ainda está por vir. Minha promoção é oficial. Então por que eu ainda sinto como se tivesse alguma coisa faltando?

Penso no que Noah me disse em seu escritório no dia em que tivemos a ideia para *Dois mil piqueniques*. Ele disse que vir aqui podia mudar a minha vida. Ele estava me provocando — acho —, e não levei a sério, mas não era esse era o objetivo? Não foi por isso que eu vim?

Quero descobrir as origens da minha mãe. Quero sentir as raízes do amor dos meus avós. E agora que cheguei aqui, estou com medo de não encontrar o que estou procurando. Estou com medo de voltar para casa sem ter descoberto nada a respeito da minha mãe ou de mim mesma.

Nos livros de Noa Callaway, os heróis sempre descobrem o significado de suas histórias. Mas como eles fazem isso? O que uma heroína de Noa Callaway faria nesta moto hoje?

O que Noah Ross faria?

Queria falar com ele. Queria que ele tivesse me dado abertura naquele dia em seu apartamento.

Queria que estivesse aqui.

Lanie, digo a mim mesma, invocando as vozes de Meg e Rufus, *você está num estacionamento perto da costa amalfitana. Você está com medo. É normal. Dê um passo de cada vez.*

Coloco a chave na ignição. Fecho os olhos e penso na vovó. Penso na minha mãe. Penso na Elizabeth de *Dois mil piqueniques no Central Park.*

Dou partida na moto.

A Ducati ronca debaixo de mim. Solto a embreagem devagar e giro o acelerador de leve. A moto e eu deslizamos para a frente. Não tem muitos carros por perto, então vou com calma, para me habituar, focando em me manter tranquila. Dou algumas voltas, entendendo como a moto reage. Quando estou pronta, deixo o estacionamento — e sinto os raios solares quentes na pele.

Dou um gritinho ao me juntar ao tráfego, mantendo os olhos no trecho de pista aonde quero ir. Lembro a mim mesma de respirar, de ficar com o queixo empinado para manter o equilíbrio e de aliviar a tensão nos ombros. A moto oscila quando paro no primeiro semáforo. *Não vou deixar essa moto cair,* prometo a mim mesma entredentes assim que o trânsito volta a andar e a moto oscila novamente ao seguir adiante.

Estou na estrada nos arredores de Nápoles. É um trecho longo e reto. O vento está fraco, o céu é de um azul intenso. Posso ir com calma. Não tenho nenhum compromisso a não ser o lançamento amanhã à noite.

Vinte minutos depois, estou eufórica. O tráfego diminuiu, a Ducati é uma maravilha nas curvas, e estou seguindo em direção ao sul, numa estrada sinuosa e ensolarada que corta algumas das cidades mais pitorescas da Itália.

O ar ganha um aroma de primavera — limão, madressilva e, vez ou outra, uma lufada de maresia. As ladeiras se tornam mais íngremes, e há algumas defensas metálicas de proteção, aqui e ali. Mais adiante, à esquerda, o gigante adormecido do monte Vesúvio surge na paisagem. Eu não tinha planejado nenhuma parada no trajeto de uma hora do aeroporto até o hotel. Achei que estaria cansada da viagem ou teria dificuldades com a moto. Mas, quando vejo o sinal indicando a saída para o famoso sítio arqueológico, resolvo seguir por esse caminho. Nunca fui do tipo que deixa um bom sinal passar.

Paro a moto num estacionamento empoeirado com vários ônibus brancos de turismo. Pago a entrada, pego um folheto e caminho pelo labirinto de ruas antigas.

Fico de pé diante do centro do Fórum de Pompeia, com colunas invisíveis ao meu redor. Toco as pedras e sinto meu corpo arrepiar, imaginando uma futura turista chegando a Nova York, caminhando por um Central Park escavado. Será que ela vai poder encostar a mão nas ruínas da Gapstow Bridge, voltar no tempo e tocar a minha vida? Será que conseguiria sentir o que aquele lugar significava para mim?

No Jardim dos Fugitivos, paro diante da figura de uma mãe segurando o filho. Seu amor transcende o passado. Quando leio a placa explicando que esses restos mortais foram reconstruídos com a inserção de gesso no espaço deixado pelos corpos da mãe e do filho depois de terem sido decompostos pela cinza vulcânica, pressiono a mão contra o vidro. Sei o quanto pode ser sentido em uma ausência.

Paro de novo, agora diante de dois amantes abraçados. A angústia em seus membros é visível. Acho que não é só o fato de que sabem que estão morrendo. Acho que lamentam que uma terceira coisa — o amor deles — vai morrer também.

Mas será que o amor morreu? Eu não consigo senti-lo aqui, agora mesmo?

Sei que a vida é efêmera, e que só se vive uma vez, mas algumas coisas verdadeiras — como este abraço, assim como as melhores histórias de amor — continuam vivendo.

Saio de Pompeia levando esse pensamento comigo e subo na Ducati de novo. Piloto por uma via íngreme ladeada por ciprestes e passo diante de torres de igreja de terracota e de um jardim de ervas aromáticas imenso e antigo cujas sebes imponentes de alecrim perfumam o ar. Uma neblina se instala sobre a estrada, então desacelero, inspirando as nuvens. Me sinto parte de tudo. Sinto como se o passado profundo e desfeito estivesse me alcançando com sua sabedoria.

Quando paro diante do hotel Il Bacio com sua fachada vermelho-cereja, na maravilhosa Strada Amalfitana, já está anoitecendo. Começo a sentir os efeitos da diferença de fuso. Desço da moto, dou um tapinha agradecido no banco e tiro minha bolsa de viagem do emaranhado de cordas elásticas.

— *Signora* Bloom — me cumprimenta, sorridente, a jovem recepcionista. — Estamos muito felizes de recebê-la para o lançamento do novo livro da Noa Callaway. Sou fã! — Ela tira o exemplar italiano de capa dura de *Duzentos e sessenta e seis votos* detrás do balcão. — Já está tudo pronto. Vou levá-la ao seu quarto.

Eu a sigo por um saguão coberto de hera e subo uma escada de mármore em curva, e depois outro lance de escada mais reservado, que termina numa porta larga de madeira. Usando uma chave dourada em formato de onda quebrando, ela abre a porta da minha suíte.

É um paraíso. Entro numa antessala cuja parede oposta é feita de janelas com uma vista completa do mar. Na mesinha de canto, um vaso com lírios e um prato de figos maduros. Atrás de uma cortina de contas de vidro há um quarto, também com vista para o mar e grande o bastante para comportar, no centro, uma cama king size com lençóis brancos.

A recepcionista anda pelo quarto, ajustando cortinas, apagando luminárias, acendendo velas e tomando o cuidado de verificar se o Prosecco, no balde de gelo junto da cama, está devidamente gelado.

Embora ela provavelmente esteja acostumada com gorjetas do tamanho do meu salário, dou uma nota de dez euros e sorrio. Quando a porta se fecha atrás dela, solto o ar e abro o Prosecco.

Levo uma taça para o melhor chuveiro do mundo e visto o roupão de seda cor de pêssego do hotel.

O sol está se pondo, e a vista da janela é surpreendente — um horizonte de mar azul e um céu cor-de-rosa infinito. Ando até a varanda. Uma brisa morna sopra, trazendo o cheiro das glicínias em flor do imenso canteiro da varanda vizinha.

Dois andares abaixo, uma mulher de biquíni preto nada lentamente na piscina de borda infinita do hotel. Mais além, na praia de pedrinhas, grandes guarda-sóis formam fileiras multicoloridas. Os corpos brilham na areia. Os veleiros pontuam o mar.

É o tipo de beleza esmagadora que me faz sentir um tanto sozinha. Ligo o celular para avisar a vovó, Meg e Rufus que cheguei.

Rio das selfies que tirei mais cedo no estacionamento do aeroporto. Tinha gostado de uma delas, do meu rosto refletido no retrovisor da Ducati. Mas agora vejo como estava com uma cara apavorada. Metade de um dia na Itália já fez maravilhas pela minha pele e pela minha saúde mental. Estou prestes a tirar uma foto melhor de mim mesma na varanda, quando um e-mail surge na tela.

Para: elainebloom@peonypress.com
De: noacallaway@protonmail.com
Data: 17 de maio, 19:06
Assunto: Três coisas que você estava esperando

Querida Lanie,

Espero que este e-mail a encontre numa varanda ao pôr do sol, com uma taça de Prosecco na mão.

Seguem aqui três coisas pelas quais você estava esperando. A primeira é um pedido de desculpas.

(Qual é, você sabe que estava esperando isso.)

Perdão por eu ter agido de um jeito ___________ naquele dia.

(Vejo você, nessa varanda, revirando os olhos. Passei vinte minutos procurando a melhor palavra. Estranho? Distante? Frio? Brusco? (Brusco foi a minha opção, e uma que você teria riscado para todo o sempre). Ou talvez, simplesmente, inexpressivo? Deixo a decisão com você.)

A verdade é que, quando você apareceu no meu apartamento, eu estava com medo por causa das outras duas coisas que você está esperando de mim. Elas estão anexadas. Quando terminar de ler, acho que vai entender.

Seu,
Noah.

P.S.: Independentemente de como as coisas terminem, espero um dia saber como foi sua viagem de moto pela costa amalfitana.

Independentemente de como as coisas terminem?

Então leio o nome dos anexos. O primeiro se chama "Capítulo um". O segundo, "Artigo de opinião NYT, data de publicação 18/05".

Abro o segundo anexo.

POR TRÁS DE UM NOME

POR NOAH ROSS

Você não me conhece, mas você ou alguém que ama talvez tenha lido algum dos meus livros. Nos últimos dez anos, venho publicando histórias de amor sob o pseudônimo Noa Callaway.

O autor sob um pseudônimo nunca conhece seus leitores. Nunca fui a uma sessão de autógrafos nem conversei com fãs nas redes sociais. Minha editora sempre gerenciou toda a divulgação dos meus livros. A cada seis meses, eles me mandam um pacote com cartas de fãs de Noa Callaway. Nunca leio. Não foram escritas para mim. Foram escritas para Noa Callaway, e só sou Noa Callaway quando estou escrevendo, nunca em outro momento.

A distância que mantive das leitoras dos meus livros me trouxe um desconhecimento, e foi um erro eu nunca ter questionado isso. Eu achava que minhas histórias terminavam na última página; achava que quem eu era não importava.

Isso mudou este ano, quando conheci alguém que me viu por dentro. E que me forçou a olhar para dentro. E, quando analisei o que estava fazendo, não consegui mais dormir à noite.

Sou um homem cisgênero, branco e rico. Meu endereço de e-mail é noacallaway@protonmail.com. Se você estiver lendo isso e se sentir indignada, não posso culpá-la. Sinta-se à vontade para me escrever.

Este artigo e suas repercussões podem representar o fim da minha carreira, mas não posso mais me esconder atrás de um nome. Quero ser honesto com minhas leitoras, com as quais tenho descoberto que tenho muito mais em comum do que jamais poderia imaginar.

Outro dia, sentei para ler algumas das cartas enviadas pelas fãs da Noa Callaway. Sinto muito pela demora em responder, mas é que só agora sei o que dizer.

Para June: Assim como você, também gosto de ler na banheira em dias chuvosos. Obrigado pela recomendação de livros; vou conferir. A melhor coisa que li recentemente é um empate entre *O Buda no sótão*, de Julie Otsuka, e *The Crying Book*, de Heather Christle.

Para Jennifer: É difícil determinar o que inspirou *Noventa e nove coisas*. Escrevi meu primeiro romance imbuído de esperança, muito antes de ter publicado alguma coisa ou imaginado escrever sob um pseudônimo. Nunca vivi o amor que escrevi para aquela personagem, mas quis que fosse verdadeiro. Acho que tenho tentado torná-lo real a partir da minha escrita desde então.

Para MacKenzie: Quinze editoras rejeitaram meu primeiro romance até eu encontrar um lar na Peony Press. Continue escrevendo. Termine suas histórias. Você só precisa que uma pessoa diga sim.

Para Sharon: Sinto muito por seu marido. Minha mãe sofre da mesma doença. É de partir o coração em câmera lenta. Você estará em meus pensamentos.

> E para Lanie: Sua carta para mim tem dez anos. Sinto muito por ter demorado tanto para responder. Onde quer que você esteja ao ler isso, quero que saiba que concordo: também acho que podemos ser grandes amigos.

Com o coração na boca, fecho o e-mail, passo pelos meus contatos e aperto em ligar.

— Lanie? — A voz do outro lado parece surpresa. — Como está a Itália?

— Meg — ofego. — Olha o seu e-mail.

Encaminho o artigo de Noah e fico esperando na linha enquanto ela lê.

— Ai, meu Deus — exclama ela. — Ai, meu Deus. AI, MEU DEUS. Lanie, você sabe o que significa isso? *Ele gosta de você!* A última frase? Isso é... *uau.*

— O quê? — pergunto. — Foi *isso* que você apreendeu da leitura do artigo? Meg, preciso que você incorpore a versão assessora de imprensa. A gente precisa se planejar. Para ontem. Além do mais, ele disse muito explicitamente que acha que podemos ser *amigos*. Existe rejeição mais óbvia na história dos amores não correspondidos?

— Como sua amiga, tenho que discordar. Como assessora de imprensa da Noa Callaway... — Há uma longa pausa na linha. Então um suspiro. — Bem, para um *mea-culpa,* não é dos piores. Não estou dizendo que vai ser fácil, mas, meu chute é que, depois que eu fizer o meu trabalho, lógico, Noa Callaway não vai ser cancelada *para sempre.*

— É sério?

— Me dá algumas horas. Deixa eu ver o que posso fazer.

— E a Sue? Será que eu...

— *Você* devia aproveitar a costa amalfitana — insiste ela, com firmeza. — Não tem mais nada que você possa fazer daí. Vou falar com a Sue hoje. Depois te damos notícias. Estou falando sério, Lanie. Vai para a piscina, bebe um drinque, deixa isso comigo.

— Obrigada, Meg.

Quando desligamos, estou tremendo. Como posso deixar isso de lado? Como posso não ficar obcecada com a reação da Sue quando ela ler o artigo? Como não vou ser demitida?

Mas... se tem alguém que pode dar conta disso, é a Meg. E ela tem razão, *é* um bom pedido de desculpas, na medida do possível. Vejo Noah escrevendo isso. Vejo suas mãos no teclado. Vejo...

Piscina, digo a mim mesma, olhando da varanda para a piscina infinita ao luar. *Drinque.*

Claro. Mas, primeiro, o capítulo um.

CAPÍTULO UM

Edward esperava no banco de pedra do Central Park, um nó na garganta de preocupação. Ansiava por aquele dia havia dois anos. Temia sua chegada também.

Quando a viu — a Dra. Elizabeth Collins, com seu terninho Fendi, andando com elegância em direção à Casa do Xadrez —, lutou contra a vontade de fugir. Se pudesse sair dali, poderia prolongar a mentira um pouco mais. Mas a materialidade de Elizabeth o imobilizou. Era tão parecida com a fotografia que trazia consigo. E, ainda assim, na vida real, a maneira como se deslocava, como uma bailarina, era muito mais vibrante do que qualquer fantasia.

Ele a viu olhando ao redor, certamente procurando pelo cabo Richard Willows. O soldado alto, loiro e bonito cujo queixo ela havia suturado depois de uma briga de bar, dois dias antes de Willows embarcar para o Vietnã. O soldado com quem ela tivera um encontro, um passeio pelo Central Park, dois anos antes. O soldado com quem acreditava estar se correspondendo desde então. O soldado que havia morrido nos braços de Edward na primeira semana de combate.

Logo antes de morrer — Edward jamais se esqueceria daquilo —, o homem pegou uma foto e duas cartas da Dra. Elizabeth Collins, de Nova York. Assim como a carta não terminada que vinha escrevendo para ela.

— Diga a ela — implorou ele a Edward. — Diga a ela que, se eu tivesse tido a chance, sei que a teria amado.

Era o que Edward tinha intenção de fazer. Mal conhecia Willows; tinham tomado algumas cervejas juntos uma vez, durante uma partida de xadrez, não mais que isso. No acampamento, naquela noite, ficou sentado, tremendo, imundo e faminto, tentando escrever uma carta para dar a notícia para a Dra. Collins. Devorara as duas cartas dela para Willows. E aquela foto. Ela estava sentada numa toalha de piquenique. Sorrindo. Franzindo os olhos para o sol.

Edward ainda não conseguia acreditar no que fez em seguida.

Ele mentiu. Não tinha uma moça bonita para quem escrever. Não tinha a menor perspectiva de se corresponder com uma pessoa tão brilhante quanto a Dra. Elizabeth Collins. Sentia-se tão solitário quanto qualquer outro soldado, jovem e com medo, e longe demais de casa.

Diria a verdade na carta seguinte, mas, primeiro, tentaria ser Richard Willows. Só para ver como seria escrever para uma mulher daquelas.

Só que Edward nunca contou a verdade. E, de alguma forma, dois anos se passaram, e o que aconteceu foi que ele escreveu para Elizabeth durante todos os dias que passou na guerra. Escreveu poesia. Contou da infância e da família. Contou coisas sobre si mesmo que jamais tinha dito para ninguém. E assinava como cabo Richard Willows, a culpa embrulhando seu estômago — até a carta seguinte dela chegar. E então ele lia suas palavras com voracidade, e o ciclo continuava. Estava impressionado demais — pelo senso de humor dela, por sua inteligência, e seu caráter — para não escrever mais para Elizabeth.

Eles se apaixonaram.

E agora ele tinha de partir o coração dela.

— Dra. Collins — chamou ele, levantando-se da mesa na Casa do Xadrez. Estar tão perto dela depois de todo aquele tempo... era difícil até falar. Era difícil respirar.

Ela o encarou por um instante, depois desviou o olhar. Lógico. Estava procurando pelo homem que amava. E não o homem mais baixo e de cabelo escuro diante dela. Edward se sentiu arrasado, mas insistiu.

— Dra. Collins — chamou de novo. — Está aqui para encontrar Richard Willows?

Ela se voltou para ele novamente, com sua beleza avassaladora.

— Sim. Quem é você?

— Meu nome é Edward Velevis — disse ele, depois de criar coragem. — O Sr. Willows não pôde estar aqui hoje. Ele mandou uma mensagem para você. Eu a venho carregando há tempo demais. Pode se sentar, por favor?

Elizabeth se sentou. E esperou. Permaneceu em silêncio. Edward sabia que ela estava preocupada. Ele devia decidir agora ou nunca contar a ela toda a verdade que vinha escondendo.

— Elizabeth, Richard está morto.

— Não — exclamou ela. — Não é possível.

— Richard Willows faleceu em dezoito de agosto de mil novecentos e sessenta e oito. Eu estava com ele no acampamento Faulkner...

— Não é possível! Ele me escreveu na semana passada. Marcando este encontro. Quem é você? Por que diria uma coisa dessas? — Elizabeth se levantou. Começou a se afastar depressa.

Edward não podia deixá-la ir antes de dizer a verdade.

— Foi uma mina — continuou, seguindo-a. — Ele morreu nos meus braços. E me pediu para escrever para você. Então escrevi.

Algo no tom de voz dele a atingiu, a amedrontou. Ela se virou para ele. Estavam ambos à beira das lágrimas. Ele a viu entender suas palavras. E, quando ela entendeu, seu rosto se contorceu de terror. Ela começou a correr.

Ele a seguiu feito um louco. O que mais podia fazer? Ela gritou, pedindo que a deixasse em paz.

— Por favor — implorou. Isso a fez parar de correr e se virar para ele. Quando ele encostou a mão no pulso dela, sentiu uma onda de calor percorrer seu corpo. Ela olhou para baixo, como se também tivesse sentido. Mas, quando ergueu o rosto, seus olhos eram duas adagas.

— Como você pôde fazer isso? — sussurrou. Aquilo o partiu ao meio.

— Sei que você deve me odiar. Mas, por favor, saiba que eu a amo há dois anos. Amo agora mais que nunca. E se você algum dia mudar de ideia e quiser ouvir o meu lado da história, vou estar aqui, bem aqui. — Ele apontou para a grama aos seus pés.

— Melhor esperar sentado.

— Tudo bem — respondeu ele, falando sério. — Vou estar aqui toda semana. A esta hora. Neste lugar. — Ele olhou o relógio. — Cinco e meia. — E voltou os olhos para o parque. — Na parte norte do Lago, bem em frente à Gapstow Bridge. — Então a fitou nos olhos e tentou transmitir através do seu olhar que a amava. — Pode demorar o tempo que for, Collins. Se significa que tenho uma chance de estar com você, estarei aqui todo sábado ao pôr do sol pelo resto da vida.

Fim.

18

— Eu recomendo o polvo *ala griglia*, para começar — diz a editora italiana de Noa Callaway, quando nos encontramos para almoçar no dia seguinte.

Quando escrevi para Gabriella tarde da noite ontem e perguntei se podíamos conversar antes do lançamento, ela sugeriu esta *trattoria* com mesas ao ar livre em Positano, na Via Marina Grande, de frente para o mar. Estamos sentadas à sombra, numa mesa de canto perfeita para ficar observando as pessoas.

O visual da Via Marina Grande é o oposto da vista da minha varanda no hotel. Aqui embaixo você tem a sensação de estar aninhado nos braços do litoral escarpado de Positano, repleto de casinhas coloridas nas colinas. É o clima aconchegante de praia que em geral eu acharia charmoso, mas hoje estou tão nervosa que está me deixando claustrofóbica.

Gabriella avalia o cardápio, alheia ao fato de que meus joelhos estão tremendo debaixo da mesa.

— E depois, o tortellini de muçarela defumada com *brodo di parmigiano* — sugere ela. — Meu filho de seis anos chama de "sopa de queijo dos deuses".

Passo o dedo na ponta do garfo, enterro o chinelo e os dedos dos pés na areia com pedrinhas sob a nossa mesa e fico ouvindo o zumbido das abelhas perto dos girassóis nos vasos de cerâmica. Desde a noite passada, estou me beliscando para ter certeza de que isso não é um sonho, de que o que li no capítulo que Noah me enviou era verdade. Palavras concretas que Noah Ross realmente botou nc papel. E que realmente mandou para mim.

Era um código. Não muito cifrado. Um código muito óbvio e maravilhoso, descrevendo o que o nosso primeiro encontro no Central Park significou para ele. E, ainda assim, se alguém mais no mundo o lesse, acharia que a cena é apenas o início — ou, neste caso, o final — de uma grande e fictícia história de amor.

Sei que é mais que isso. É uma pergunta: *Você sente o mesmo que eu?*

— Sim — digo em voz alta. Gabriella ergue os olhos para mim do outro lado da mesa, e me dou conta do que fiz.

— Sim o quê? — pergunta ela.

— Sim... para o polvo. E para a sopa de queijo. — Duvido que eu consiga comer alguma coisa, mas estou tentando disfarçar. — Acho que seu filho tem futuro na publicidade. — Paro de fingir que estou lendo o cardápio e ergo a taça de Ravello branco para brindar com Gabriella.

O garçom serve uma travessa de bruschetta de tomate com um toque de limão, e Gabriella estica as pernas compridas para fora da mesa até as sandálias brancas alcançarem a areia. Ela é alegre e charmosa, com um cabelo ruivo encaracolado que não cansa de colocar atrás da orelha, um longo colar de pérolas negras e um vestido midi turquesa do mesmo tom do mar. Em circunstâncias normais, poderíamos ser amigas, mas sei que, assim que eu contar a ela do artigo de opinião de Noah, e as pessoas já devem estar começando a receber a notificação do *New York Times*... mais ou menos agora — bem, nosso almoço vai passar de farra gastronômica a pelotão de fuzilamento *à la* Fellini.

— Certo — começa ela, estendendo a travessa para me oferecer uma *bruschetta* —, você disse que tinha uma coisa para conversar?

Tenho de contar a ela. É a coisa certa a fazer.

O garçom traz dois pratos de polvo perfeitamente grelhados, me dando uma oportunidade excelente de embromar. Espeto uma azeitona com o garfo e olho para a praia enquanto como. Todas as pessoas que vejo parecem fazer parte de um par romântico — andando de mãos dadas, se beijando, dividindo um gelato cor-de-rosa, passando protetor nas costas queimadas de sol um do outro.

Se estou com fome de alguma coisa, é do que essas pessoas têm.

Liguei duas vezes para Noah ontem à noite, e, nas duas, a chamada caiu direto na caixa postal.

Lembro a mim mesma que estou lidando com duas coisas (quase) inteiramente independentes. Uma é a grande questão do que vai acontecer quando eu finalmente falar com Noah. A outra é minha responsabilidade como editora dele de preparar Gabriella para o artigo de opinião.

Vou lidar com a menos assustadora primeiro.

— Tem a ver com o lançamento hoje — digo a Gabriella.

— Aham. — Ela sorri, dando uma garfada minúscula no polvo e mastigando lentamente. — Vou te contar tudinho. É o maior evento que já organizamos. E estamos muito orgulhosos do resultado. Nos inspiramos na versão de Nova York e convidamos duzentas e sessenta e seis das maiores fãs de Noa Callaway de toda a Itália. Vai ter coquetel e salada caprese, mil-folhas — que é o nosso bolo de casamento, amêndoas confeitadas para dar sorte. Chamamos um DJ de casamentos famoso de Roma. E, lógico, o ponto alto da noite vai ser você. O seu discurso. Ficamos tão comovidos com as suas palavras no vídeo, Lanie. É uma honra ter você aqui para comemorar com a gente.

— Obrigada, mas...

— Na verdade, a imprensa está acompanhando de perto, inclusive recebemos muitos pedidos de entrevista para você.

— Para mim?

— É! Você é a embaixadora da Noa Callaway. Sabe todos os segredos. — Ela dá uma piscadinha para mim. — Se não se importar, gostaria de confirmar algumas entrevistas com os maiores jornais e canais de televisão. Todo mundo quer saber como a Noa Callaway é nos bastidores. Já avisei aos jornalistas. Eles sabem que você não pode falar nada, mas são italianos, então vão perguntar mesmo assim! Se você concordar com as entrevistas, posso confirmar para hoje à tarde, antes do evento?

— Gabriella — digo, quando o garçom chega para levar os pratos das entradas e servir o macarrão mais aromático do mundo. Parece que serviram um pedaço do céu numa tigela, e queria não estar ansiosa demais para aproveitar. — Tem uma coisa que preciso te contar. Na verdade, acho que é mais fácil te mostrar.

Pego o celular e abro o artigo. Coloco na mesa diante dela, do lado da sua taça de vinho. Ela pega os óculos de leitura turquesa da bolsa e os coloca no rosto.

Enquanto ela lê, eu penso em Noah. Penso no capítulo um. No terninho Fendi. No jeito como Elizabeth aparece no parque, ingênua e otimista. O jeito como a verdade a deixa devastada. O jeito como ela corre. E então...

Se significa que tenho uma chance de estar com você, estarei aqui todo sábado ao pôr do sol pelo resto da vida.

Quando Gabriella olha para mim, percebo que estou com lágrimas nos olhos. Ela estende a mão e segura a minha.

— Lanie.

— Sinto muito. Acho que revelar a verdade sobre Noah é a coisa certa a fazer, mas eu não sabia deste artigo nem tinha ideia de que seria publicado agora. Não queria estragar o seu evento.

— Eu entendo — diz Gabriella, girando o vinho pensativamente. — Segredos têm vida própria. — Ela pega o celular e começa a digitar enlouquecidamente. — Mas vou cancelar suas entrevistas de hoje à tarde.

Faço que sim com a cabeça. Gabriella conhece o mercado dela, e talvez seja melhor eu me distanciar por completo do lançamento italiano...

— Você precisa poupar energia para o evento — acrescenta ela.

— Ainda quer que eu faça um discurso no lançamento?

Gabriella coloca o celular na mesa, olha para mim e cruza os braços.

— Acho que você deve uma explicação às nossas leitoras.

— É. E vou fazer o meu melhor na hora de dar essa explicação para elas. — Me ajeito na cadeira. Estico os ombros. — Acredito na verdade da Noa Callaway *e* em Noah Ross. Acredito neste livro, e nos outros que estão por vir. Não vim até aqui para me esconder.

— Ótimo. — Gabriella sorri para mim, concordando. — Não acho que nossas convidadas vão chegar ao ponto de *realmente* te jogar no mar, mas, só para você saber, elas vão esperar uma catarse.

Faltando oito horas para duzentas e poucas mulheres italianas me devorarem como aperitivo num evento elegante a ser transmitido pelo mundo inteiro, giro o acelerador da Ducati, pensando em para que lado ir. O que fazer numa tarde livre na costa amalfitana quando se tem um coração ansioso, uma punição iminente e um homem do outro lado do oceano que não atende o celular?

Quando vejo uma placa na lateral da rodovia da costa amalfitana indicando a estrada para o Castelo San Giorgio, reconheço o nome. Lembro de ter lido que era a plataforma de salto de asa-delta da região. Não poderia ter planejado isso melhor nem se tivesse tentado. Piloto a moto pela estrada medieval sinuosa e paro num estacionamento de pedrinhas atrás de um antigo templo grego.

Encontro uma moça mais ou menos da minha idade inspecionando os paraquedas de duas asas-deltas junto a um emaranhado de arneses e capacetes. Tem um rosto gentil e uma bandana verde-limão na cabeça.

Ela acena ao me ver.

— *Ciao*! — me cumprimenta, e desata a falar em italiano. Ao notar minha confusão, aponta para mim. — Mariana?

— Não. — Balanço a cabeça. — Eu...

— Desculpa — diz na minha língua, devagar. — Achei que era a pessoa que marcou comigo hoje à tarde. Como posso te ajudar?

— Você atende sem hora marcada?

Ela faz um muxoxo e olha o relógio.

— Em geral, os horários são preenchidos com um mês de antecedência. Mas a cliente de hoje está atrasada. Sorte a sua. Meu nome é Cecilia.

— Lanie.

Ela passa um arnês para mim.

— Está preparada?

Hesito por um instante e então visto o equipamento, deixando Cecilia puxar e apertar uma dezena de tiras. Invoco a cena da asa-delta de *Cinquenta maneiras*, o compromisso que os personagens fazem ao pular do penhasco.

Eles não conseguem ver aonde estão indo, mas isso não os faz parar. Eles têm um ao outro e as asas do amor para erguê-los.

Olho para baixo, para a plataforma de madeira aos meus pés. Chamá-la de rudimentar seria um elogio. Três metros de comprimento, começa na lama e termina nas nuvens. É dali que vamos pular juntas.

Tenho uma vertigem e preciso desviar o olhar. De repente, parece uma tremenda loucura que as pessoas pulem de um precipício só com uma vela amarela e fina entre elas e a morte.

— O que acha? — pergunta Cecilia, me trazendo de volta para o precipício. — Quer mesmo fazer isso?

— "O maior mistério da vida" — digo — "é se vamos morrer bravamente".

— Eu amo essa cena — diz Cecilia, apertando meu arnês com firmeza no quadril. Ela me entrega um capacete e verifica se eu o afivelei corretamente. — Amo todos os livros de Noa Callaway.

— Eu também — digo. — Eu... — *Estou apaixonada por ele!* — Sou a editora da Noa Callaway em Nova York.

— Mentira! — exclama Cecilia. — Eu diria que sou a maior fã dela, mas meu namorado é ainda mais apaixonado que eu pelos livros dela. Me diz, como ela é pessoalmente?

Fico feliz de saber que o artigo ainda não chegou a todos os cantos do mundo. Penso na resposta para a pergunta de Cecilia, e as primeiras palavras que me surgem parecem verdadeiras.

— Uma das minhas pessoas preferidas no mundo — digo. Chego a ficar arrepiada, mas Cecilia não percebe. — Estou na cidade para o lançamento do livro novo da Noa — explico. — Vai ser hoje à noite, em Positano, no hotel Il Bacio. Você deveria ir. Leva seu namorado. Vou botar o nome de vocês na lista.

— Nós vamos! — diz ela, apertando bem firme as últimas cordas.

Ela segura o meu braço e me conduz até o início da plataforma. Em seguida, prende nossos arneses ao corpo de metal da asa-delta.

— Vou contar até três e vamos correr juntas. Tudo o que você tem que fazer é não parar de correr. Quando achar que chegou ao fim, redobre a coragem — explica ela.

— Você faz parecer fácil.

— Não sei se é fácil, mas vale a pena.

— Qual a distância até o chão?

— Não sei. Uns dois mil metros, talvez?

Na nossa frente, há uma barra de metal que Cecilia explica que vai usar para nos conduzir. Sobre nossas cabeças, há uma lona triangular da cor do sol. Três metros de madeira diante de nós, e um infinito de aventura depois dela. Através das nuvens, vemos montanhas, vilas e mar. E o restante da minha vida. Ainda não consigo ver como vai ser, e sei que não vai ser fácil, mas preciso fazer valer a pena.

Grito assim que começamos a correr, mas não de terror; de triunfo. Dou dez passos na madeira e, de repente, embora não sinta nada debaixo de mim, ainda estou correndo. No ar. Na fé.

Uma rajada de vento atinge nossa asa-delta, e sinto ambas as pernas sendo erguidas para trás e meu corpo ficar paralelo ao chão, como o de um pássaro. Assim que furamos as nuvens, o esplendor da costa surge. Uma panóplia de verde e terra dourada se expande sob nós, aldeias em tons pastel e água azul reluzente, até onde a vista alcança. Estamos voando. Nunca senti nada tão emocionante na vida.

Mãe, penso, *consegui. Posso sentir você.*

E agora... sei o que preciso fazer assim que meus pés tocarem o chão. Preciso dizer a Noah. Ele é o homem que eu amo de verdade, do fundo do coração.

— Para você, Lanie — diz Cecilia, virando a asa-delta para a direita com um movimento da barra de metal —, vou fazer um roteiro especial dos nossos lugares mais românticos. À direita, você vai ver as ilhas Li Galli, ao largo do litoral de Positano. Foi lá que Odisseu resistiu às sereias.

Vejo o litoral rochoso a distância, sendo açoitado pelas ondas. É de tirar o fôlego — e é fácil imaginar as sereias cantando ali. Penso em Odisseu resistindo ao irresistível, amarrando-se ao seu navio para evitar o naufrágio, para viver mais tempo e ter mais alegria. Para chegar ao lugar onde sua epopeia pretendia levá-lo desde o início.

Quero contar a Noah sobre tudo isso. Sobre as ilhas Li Galli. Sobre a adorável Cecilia e seu namorado, o fã. Sobre a Ducati, e a vista do quarto do hotel, e a editora italiana elegante. Sobre como é voar.

Mas é mais que isso. Não quero apenas contar a Noah sobre essas coisas. Quero compartilhar isso com ele. Quero ele aqui. Quero Noah comigo no céu, onde podemos olhar para o futuro — o equilíbrio dourado, maravilhoso e complicado de nossas vidas.

Estou a meio caminho do hotel Il Bacio, quando vejo uma Moto Guzzi V7 prateada no retrovisor. É um modelo chamativo, esportivo e elegante — e com as botas vintage, a calça jeans escura e a jaqueta de camurça, é fácil imaginar que o motoqueiro sob aquele capacete é tão sensual quanto ela. Quando olho para trás, ele gira o acelerador, flertando comigo.

— Hoje não, *signor* — murmuro, desejando que minha vida fosse simples o suficiente para que eu pudesse passar uma tarde inteira num café com vista para o mar com um italiano desconhecido. Mas eu seria uma péssima companhia, olhando o celular a todo instante, rezando para Noah ligar.

Tento ignorar quando a Moto Guzzi pega a mesma esquerda que eu e entra na Viale Pasitea. Ou quando segue comigo pela estrada cada vez mais íngreme e entra no minúsculo estacionamento do hotel Il Bacio atrás de mim.

Paramos ao mesmo tempo, sob um pergolado de bougainvíllea florida, e estacionamos sob o arco arejado da entrada do hotel.

Encontro ilícito, ouço vovó gritando da bicicleta ergométrica, em casa, mas agora é tarde demais. Tenho de reescrever meu discurso e salvar empregos. E tenho um cantinho no meu coração gritando por apenas um homem.

Desço da moto, solto o cabelo de dentro do capacete e ajeito a franja. Estou tentando entrar no hotel, passar pelo saguão e subir a escada até o meu quarto, tudo isso sem olhar para trás, para o Sr. Moto Guzzi, quando uma voz conhecida diz:

— Belas curvas. Muito suaves.

Paro de andar. Paro de respirar. Viro devagar, tentando me preparar para algo que não pode ser verdade. Meu coração dispara quando o Sr. Moto Guzzi desce da moto e tira o capacete.

Noah me encara com aquele brilho hipnotizante nos olhos verdes. O mesmo olhar que me deixou hipnotizada desde a primeira vez em que o vi.

Sinto tudo ao mesmo tempo...

Alívio por ouvir sua voz. Perplexidade por ele estar aqui. Felicidade por ver seu rosto, sua boca, seus olhos, e todo aquele cabelo brilhante que eu tanto quis sentir entre os dedos. Uma onda de desejo. Medo de termos estragado tudo. Fome de pôr as mãos nele. E aquela descarga elétrica do raio que sempre me atinge quando Noah está perto.

Então é isso. Este sentimento assustador, inconveniente, emocionante, de dar frio na barriga e de eu-daria-tudo-por-ele é, enfim, amor de verdade, do fundo do coração.

— Noah. — Mal consigo respirar. — O que você está fazendo aqui?

Ele dá um passo na minha direção. Mas ainda está a três agonizantes metros de distância. Está tão bonito, semicerrando os olhos contra a luz do sol, cobrindo o rosto com uma das mãos.

— Eu esqueci de te dizer onde comprar o souvenir da vovó — diz ele. — Então pensei em vir te mostrar.

Deixo cair capacete, chave, bolsa. Corro até Noah e me jogo em seus braços. Ele me dá um abraço apertado. Nossos rostos estão colados, nossas bocas, prestes a iniciar o que meu corpo espera que vá ser o beijo mais espetacular de todos os tempos, incluindo o período etrusco.

— Somos nós? — sussurro. — No capítulo um?

— Depende — responde ele. — Quanto dele você vai querer editar?

— Só umas coisinhas aqui e ali. — Sorrio. — Acho que seria mais realista se a Dra. Collins desse um tapa no Edward depois de ele contar a verdade.

Devagar, de brincadeira, Noah vira a face para mim. Eu encosto a mão delicadamente em sua pele. É quente e áspera nos lugares em que a barba já cresceu desde Nova York. Ele põe o peso do rosto na minha mão. Beija o centro da minha palma, e o tamanho da minha vontade de sentir aqueles lábios nos meus me faz tremer.

— Aquela cena é quem eu quero que a gente seja — diz ele. — O livro inteiro é quem eu quero que a gente seja.

Fico na ponta dos pés. Levo as mãos à nuca de Noah. Encosto a boca na dele. Ele me recebe com carinho, depois com paixão, a mão atrás da minha cabeça. Ele tem gosto de canela.

Nossos corpos se fundem, e é tudo o que eu fantasiei que seria — estimulante, saciante, gratificante, algo novo e pelo qual esperei por tanto tempo.

— E aí? — digo. — O que acha de ir ao seu primeiro lançamento hoje, Noa Callaway?

— Eu vou a qualquer lugar — responde ele, e me beija de novo. — Desde que você vá comigo.

Agradecimentos

Muito obrigada a Tara Singh Carlson, que sabia, entre outras coisas, que este livro não deveria ser sobre a CIA. A Sally Kim, pelo *insight* a respeito de Noa Callaway. A Alexis Welby, Ashley Hewlett e a fantástica equipe da Putnam. A Laura Rennert, forte e elegante. A Morgan Kazan e Randi Teplow-Phipps, pela festa na rua 49. A Erica Sussman, pelas informações sobre a vida das tartarugas. A Maya Kulick, pela Lista. A Shivani Naidoo, Courtney Tomljanovic e Lexa Hillyer, por um milhão de divagações pela cidade. A J. Minter, pseudônimo original. A Alix Reid, chefe original. Ao pessoal do Correio do Autor. A términos inspiradores. A minha família, o exemplo do amor. Ao queixo de Lhüwanda. A Jason, meu presunto kosher, que insistiu que eu escrevesse este livro. A Matilda e Veneza, por me darem o amor pelo qual escrevo.

Este livro foi composto na tipografia Berling LT Std,
em corpo 11,5/15,5, e impresso em
papel off-white no Sistema Cameron da
Divisão Gráfica da Distribuidora Record.